夢を駆けぬけた飛龍
山田方谷

野島　透

明徳出版社

序文

我が国が植民地化されるのを防ぎ、日本国の独立を守った慶喜公は、水戸徳川家第九代徳川斉昭公と正室有栖川宮吉子女王の間に生まれた七男であった。幼名を七郎麻呂と称し、生後すぐに水戸に移され、五歳から斉昭公が創設した学問所である弘道館において、父斉昭公のみならず教授陣により厳しく養育された。元服ののち十一歳で一橋徳川卿を継ぎ、時の将軍家慶公から偏諱を頂き慶喜の名を賜った。その後十九歳で一条美賀子を娶る迄に、我が国は黒船来航に端を発する開国の流れに翻弄されることとなる。

慶喜公は、図らずも皇室の血の流れる将軍として、慶応二年八月二十日に徳川宗家を相続、同年十二月五日に江戸幕府第十五代征夷大将軍に就任した。後に慶喜公はその時の決意を「東照公は日本国のために幕府を開きて将軍に就かれたるが、予は日本国のために幕府を葬るの任に当たるべしと覚悟を定めたるなり」と振り返られたという。

水戸徳川家は一説によると家康公から朝廷との関係の維持強化を託された

と聞く。そのためか、家康公の十一男で水戸徳川家初代の頼房公も四回も上洛、朝廷との関係の強化に努めている。さらに第二代の徳川光圀公が、自らが志した我が国初の紀伝体の歴史書「大日本史」の編纂事業を通じて「我が主君は天子也　今宗室は将軍家也……」という尊王思想を改めて唱えるに至った。この考えは水戸徳川の子々孫々、親から子へ、当主となれば大日本史の編纂所の学者たちからも伝えられた。勿論、父斉昭公から七男の慶喜公へも伝わったことであろう。その教えは、「天皇を主君とする水戸徳川は、朝廷と幕府とが戦に及ぶようなことがあった場合、幕府にいかに正当な理由があろうとも天子に向かって弓を引いてはならない。当主にならない子供たちも、決して将軍の家来たる譜代大名の養子になってはならない」というところまで発展し、歴代当主には、それを家訓と称するほどに定着していった。

　この当時、アメリカ、イギリス、フランスなどの欧米列強は、帝国主義を掲げて日本国にも進出、もし我々が内乱状態に陥れば、列強各国はそれぞれ

の背後に回り代理戦争へと発展し、植民地化への道に迷い込ませたことであろう。

慶喜公は将軍職に就かれる頃から、国内だけでなく、諸外国の情勢を見極め、内乱を可能な限り回避し、慶応三年十月十四日に将軍職辞表を提出するまで、僅か十か月ほどの間に、アジア諸国を次々と植民地化した欧米列強を視野に「大政奉還」の一手を打たれ、日本国の独立を守られたのである。この短期間に「どうやって王政復古を成し遂げるか」という命題を一身に背負われたご労苦は、想像することもできない。ただ、光圀の時代から幕末までの約二百年、愚直なまでに教えを守ったことが、世界に冠たる政権交代である「大政奉還」へと導いたと考えている。

静岡時代、慶喜公は子や孫たちから「なぜ、将軍を辞され江戸幕府を解体されたのか?」と聞かれたそうである。公は「……あの時は、ああするしかなかったんだ。誰がやってもああなったんだ」と答えられたそうである。

子供らに当時の複雑な内外事情を話しても仕方がないと思われたのかもしれないが、〝言い得て妙〟と感じ入った言葉である。「誰がやっても……」とは、「如何に才覚に長けた人物をもってしても、これ以上のことはできなかった」という自信と満足を垣間見ることが出来るのではないか。

この自信の裏に、備中松山領主板倉勝静がいる。慶喜公当時の老中首座を務めた人物である。板倉勝静が老中首座になった経緯はご高承の通りであるが、この板倉勝静公を支えたのが本書の主人公、備中聖人と称される陽明学者、山田方谷であった。

方谷は丸川松隠に学び、嘉永二年勝静が領主となった際に、元締・吟味役となり財政改革を断行、郡奉行、年寄役助勤、御勝手掛を経て、文久二年勝静が老中になると顧問として幕政に参与、翌年には勝静より先に隠居した。現実はそのようには行かなかったようであるが、大政奉還の善後策「大阪にとどまりひたすらに恭順を尽くす」という方谷の案が検討されたと言われ、

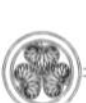

慶喜公の思案に少なからず足跡を残していたのではないかと思う。
方谷の内なる正義はぶれることなく、業績は前述の財政改革のみならず、民政改革、教育改革、軍事改革などなど、誠に多岐に渡っており枚挙に暇がない。ここで方谷の多くを語ることは控えるが、備中松山領主板倉勝静公を老中首座にまで押し上げた力には感服する。
方谷に支えられて重責を果たした人々の子孫の一人として、方谷の往時の労苦は察するに余りある。

水戸徳川家第十五代当主
公益財団法人　徳川ミュージアム理事長

徳川斉正

夢を駆けぬけた飛龍　山田方谷　＊　目次

序文〈徳川斉正　水戸徳川家第十五代当主（徳川慶喜十五代将軍曾孫）〉　1

✿ 学問に志す〈山田方谷　その一〉

山田家の期待を担って　15
川を渡る　21
さくらの願い　25
方谷を待ち続ける母　30
さくら売られる　32
進との出会い、母の死とかんざし　35
父の死、進との結婚　47
京都への遊学　61
江戸への遊学　71
大患と娘さきの死　79
世子板倉勝静に講義　81
進の家出　93
元締役拝命と周囲の反発　95

✿改革を断行〈山田方谷　その二〉

藩政改革に着手　115
負債整理　119
藩札刷新　126
産業振興　135
上下節約政策　154
民政刷新改革　160
教育改革　163
軍政改革　164

✿武家に育つ〈谷　昌武　その一〉

剣術師範の子　179
昌武と志計子　185
夏〜鮎釣り〜　190
冬〜谷家断絶〜　197
盆踊り　202
河井継之助との出会い　205

✿幕政に関与〈山田方谷　その三〉

江戸幕府崩壊を予言　211
安政の大獄　217
長瀬に移住　225
方谷の弟子・河井継之助　229
老中勝静の政治顧問　245
大政奉還　264

❀剣に生きる〈谷　昌武　その二〉

谷兄弟、新選組入隊　277
近藤勇の養子になる　283
池田屋事件　287
ぜんざい屋事件　292
長兄三十郎の死　298
方谷との再会　302
鳥羽伏見の戦い　309

❀市井の人に〈谷　昌武　その三〉

奇跡の生還　321
神戸で店を開く　325
妻梅の妊娠と死　332
次兄万太郎を訪ねる　335
警察官になる　348

❀救藩と将来世代教育〈山田方谷　その四〉

松山城無血開城　353
熊田の切腹（「武士道」の鑑）　357
復藩の苦労（維新「勧進帳」）　364
小雪の新生活　368
河井継之助の活躍と戊辰北越戦争　369
藩主勝静の流浪　375
将来世代教育に情熱を燃やす　384
小雪の死　387

明治時代の幕開け 390

✿ 出生の秘密 〈谷　昌武　その四〉

兄万太郎の死 393
夢を叶えた志計子 400
大阪～本伝寺 408

✿ 永遠の夢 〈山田方谷　その五〉

大久保利通からの信頼 415
方谷と西郷隆盛 416
別れの詩 420
徳川慶喜の回想 422
勝海舟の回想 423
三島中洲の回想 425
方谷のその後の影響 426
方谷が見た夢 427

参考文献 431
あとがき 436

夢を駆けぬけた飛龍

山田方谷

——我が祖　山田方谷に捧ぐ

学問に志す

山田方谷　その一

山田家の期待を担って

時は一八〇五（文化二）年。

日本は文化・文政の文化が花開く一方で、度重なる飢饉や天災で民は困窮し、幕府や各藩は財政難に苦しんでいた。

またイギリス、アメリカ、ロシアの外国船がアジアの周辺に出没し、各国に通商を求めていた。一八〇四（文化元）年にはロシア使節が長崎に来航し通商を要求するなど、幕府の鎖国政策による長い太平の眠りを覚ます予兆を感じさせるころであった。

この年の二月二十一日、備中松山藩領阿賀郡西方村（現在の岡山県高梁市中井町西方〈現在のＪＲ伯備線にある方谷駅から北東へ約五キロのところ〉）に、山田五郎吉重美と梶という夫婦に長男が誕生した。幼名を阿璘、本名は球、通称は安五郎、号は方谷という。

後に、崩壊寸前の備中松山藩を再興し、幕末の志士達と交友し、また育て、陰ながら幕府に多大なる影響を与え、大政奉還にも関わり、幕末の動乱期における幕府側の第一人者になった人物、山田方谷である。

方谷が生まれた年、ヨーロッパではアンデルセンが生まれ、トラファルガーの海戦があり、前年にはナポレオンが皇帝に即位している。

方谷の先祖は、清和源氏の祖、源経基の子源満政である。満政の子孫である山田駿河守重英は、当初尾張国山田郡（現在の愛知県瀬戸市）に居住していた。一一八四年、源範頼に属して中国地方を転戦し、平家討伐の軍功により備中阿賀郡二八か村の領地を与えられ、地頭に任命された。そして備中三城の一つ佐井田城を築城した。鎌倉時代末期、山田重富は後醍醐天皇に味方し格別な功績により、㊔の御紋を賜った。戦国時代には、方谷の先祖である山田重記が備中高松で豊臣秀吉と出会い、一緒に同行し、明智光秀討伐にも加わり功績を挙げた。しかし、一六〇〇（慶長五）年、関が原の戦いで毛利方であったため大幅に土地を減封されたうえ郷士格となった。そして方谷の父五郎吉の祖父の時代に不幸な事件があり山田家は没落した。

その後、五郎吉は山田家再興を願いながら、農業とともに菜種油の製造販売で生計を立てていた。

当時の一般的な照明器具といえば、行灯（あんどん）やろうそく、戸外では焚き火や提灯（ちょうちん）であった。ろうそくや行灯用に使われていた「荏胡麻油（えごま）」はかつて中国からの輸入に頼っていたので高価であったため、安土桃山時代になり菜種油が用いられるようになった。菜種油はもともと食用であったが、燃やしても悪臭が発生せず灯油としても利用されるようになった。

菜種油の原料であるアブラナは、梅雨のころになると黄褐色に熟してくる。そのさやが裂けて、中の種子がこぼれ落ちてしまう前に刈り取り、むしろの上に広げ棒で叩いて種子を集める。次に干した種子を炒り鍋で炒る。種子は三八～四五％の油分を含んでいるので、これを圧搾し油を摘出する。

その作業の仕方としては二種類ある。人力により臼を踏む方法と水車の動力を利用する胴突きの方法である。種を粉にし、蒸籠に入れて蒸し、その後袋に詰めて絞め「しめぎ」にかけて絞るというものである。

ふんどし一枚になった二人が搾油装置を間にして向かい合って立つ。天井から麻縄で吊るされている欅（けやき）の木材を前後から揺り動かして、勢いをつけて楔（くさび）に打ちつける。楔が打ち込まれるにつれて、油が搾りとられていく仕掛けである。油は搾油装置の下にある穴にたまる。

交互に両方から楔を打ち込む作業は、文字通り全身汗だくになる作業である。得られた油は独特のからし臭があり黄褐色なので、酸性白土で精製し風味のいい淡黄色の「しらしめ油」にする。

このように、菜種油の製造は大変な労働であったが、それが終わった深夜、父五郎吉は親戚である室丈人から学問を習っていた。五郎吉の山田家再興に対する壮絶な執念を感じる。また、学問に対し非常に重きをおいていたのも見て取れる。

室丈人（むろじょうじん）は、備中中津井村（現在の岡山県高梁市）の室家の長老である。室家からは室鳩巣（むろきゅうそう）（第八代将軍徳川吉宗の「享保の改革」を企画実行した儒学者）が出ている。

その五郎吉が残した「父五郎吉君家訓」とは、

一、衣類は木綿に限ること。

二、三度の食事は一度はかす、一度は雑炊、一度は麦飯、もっとも母には三度とも米をすすめ、夫婦の米は倹約すること。

三、酒のたしなみは無用のこと。

四、客の饗応は一汁一菜限り。
五、仕事が忙しい時は、朝七つ（午前四時）から夜九つ（深夜十二時）まで。
六、履物はわら草履、引き下駄、わら緒に限ること。
七、からゆ（毛髪を固めるびんづけ油）、さかやき（男子が半月型に頭髪を剃った部分）は月に三度。びんづけは倹約すること。高銀の櫛かんざしは無用。
八、遊芸は一切無用。

など、十二か条からなる。まさに質素倹約な生活ぶりがうかがえる。

そういう厳しい環境の中、山田方谷は生まれ育てられた。


山田家の家紋は丸に吉「㊡」である。

ある日、父の五郎吉は、夜押入れから古びた裃を取り出し、幼い方谷に見せた。

「阿璘や、この古びた裃についている㊡の家紋がわかるか」

方谷は家紋をまじまじと見ながら、またあの話だ、と思いつつも真剣に聞いた。

「鎌倉時代の末期のこと、後醍醐天皇が隠岐に流された後、隠岐から脱出し船上山に籠った。その後、京に攻め上るときに、我が家の先祖がこの地の地頭であったので京まで従って戦功をたてたのだ。その褒美にこの家紋を天皇から賜ったものなんだぞ」

五郎吉はこの話をするたび、目を輝かせながら、誇りに満ちあふれていた。

そのあと、ふっと貧しい家を見まわすと、目を閉じ、唇を噛み、ぐっと拳を握った。

そして、静かに真っ直ぐに息子の目をみて、涙を滲ませながら言葉を続けた。

「阿璘（ありん）、いま我が家は貧しいが、頑張って何とか山田家を再興してくれ」

方谷はただうなずくだけであった。

父の表情は柔和でも、山田家再興にかけた強靭な意志と激情を秘めていた。

父母は質素倹約の生活をしながらも、方谷に対する教育には学費を惜しまなかった。

母梶は幼い方谷の頭をなでながら、

「お前はよい子だから、必ず立派にお父さんの志を達成しておくれ。しかし、時の勢いに乗じて走り過ぎると必ずつまずくものですよ。私はお前が生涯を立派に終えてくれればそれで十分だよ」

と言って微笑んだ。方谷もしっかりとした笑顔で母に応えた。

川を渡る

風薫る初夏のある日。田植えが終わり一段落したので、五郎吉は方谷を連れて高梁川に魚釣りに出かけた。高梁川のまわりの山々は美しい緑に囲まれていた。方谷は父と一緒に川縁に座っていた。

方谷は父に

「なぜうちの家は貧乏なの？」

とたずねた。父は来る日も来る日も朝から晩まで働きながら、山田家再興のため、近所に教えを乞い勉学に励んでいたが、家は隙間風は入り、いつも空腹だった。

父は言った。

「貧乏か。今我が家は貧乏で困窮しているが、世間を恨んではいけない。自ら努力して貧乏を克服しないといけない」

さらに父は高梁川に目をやって

「川は広い、急な流れもある。渡るのをためらうかもしれない。だが、もし欲しいものがあれば、自ら川を渡り取りに行かなければならない。世間を恨むのではなく何事も川を渡らないとだめだ」

と言った。

爽やかな秋晴れの一日。方谷は近くの田んぼで虫や蛙を探していると、道端でうずくまっている女の子がいた。

「何をしてるの？」

と方谷がたずねると、

「お花を探しているの。お母ちゃんがおなかが痛いと寝込んでいるの。可哀想だからあげようと思って」

と答えた。

「もっといい野原しっているよ。一緒に探しに行こうよ」

と方谷はその女の子の手をとった。女の子はにこっと笑うと、

「ありがとう。私はさくら。連れて行ってくれる？」

方谷も嬉しそうに笑顔でかえした。

「ぼくはそこの家の阿璘（ありん）っていうんだ」

そして二人は野原にいった。そこは澄んだ秋空のもと、萩や薄、リンドウなどの秋草をはじめ、色とりどりの花が乱れ咲く花園のようだった。

方谷とさくらは夢中で花を摘んだ。方谷も母に花束を作った。

「こら！　阿璘、早く仕事を手伝いなさい！」

そこを通りかかった父が遠くから呼んだ。方谷はがっかりしながら、

「もう行かないと」

と小さな声でつぶやくと、さくらが笑顔で手を振りながら言った。

「私のおうちもすぐ近くなの。また遊びましょ」

それを聞くと、すっかり元気になって、勢いよく手を振り、父のあとを追いかけていった。

家につくと、早速、母親の梶に花束を手渡した。

「母上！　綺麗でしょう」

梶は少しニッコリした表情を浮かべながら花束を見て、方谷の顔を見た。

そして言った。

「そこに座りなさい」

喜んでもらえると思っていたのに全く逆の反応で、方谷はかなしくなったが表に出さないように、母の前に正座した。

「お前の私に対する気持は嬉しいが、私は山田家再興のため勉学に励んでくれたほうがずっと嬉しいのです。

お花を摘んでいる時間があったら、一つでも多くの字を書いて覚えなさい」

「分かりました。母上」

気持をぐっとこらえて方谷は答えた。

梶はそんな方谷の様子を見てから、笑顔になり、

「それでは一緒に書き取りしましょう」

と筆を持った。

いつも梶は明け方から晩まで、農作業や菜種油の製造をしながら、朝餉の準備をし、洗濯や掃除、繕い物をしたりと息をつく暇のないほど働いていた。

ところが方谷が筆を持つときは母が一番近くで見ていてくれ、字を書けば書くほど喜んでくれるので、無我夢中で覚えた。

母がよく覚えたと、喜んで笑顔を見せてくれるときが至福の時であった。

方谷の生来の資質は天性のものがあったにせよ、この父母ありて、さらにその資質は伸ばされ、高められていった。

方谷はそんな父母の期待に応えるかのように、幼少の頃から非凡な才能と明晰さを遺憾なく発揮した。三歳で漢字を覚え、神童と呼ばれた。四歳の時には板額に書をしたためた。現在でも大佐（おおさ）神社（岡山県新見（にいみ）市大佐小阪部）に額字が奉納されている。

さくらの願い

方谷は友達になったさくらと、その後、何度か遊んだ。

さくらも、方谷が家で梲と書道をしているのを入り口から眺めていたりした。神社で板書に書をしたためたときは、近所の大人や子供みんなで連れ立って、「すごい！　すごい！」と見に行っていた。

方谷がいつものように、さくらと遊んでいると、山のような年貢米を積んだ荷台車が後ろからすごい勢いで突っ込んできた。

赤ら顔をした藩の役人が荷台車を引っ張る農民を怒鳴りながらせかしていた。

「早く、年貢米を藩の蔵屋敷に納めるのだ」

「さくら、危ない！」

と方谷が叫んだ。

さくらは荷台車を避けようと道に転んだ。

荷台車は転んださくらの右手をひいてそのまま通り過ぎてしまった。

「さくら、大丈夫か」

と方谷はさくらに近づいた。

「痛いよう、痛いよう」

とさくらは泣き叫んでいた。

方谷は荷台車を見たが、荷台車は既に遠くに去ってしまっていた。

車にひかれたさくらの右手にはくっきりとあざが残った。

「ひどいものだ」

大声で泣き続けるさくらを慰めて、方谷は近くの川で冷たい水を汲んできて冷やしてあげた。

しばらくすると、さくらは段々落ち着いてきて、とても怖い顔でいった。

「今のは、お城に運ぶお米の車？　お米ばかりかき集めて！　お城にいる、えらい人たちはどうしてあんなにお米がいるの？」

さくらは痛い右手をさすりながら、しばらくすると、話し始めた。

「ずっと前、花束をあげたお母ちゃんはね、ご飯が少なすぎて倒れてしまったの。どこかの大人が、お米が食べられれば元気になるのに、て言ってたわ。うちね、お米を作っているの。朝早くから、家族みんなでずっと稲刈りしたのよ。手も足もすりきれて痛かった。でも沢山とれて、うれしかったの。やっとお米が食べられて、お母ちゃんが元気になると楽しみにしていたのに……」

さくらは急に手に顔をうずめて、わんわん泣き出した。

「お父ちゃんに、『お米が食べられるわけないだろう！　お米はすべてお城に納めなければいけないんだから。』って怒られたの。どんなにがんばって働いても働いても、お母ちゃんにお米を食べさせてあげられないなんて。毎日毎日、痩せていってお母ちゃんもう死んじゃうよう。

作っても作ってもお米が食べられないのはなぜ。なんでお城のえらい人はあんなにお米が欲しいの？　病気になった人にもお米をちょうだいよう」

と、さくらは再び泣き続けた。

方谷はいつも笑顔なさくらが、突然怖い顔で話をしたことも、さくらのお母さんが死んでしまいそうに弱っていることにも驚いた。しばらく茫然として、呟いた。

「おいらの家では、ご飯は麦かカスかくず米で十分だと言われてるよ。おかずもないよ」

「でもうちのお母ちゃんはそれでどんどん弱っていってるのよ」

とさくらは怒った顔で言った。

方谷は、自分の母親もガリガリでたまにふらついているのを思い出した。もしかしたら、母上も倒れてしまうかもしれない……と思うとぞっとした。

母上もお米を食べられればいつまでも元気でいられるだろう。家訓は家訓として、母上だけでもどうにか食べさせなければいけないと思った。

そして、さくらの家族もいつも貧しさに耐えていたのだということも思い知らされた。

「ここでもか！　父も母もさくらの家族も、みんなみんな貧乏というものに苦しめられている。働いても働いても貧しい？　貧しさとは何物なんだ？　どうすれば貧しくなくなるのか？」

方谷は、貧しさという巨大な怪物にぞっとした。しばらく考え込むと、ぐっと、さくらの手を握った。

「大丈夫。おいらが何とかする。絶対なんとかするから。おいらが、お米をお腹いっぱいに食べられる世の中を作ってみせる」

もう学ぶしかない。様々な学問を身につけて偉い人間になり、地獄の貧しさからみんなを脱出させるほかない、と心に誓った。

さくらはぴたりと泣き止み、驚いたように方谷の顔をじいっと見ると頷いた。

「いつもすごい字を書いて、みんなを驚かせている阿璘なら、ひょっとしたら世の中を変えられるかもしれない」

と真顔になった。

「しばらく一緒に遊べなくなるけど、がまんして待っていて」

そういうと、方谷は走って帰っていった。

この時から、方谷はさくらとも遊ばず、ますます勉学に励むようになった。

五郎吉は方谷の賢さに驚き、期待し、念願の山田家再興のために更なる学問を身につけさせようと考え始めた。

方谷を待ち続ける母

そこで、方谷はわずか五歳で新見藩儒丸川松隠のところで両親の元を離れて勉強することになった。その頃の学問は朱子学が主流であった。

方谷は中井町の自宅から両親と一緒に四キロほど離れた高梁川まで来た。その後高梁川を船で対岸に渡り新見藩に行く。

「阿璘（ありん）、丸川先生のところで一生懸命勉強をして山田家を復興するのですよ」

と母は足の膝をついて方谷の目を見ていった。

方谷はこっくりうなずいた。両親からの期待はぐっと重くのしかかった。

「阿璘、お前ならきっと世の中を正しく出来る。さてそろそろ行くかな」

と父が声をかけた。急に母は阿璘の背負うものが重すぎるのではと、はっとした。

一方、とにかくやるしかないと決意した方谷と父を載せた渡し船は出発した。

母は方谷を見送りながら、地面に倒れるようにしゃがみこんだ。

「阿璘、阿璘」

方谷も船の上から母に手を振った。渡し船はゆっくりと見えなくなった。

母は不安と期待が葛藤し、その場に座り込んだままだった。

この日から、母は毎日、もしかして方谷が帰ってくるのではないかと思い、高梁川の船着場に行きじっと待っているのであった。

「阿璘に会いたい」

でもいつまでたっても方谷の姿はなかった。

丸川松隠は一七五八（宝暦八）年に新見藩領の備中浅口郡西阿知村（現在の倉敷市西阿知町）に生まれ、十五歳の時に備中総社の亀山如水に朱子学を学んだ。その後、一七九〇（寛政二）年に大阪の中井竹山（懐徳堂）に入門して本格的に儒学を学んだ。この懐徳堂には後に方谷が学んだ寺島白鹿や佐藤一斎などがいた。

特に、松隠は江戸幕府が全国の善行者を調査記録した「孝義録」にその名が記載されたほどの孝養心の厚い人物である。時の老中松平定信が昌平黌（江戸幕府の学問所。現在の東京大学の前身）の教授登用のため全国の秀才を集めたとき、松隠も招かれたが、「自分の家は代々新見藩に仕官しており、その恩を忘れるわけにはいかない」といって、江戸行きを辞退した。その言葉通り、二万石にも満たない新見藩で松隠は世に知られることもなくその生涯を終えることになる。

方谷は、今でいう小学校に入る前の年齢で、山越えして約五里（二〇キロ）も離れた新見藩の親戚筋の寺に預けられ、父の亡くなる十五歳までの十年間を、この松隠塾で過ごすことになる。この期間、方谷は松隠塾で厳しく教育を受けると同時に、孫のように可愛がられ、また人としての生き方を学んだ。方谷の人間形成にとって松隠から受けた影響は計り知れないものがある。

さくら売られる

方谷は日々勉強に励む中、世の中をよくするためにどう朱子学を活かせるか悩んでいた。そんな時、久々に新見の丸川先生のところから故郷の中井町に帰った。

方谷は珍しく勉学ではなく、幼なじみのさくらのことを思い出していた。

丸川塾から戻った方谷は、その懐かしいさくらに、偶然高梁川で出会ったのである。

久しぶりで、心がはずんだが、どこかさくらの様子がおかしい。

さくらはとても暗い顔をしていた。高瀬舟でどこかに出発するところであった。

方谷はさくらの手をとった。

「さくら？」

さくらは、はっと顔をあげた。

「ああ、阿璘（ありん）。

私のお母ちゃんがとうとう死んじゃったの。最期までお米を食べさせてあげられなかった。

それでお父ちゃんは一人では子供をどうしようもないからって、私は江戸というところで、女中になりなさいと言われたの。ひどいよね。

もう、ここには帰ってこれないんだって。貧乏だからもう家にいられないんだって。なんでだろうね？　お父ちゃんとお母ちゃんとずっと一緒にいたかった。阿璘とも、もっと遊びたかった」

とぽろぽろ泣き始めた。

そして方谷の手をとると、

「阿璘、あなたはお米いっぱい食べられる世の中にしてくれるっていったわね。もう一つお願い。親と一緒にいつも笑って暮らせる世の中にして。お願い」

目にいっぱいの涙をためて、さくらは、じいっと方谷の顔を見た。

「絶対に。約束する」

方谷は声をしぼりだした。そうして、さくらは高瀬舟に乗り込むと、多くの物資とともに出発した。

方谷が再び叫んだ。

「さくら！」

さくらは

「あなたのこと信じてるから」

と一言大声でいうと、それからもう振り返らなかった。

方谷は茫然として舟が見えなくなるまでいつまでも、高梁川を見つめていた。ぐっと拳を握り、目をつぶった。間に合わなかった。がんばってがんばって勉強したけど、さくらのお母さんだけでなく、さくらまで救うことはできなかった。さくらはまだ六歳なのに。またしても、おぞましい貧乏という怪物にやられた。方谷はじっと動けずにいた。

あまりに近い死と別れを目の当たりにし、母上だけは、守らないと、と誓った。

そしてふと父が言っていた「自分の夢を実現するためには高梁川を見ているだけ

では駄目だ。自ら川を渡らないといけない」という言葉を思い出した。
まだ足りない。急いでもっともっと学ばなければ。

進との出会い、母の死とかんざし

父五郎吉の念願を理解しつつも、まだ親に甘えたい年頃である。親元から引き離された、見知らぬ場所での生活で、周りの塾生達とはあまりに年が離れている方谷は心細さでいっぱいだった。そんなある日。

方谷が、いつものように勉強していると、女の子のはしゃいだ声がした。方谷は華やいだ空気を感じ、本から目を離し、その声のほうを見た。そこには自分と同じ年ぐらいの色が白くかわいい女の子がいた。

方谷五歳、進（しん）四歳の出会いは、方谷にとって鮮烈な出来事であった。

進は、丸川塾のすぐそばに住んでいる新見藩士若原氏の娘である。

実は同い年位の神童が来たという噂を聞きつけて、のぞきに来ていたのだ。

もともと庶民の子供は寺子屋で読み書きソロバンを習う程度で、漢籍の素読までするのはほとんどが庄屋など裕福な家の子供だけだった。その上、丸川塾の塾生は方谷や進からみると大きなお兄さんばかりだった。その教室の中で、一人だけ小さな方谷がしゃんと背筋をのばして本を読んでいる姿はとっても格好良かった。

進は松隠からお菓子をもらいながら、方谷を見た。

「そんなに勉強して大変ね」

と天真爛漫に方谷に語りかけてきた。

方谷は赤く染まった頬を隠すように視線を本に落とした。恥ずかしかっただけでなく、どこかで塾生の誰かに見られたらからかわれるに違いない。

方谷は農民の出身であったので、周りの女性は皆、農作業で色が黒かった。八重歯がのぞく笑顔の色白な女の子は輝いて見え、まぶたの裏に残って、ドキドキしていた。

一方、進はそっけなくされたが、全然気にせずまたのぞきに来ようと思っていた。

ある日、方谷が勉強に疲れ柱にもたれて母からの手紙を読んでいると、後ろから目をふさがれた。

「誰だかわかる」

と無邪気な声がした。進であった。

方谷はいつも年代の違う塾生達と過していたので、本ばかり読んでいるか、柱によりかかり瞑想するくらいしか、気を紛らわせることができなかったが、どんどん話しかけてくる進の無邪気さに救われ、次第に惹かれていった。

幼い方谷は、進と出会い、その真っ直ぐな道に鮮光が射すのを感じた。

松隠塾の庭には石畳があり、その間を方谷と進が遊ぶ姿がみられた。

方谷は、学問所に着くと何気に進の居場所を探す。誰にも悟られないように。

進も方谷が来るころになると何気に学問所に現れ、方谷を探す。

お互いに見つけ合うとにっこり微笑んだ。方谷は勉強がはかどる。進は頬が赤らみ、その華麗さが増す。そんな日々が続いた。


もともとの学問の素質もあり、時々現れる進の励ましもあり、良師の指導を受けた方谷は、めきめきと力を付け、評判も広まり、六歳のときには新見藩主の前で立派な大字を披露する機会も得た。

進は方谷に会ったとき、

「すごいのね！　お城でお殿様の前で字を書いたとか聞いたわ」

と、とても感心していた。

方谷が九歳のころ、松隠塾を訪ねてきた客が小さい方谷を見て少しからかった、

「そんな小さな歳で、何のために学問をするのか」

と尋ねた。方谷は幼い顔に笑みを浮かべ、

「治国平天下（ちこくへいてんか）」

と答えた。客は驚いて二の句が継げなかった。

「治国平天下」とは「大学」にある言葉で、国を治めて天下を平和にするという意味である。

そして、もう誰も一人だけ若いというだけで、方谷のことをからかう者もいなくなっていた。

そんな方谷の心情が分る、十一歳のときの詩が残っている。

母からの手紙

母からの一通の手紙、手紙にこもる母のありがたみ。

門にもたれて、我が子の帰りをまちわびる母がいた。
その母の愛にもまさる思いがこの手紙ににじんでいる。
全文わずか十五行。書いてあることは、
学問にはげみなさい、体には十分気をつけて、と、だけ。

寂しい思いをしつつも、母親からの愛情を感じながら、ふんばって、いつか山田家を再興し、母親には沢山のお米を食べさせたい、そして多くの貧乏で辛い目にあう人々を助け出したい、という夢を抱いていた。

数々の逸話を残しながら、方谷は親元を離れ、年齢の離れた塾生たちに囲まれながら、どんどんと学問を吸収していった。


十四歳になったある日、方谷が松隠塾で勉強していると、見覚えのある顔が方谷のところにやってきた。実家で働いている下男の佐助である。

「阿璘（ありん）、大変です。母上が危篤です」

「え！」

と方谷は言葉を失った。

そばにいた松隠も

「今日の勉強はもういいから、早く母上のもとに帰ってあげなさい」

方谷はとるものも取りあえず、新見から五里（二〇キロ）もある道を急いで帰った。

ふっくらとしていた母は、みる影もないほど病み衰え、別人のようにも見えたが、母に間違いなかった。

「お母さん、阿璘です。わかりますか」

母梶（かじ）は、閉じていた目をうっすら開け、痩せこけた手を伸ばして方谷の頬に触った。

「阿璘、私のことを心配してくれてありがとう。きびしいことを言ったこともあるけどごめんね。

我が家は貧乏なの。だから、お父さんの山田家の再興という夢、お前の夢の実現のためには学問は必要なの。私のことは心配しないでね」

弱りきった母の口から出た言葉は、松隠塾に戻って勉強しなさい、という一言だった。

「……わかりました」

母は方谷をじっと見て嬉しそうに微笑んだ。自分の髪から大、小二本のかんざしを抜き取って方谷の手をとって渡した。

「このかんざしは、結婚した年の夏、備中松山踊りのときにお父さんが買ってくれたもの。家は貧乏でお前に残すものは何もないが、このかんざしだけは、母の形見と思ってください。最愛の人ができたら、その人にあげてね」

ずっと母の傍にいたい気持ちでいっぱいだったが、母の言葉はそれを拒絶した。

「でも、気をつけなければならないことは、人間というものは勢いに乗ってやりすぎるとつまずいて転ぶものです。とにかく、私はお前が人生をまっとうしてさえくれれば満足ですよ。早く丸川先生のところに帰るのです」

というと、目をつぶった。

今は百姓の身なれど、母のとった態度は、まさに武士の母の姿そのものである。厳しさの中にも我が子への愛情を表に出せないつらさ。自分自身の命よりも、より高い目的に役立たせることを誇りとする武士道の精神は、男だけではなく、妻として、母としての女にも求められていた時代である。

学問を放擲（ほうてき）して帰ってきた方谷に、涙をこらえて門を閉ざした気丈の母。ひたすら息子の将来を夢見て、やがて学問の道を通して武士に出世することを信じて疑わなかった母は、けなげにも息子の前では、最後まで武士の母の姿を演じて人生の幕を閉じる覚悟ができていたのである。

しかし、母梶は、横にいるまだ小さな体の方谷が、御家の再興を背負わされ、幼い時から親元を離れたあげく、母の身を案じ遙々遠くから必死で母の元に帰ってきた我が子の心境を思うと、ぐっと胸が熱くなり、方谷を優しく、しっかりと抱きしめた。

方谷はもともと細かった母の腕がさらに細く、弱々しかったことに不安を感じたが、母の気持を受けとめ、泣きながら帰路につかざるをえなかった。

しかし、間もなく届いた再度の母危篤の知らせに、母に励まされ引き返した五里（二〇キロ）の山道を、再び方谷が走り続けたのは、その十日後のことである。

息も絶え絶えに、辿り着いた我が家で見たものは、行灯の明かりに照らされた、母の亡骸（なきがら）であった。

「母上、何で私を置いて、どうして死んでしまうの」

母梶の死は、一八一八（文政元）年八月（陰暦）のことであった。まだ四十歳という若さであった。

また間に合わなかった。寂しさを我慢し、必死で勉学に励んでも、母を助けることは叶わなかった。方谷は粗食と過労で亡くなったさくらの母親のことを思い出していた。父は家に米があるときはなるべく梶にだけ食べさせていたが、やはりそれでも貧しさで亡くなってしまった。貧乏が憎い、と悲しみに暮れていた。

悲観して松隠塾に帰ってきた方谷を励まそうと松隠は方谷に尋ねた。

「お前もやがて志学の年（十五歳。「論語」の言葉）の年になる。ひとつ将来の目標を聞かせてくれ」

方谷は即興に「述懐」（私の思い）という詩をつくり答えた。

父が私を生み、母が私を育てた、
天が私を覆い、地面の上に私がのっている。
男たるもの、こう思う、
何もできずに終われない。

この世の中を良くしたい、
思いばかりが、先に立つ。
ひとりため息、つく我を、
考えすぎだと人はいう。
されど時は短くて、
悩み伝える友もない。
育ててくれたこの恵み、
いつか報いる日を目指す。

松隠は目を細めて、
「陽気の発するところ金石もまた徹る。精神一到何事かならざらん」
といい、悲しみに暮れる方谷を励ました。

一方、父五郎吉は働き手がなくなり、悩んだあげく、方谷に家業を手伝わせるしかないと松隠に言ったが、松隠が生活や学費は面倒みるから、どうしても勉学を続けさせてほしいと説得されてしまった。

しかし男手一人で、まだ幼児である方谷の弟を育てながら家業を続け、生活するのは難しく、五郎吉は喪があけるのもまたず、亡き妻と同族の西谷家から近(ちか)を後妻に迎えた。

最愛の母が亡くなり悲しみに暮れる方谷にこの便りが届いた。

方谷が懐いていた父への思いとは裏腹に、父の母へ対する想いはそんなものだったのかと、方谷の心の中に怒りとも思える気持が芽生えた。

母が亡くなってから高梁の町で見る風景の色合いも変わって見えた。小鳥たちのさえずる楽しげな声も寂しく、天高く晴れ上がった秋空も霞んで見えた。

方谷は柱にもたれかかり、ずっと黙って庭をみていることもあったが、進はただ横に座っていてくれたりと、方谷に寄り添って心の支えとなっていった。

山々は紅葉で赤く染まり、秋のやわらかい日差しが高梁川の川瀬に輝き、朝霧と朝日のコントラストがこの世のものではないような美しさを醸し出していた。

方谷と進は塾が終わると高梁川に遊びに行くのが日課だった。

だが、今日は塾のすぐ裏の山で野猿が出ているということを農民から聞いた。それで野猿を見ようと山のほうに向かった。柿の実が赤く熟しており、方谷が飛び上がって柿の実をとって進に渡した。

途中の田んぼは一面金色に輝き、たわわに実った稲の穂が実の重さに耐えかねてこうべを垂れていた。時折カエルの鳴き声が響いた。

少し山を上ると視界が突然開け高梁川が一望できた。紅葉した濃い赤と、松の緑と高梁川の青の風景は絵の中から飛び出したようであった。

方谷は石の上に進と二人で腰掛けた。

「安五郎さんの瞳はいつも輝いているのね」

「そうかな？」

少し恥ずかしそうに方谷はうつむいた。

「将来の夢は何なの」

「そうだな。勉学で身をたて、両親を楽にして、山田家を再興することが夢なんだ」

「進さんは、どうして勉強しているの？」

「分からない。でも勉強していると力が湧いてきて何か夢をもてそうなの」

と、はにかみ笑いをしながらながら言った。本当は方谷が必死で勉強しているので、少しでも気持がわかるように真似してみたのである。

そう話し込んでいるうちに、いつの間にか方谷の横にあったはずのおにぎりがなくなっていた。ふりかえると、野猿が方谷の方を見ておにぎりを見せびらかすように食べていた。悔しいばかりか、よりによって進の前で格好悪いところを見られて気まずかった。

「野猿の方が安五郎さんより賢そうね」

進は笑いながら自分のおにぎりを方谷に渡した。おにぎりを一口食べるととても美味しく、心なしか甘酸っぱい味がした。

悲しみに暮れる方谷にとって進の存在は大きかった。進は、時に恋人であり、時に母親のように気丈に接し方谷を支えてくれた。進は、少女の華麗さに加え、大人の艶っぽさが増していた。

父の死、進との結婚

方谷が最愛の母を亡くした翌年の七月、蝉がよく鳴く昼下がりのころである。

方谷はようやく母を失った失意の底から何とか這い上がろうとしていた。悲しみを忘れようと今まで以上に勉学に励んでいた。

午前の勉強が終わり、方谷は松隠と昼飯を食べていた。

そこへ下男の佐助が目を真っ赤にしながら飛び込んできた。

「佐助、どうして泣いているの」

佐助は涙を流しながら、声を振り絞るように言った。

「お父上の五郎吉さまが今朝、お亡くなりました」

方谷の目の前が急に真っ暗になった。

「父上が、父上が亡くなったのか」

と言って地面にうずくまった。

方谷は気を取り直して、蝉時雨の街道を一人とぼとぼと実家のある西方(にしがた)に戻った。

家の戸を開けると、行灯(あんどん)の明かりに照らされた父の亡骸が目に飛び込んできた。

「母上を亡くし、また父上まで亡くしてしまった。これから一体、誰を頼りに生きていけばいいのだろうか」

と途方に暮れた。

その横で、方谷より十歳年下でまだ五歳の平人（へいじん）は、何が起こったのかわからずちょこんと座っていた。

継母の近（ちか）もうなだれて泣いているだけだった。

近は方谷に、父五郎吉が亡くなる間際に語った、方谷への最期の言葉を伝えた。

「安五郎、いいか。この(吉)の家紋は、後醍醐天皇からさずかったもの。去年母が死んだ。父である私も死んでしまうだろう。だが自分の不遇を恨んではだめだ。この家紋に恥じないよう自分の夢を叶えるように努力するのだよ」

最期の父の思いを聞けたというのはありがたかった。

家の隙間から風がビュービュー吹いて方谷の顔にあたった。そして(吉)の家紋が書かれた掛け軸がカタカタ鳴るのであった。

父五郎吉が亡くなったことで、方谷の人生は大きく変わった。

父五郎吉の弟である辰蔵は病気がちで仕事が出来ないということで、残された継母と弟を養うため、家業の農業と製油業を方谷が継がなければならなくなった。

方谷は十六歳のときに丸川松隠塾を去り、家業を継いだ。

「今までの勉強はいったいなんだったのだろう」

と唇をかみしめた。


まだ、母のことを忘れられない方谷にとって、継母となった近はすぐには受け入れられない存在であり、一緒にいるのが辛かった。

ところが実際生活してみると、父は過労で死んだと容易に想像できるほど、生活は大変だった。

朝から晩まで休む間もなく続く慣れない農作業や、時には菜種油の交渉などもあり、方谷は商人との駆け引きもうまく出来ずに辛い日々を送っていった。

また、年若い弟はよく泣いて手はかかり、こんなにも両親の生活というものは大変なものだったか、と父が近を娶ったのも少しずつ理解することができるようになっていった。

一方で、近にとってもこの数年の生活は壮絶であった。

親戚の梶が亡くなったことにより、年が近い三十七歳ということで継母にさせられたのである。

母を非常に慕っていた神童と呼ばれていた長男からは毛嫌いされ、五歳の自分になれない弟の扱いに途惑いながら、仕事が忙しい時は、朝七つ（午前四時）から夜九つ（深夜十二時）まで働き、食は一汁一菜限り、倹約をし我慢すること、と言われていた。

方谷の父五郎吉は、梶のことを忘れたわけではなく、いつも辛そうであり、その上、方谷に学問を学ばせるために無理をして働いていたので、仕事は普通の家よりも過酷であった。

近は、そんな大変な両親の労働により方谷が勉学できたことを、そしてどんな思いで五郎吉が自分を迎えたのか、さらには自分が嫁いでどんなに苦労した一年だったか、そんなことについて何も分かっていないように見える方谷に、少し怒りさえ感じていた。

ところが、近は、神童と言われ、一家の想いを一心に受けていた方谷のことも昔から聞き及んでおり、子供である方谷が大人然としなければいけない環境も大変だったろうと推察し、怒りには封をし、なるべく優しくあろうと心に誓った。

そんな、にわか家族となった方谷と近と平人の生活は、最初はぎくしゃくしたものだった。


方谷は、苦しい家庭環境、勉学さえ続けることのできない自分では、進に相応しくないと考え、進には何も告げずに塾を去っていった。

しかし、その想いを断ち切ることはできなかった。

方谷は家業に励む傍ら、進がいたときの勉学に励むことができた生活や進とのことを忘れた日は一日もなかった。

進の華麗な姿を思い浮かべながら、一人で顔がほころぶこともしばしばあった。

方谷にとって進はかけがえのない存在であることを確信していくことになった。

父五郎吉が亡くなった一年後、久々に丸川松隠に会いに行き、そこで進と出会った。

「少し痩せたみたいね」

と進は相変わらず無邪気に笑った。

方谷はいつも重苦しい雰囲気に包まれていたので、進の無邪気さに別世界を見た感じがした。

川辺りを二人で歩いた。

方谷は

「ご無沙汰しております。あなた様にお会いしたかったです」

と気持ちを伝えると

「私が安五郎さんを助けてあげる」

進は白い八重歯を見せながら、にっこり笑った。

一八二一（文政四）年、方谷は新見藩士若原進と結婚した。方谷は十七歳（数え）、進は十六歳であった。

方谷は母からもらった大きいほうのかんざしを進の髪にさした。進の頬はうっすらと紅潮していた。

進の花嫁姿は、まばゆいくらい美しかった。

進は子供のころからずっと憧れていた方谷と一緒になれて非常に嬉しかった。ところが、進は武士の娘として育った人である。すぐには農民の生活に馴染めなかった。まして貧しい過酷な労働環境であり、食事も思った以上に質素であった。そして、方谷の継母となって一年ほどしかたたない姑と、まだ言う事もきかない五歳の弟の平人との共同生活である。うら若き階級の違う女性にとって、とまどいを通り越して暗闇の世界であった。嫁ぐときに両親にとても心配されながらも、大丈夫、二度ともどってくることはないから、と言い放ってでてきた手前、もう後がなかった。

最初のうちは、近と方谷と距離があったため、進も余程のことがない限り近とは話もしなかった。

ところがやはりストレスは想像以上に溜り、はじける笑顔が魅力だった進が無表情になっていく様子を見て、近は一生懸命、話しかけたり教えたりと世話をやいた。

進はそんな近がさらに煩わしく感じられ、余計冷たくあしらっていた。

カサカサになった荒れた手を見ながら、お琴をひいて、お友達と着物やかんざしを見せ合ったりして過ごしていた生活を思い出して涙がでることもあった。

ただ、忙しい中にあっても、少し早く仕事が終って方谷と談笑できたり、方谷が勉学する背中を見ることは進の楽しみで、それだけが彼女の心の支えとなっていた。

ある日、方谷が商売のためしばらく留守にしていたとき、事件が起こった。平人がいなくなったのである。

平人はいつものように朝の農作業の簡単な手伝いをしているうちに飽きて、遊びに出かけてしまった。近も進も他の作業をしていて、うっかり目を離してしまった。近が作業の片付けをしていて、平人を呼んだが返事がない。あせって、近は進に言った。

「進さん、平人が見当たらないの。どこにいるか知っている？」

進もはっとして、周りを見たが、どこにも見当たらない。

「あなたが母親なんだから、見てくれないと困ります！」

とだけ言って、片付けて帰ってしまった。

ところが待てども近が帰ってこない。考えてみたらいつも近のお手伝いをしているだけと気がついた。近がいつもやっている事を思い出しながら、家の掃除をして、洗濯をたたみ、穴を見つけたら繕いをして、外を見るともう日が傾いていた。つまらない普通の家事だけでこんなにも手間取るとは、なんとも恥ずかしかった。

「それにしても、お母さんたら遅すぎるわ。まだ平人が見つからないのかしら」

進もようやく平人を探しに出かけた。

村ではちょっとした騒ぎになっていた。平人をみんなで探していた。進はさすがに慌てて近を探し、声をかけた。

「お母さん、ごめんなさい。私、子供がいなくなるなんてよくあることなのかと、自分の仕事でないと思って思わず帰ってしまったわ。とっても恥ずかしい」

近は汗だくで足も泥だらけになっていた。

「いいから、早く探しましょう。日が暮れるまでになんとか探しましょう」

進は前に遠くの町の方に出かけた時、使わなくなったお社の近くに子供がいるのを見たことがあり、まさかあんなに遠くに行くかしらと思ったが駆けだした。

何とか暗くなる前についてお社をのぞくと、裏の縁側で寝こけている平人がいた。

「こら！　平人」

進は平人をバシっと叩いて起こし、おんぶをして近のところに急いで走っていった。

「よかった」

近は涙をためて平人を抱きしめた。平人もやっとみんなが探していたことに気づき大泣きして謝った。進と近は平人と一緒に探してくれた村のみんなに一人ずつお礼を言ってまわり、帰ってきた。もう真っ暗だった。

進は、近が自分の子供でもないのに平人をこんなに親身に思っていたことと、普段の仕事ぶりに気がつき、今までの態度を謝った。

そして、近と進は、足や顔も泥だらけで、お互いの姿を見て大笑いをした。

平人もそんな二人を見て一緒に笑った。

近は、

「私もあなたの年頃のときは何でもできると思って威張っていたものよ」

と言うものだから、

「また上から目線でものを言うんだから！」

とむくれたが、進はふふっと笑った。

それからは近も進も平人もお互い家族としての意識を深めぐっと距離感が縮まった。

方谷は、昼は農業のほか菜種油の製油・販売に精を出しその傍ら、夜は黙々と勉学に励んだ。進が嫁いできてくれて、一気にやる気がでてきた。

「若いのにがんばっているね。少し安く菜種を売ってあげよう」

と老練な菜種販売業者が言った。

「ありがとうございます。これで、油を安く作ることができます」

と方谷は応えた。

方谷は喜んで家に帰り、袋の中身を出した。

袋をあけてみえる表面だけは通常の菜種であったが、中身の大半は虫食いの菜種であった。

「しまった。騙された」

袋の表面にある菜種しか見なかった。もっときちんと調べればよかったと唇をかんだ。

方谷は自らの不注意を悔いたが、自分も相手を騙そうとは決して思わなかった。

一度相手を騙したら、信用もなくなる。また同じ悔しさを他人には味あわせたくなかった。

「利益がそんなに出なくてもいい。誠意をもって正直に商売していこう」

　そう方谷は決心した。

　方谷の商売は初めのうちはうまく行かなかった。商売の経験が浅いこともあるが、いい菜種を仕入れても値段を高くすることはしなかったからである。

　そのうちに方谷の油は

「品質がいい。油を買うなら方谷から買うのが一番いい」

との評判が立った。老練な同業者も方谷の商売に対する熱心さや計算の速さ、交渉のうまさから、次第に方谷を頼り、方谷から学問を教えてもらうことも多くなった。

　この評判が藩主板倉勝職（かつつね）にも聞こえることになった。

　そんな時、一八二五（文政八）年十二月、方谷は備中松山藩から呼び出しを受けた。

　藩主板倉勝職（かつつね）から

「農商の身でありながら、学問に精進する心がけは誠に感心である。二人扶持（ぶち）という俸禄を与える。時々藩校である有終館で学び、後日御用に立つように」

と言い渡された。

「これで、また勉強できる」

方谷は喜び勇んで進のもとに帰った。

進も泣いて喜んだ。

「これまでの苦労が実ったのですね」

やはり私の目に狂いはなかった、と進は思った。

そしてさらに、進の身にもこの上ない喜びが訪れた。方谷の子を身ごもったのである。

若い二人は、新しい生命の誕生を心待ちにした。少しずつ大きくなるお腹。そのお腹をかかえ家事をひたむきにする進の姿は美しかった。

一八二六（文政九）年には長女さきが生まれた。方谷二十二歳のときである。

方谷の将来に少しばかり展望が開けてきた。

方谷はうれしくなり、さきに母の形見で大事に持っていた小さいほうのかんざしをあげた。

京都への遊学

ところが、有終館で学ぶ機会を得られた方谷は、世の中を直すにはまだまだ足りぬと勉学の追求に歯止めがかからなくなった。ずっと我慢していた向学心に火がついたのだ。

そして、さきが生まれてまだ一年と経たない一八二七（文政十）年に京都に遊学してしまった。

苦楽をともにし、子供が生まれ、さあこれから、と言うときに、急にいなくなる夫に寂しさを感じた。

しかし、近は、

「まあまあ、進さん、山田家の再興は夫の五郎吉さんの悲願でもあったのだから、山田家の一員としてがんばりましょう」

と宥めた。父五郎吉を目の前で見ている近は、山田家の悲願がどれほどのものか分かっていた。

進はその悲願が切実なものという実感がなかったので、納得はいかなかった。ただ目の前の赤ん坊を立派に育てなければ、という気持だけが強かった。

京都での方谷は、松隠の畏友（いゆう）で儒学者の寺島白鹿（はくろく）に学び、朱子学に足りぬものを求め禅にも関心を寄せた。蘭渓（らんけい）禅師とも親交を結んだ。

方谷は意気揚々と京都に遊学したものの、初めての学問上の挫折を味わい戻ってきた。出発の時は丸川松隠から祝福され、当然なにかを掴んで帰ってくると思っていたが、あまりの自分の不出来に愕然とした。

一方、進はこれで少しは方谷が落ち着くだろうと密かに喜んでいた。

さきは二歳になり、赤ん坊から可愛い女の子に成長していた。

ある朝、方谷が家の戸を開けたとたんに目がくらんだ。

あたりは一面の雪で銀世界になっていた。

「進、さき、見てごらん。雪で真っ白だよ」

「きれい」

とさきは言って庭に出た。

さきは父からもらったかんざしで無邪気に雪の深さを測った。

「かんざしの半分ぐらいまで雪が積もっているよ」

とさきは言った。

「さき、かんざしは髪にさすもの。そんな風に使うものではないですよ」

と進は笑いながら言った。方谷もそれにつられて一緒に笑った。

進は雪を丸めて、ちょんちょんと赤い実と緑の葉っぱをつけて、

「ほら、ウサギの出来上り」

さきは

「ウサギ」

といって、喜んだ。

そんな幸せな時間は長く続かないものである。

一八二九（文政十二）年三月、方谷は再び京都に行き白鹿のところに学びに行ってしまった。

進の寂しさがさらに募った。

半年後、進はいつものように、さきをおんぶしながら近と農作業をしていると、満面の笑みで帰ってくる方谷を見た。

「どうやら、お金がなくなったようね」

と進は、ほっとしながら喜んだ。

「二回目の京都はうまくいった。何か掴めた感じだ」

と方谷は言った。

「天人の理をきわめ、人間の道徳の根源まで達し、大賢君子の境地にまで上る」

と今の気持ちを松隠に書き送っている。

進は楽しそうに京都の話をする方谷に怨みがましい目を向けたが、あまりの嬉しそうな方谷にしょうがないな、と苦笑いをした。

帰国した方谷は、三か月後の十二月二十三日に、藩主板倉勝職（かつつね）より、名字帯刀を許され、八人扶持を賜り、中小姓格（ちゅうこしょうかく）に昇格し、藩校有終館の会頭（教授）に任命された。方谷二十五歳のときである。

これには家族全員とても喜んだ。山田家復興である。

なんと近は泣いてしまった。

「やっと五郎吉さんの念願が叶った」

と、いそいそとお墓に報告に行ってしまった。

弟の平人も、

「さすがは兄上だ。

おいらは子供のときから、お前の兄ちゃんがいくらがんばったって無駄さ、農民が武士になれるはずはないだろう、とみんなから笑われて悔しい思いをしたものだ。しかも苦しい家業を置いて京都にふらふら行ってしまう兄上を少しは怨んだが。つらかったが家族で支え合った甲斐があったというものだ。

兄上はすごいなあ」

と言い、尊敬の眼差しを方谷に送った。

進もさきを抱いて、武士になった方谷に感激し、涙して言葉にならなかった。

武士となり、喜んでいたのは家族ばかりでない。

幼児といえる頃から可愛がり、学問を教えていた丸川松隠も、非常に喜んだ。
そして、三月に伊勢神宮に一緒に詣でてくれないか、と方谷に頼んだ。

文政十三年は「おかげ年」といって、ほぼ六十年周期で江戸時代に流行した「おかげ参り」の年であった。

「おかげ参り」とは「抜け参り」といって、逃げないよう移動が非常に制限されていた民百姓や奉行人などの庶民が、伊勢神宮に詣でる時のみ、仕事を放り出して手形を持たなくても関所をするりと抜けて行かれる集団現象であった。その時は、おかげと書いた柄杓一本持ち、男性は女性の格好をしたり、女性は男性の格好をしたりと日常生活とはかけ離れた姿をし、沿道の者たちは宿や飯を提供し、大騒ぎな事態となっていった。そもそも「おかげ参り」は現世に失望した来世の幸福を願うためにいくもので、日常の鬱積した気持がそこで爆発するのであろう。参詣した人数は約四百三十万人ともいわれ、全人口約三千三百万人の十三パーセントにも上ったといわれている。

とはいえ、もちろん松隠先生は手形を持った正式な伊勢詣でであった。方谷の武士になった喜びの報告と、これからの祈りを伝えたかったのかもしれない。

方谷は当然断るはずもなかったが、進はまたまた怒った。

「もう松隠先生は七十三歳にもなります。先生に長旅は無茶です」

伊勢詣でといっても、全て歩きで二か月もかかるのである。そしてまた方谷と一緒にいられなくなってしまうのである。

しかし、伊勢詣では家族がとめてはいけないしきたりもあり、進は泣く泣く我慢したのである。

一八三〇（天保元）年六月、伊勢詣でから戻って二か月位たった頃、方谷は屋敷を松山城下（高梁市）の本丁（ほんちょう）に賜った。（城下においては「丁」は武士階級の住むところ、「町」は町人階級の住むところというように分かれていた）ついに方谷は松山の城下に屋敷を持つ身となった。

進は非常に喜んだ。これで方谷がいなくなることはあるまい、やっと落ち着いた生活が出来ると思ったからである。

方谷が門外に立っていると、年貢を納める農民の姿があった。それを見て、

「ああ、農民の苦労はひどい。一年中、苦労をして田畑を守り、その収穫はどれほどであろうか。せっかく取れたお米を上納するために背負ったり、手押し車で役所まで運んで行く。少しの米でも農民たちの辛苦の結果なのだ。

今や我が藩は、財政は窮乏し富商から借金して、年々その利息を払うことに四苦八苦している。そのしわ寄せで農民たちは血と汗とまで絞り取られている。

だがそれも藩の利益にならず、縁もゆかりもない富商を儲けさせているだけだ。

これでは先君が国を建設して人民を安堵させたいという心に反するものだ。

何とかしなければいけない」

と、方谷は心に誓った。

この年十二月、方谷は有終館の会頭を辞職した。さらなる高みへの京都遊学のためである。

進は焦った。方谷は何を言っても京都に行ってしまうに違いない。徐々に荷造りなど用意をしている方谷を毎日見るたび、寂しくておかしくなりそうだった。

進はだんだん自分が何をしているかわからなくなっていた。近が進をはげまそうと、一緒にさきの面倒を見たり、気晴らしに景色のよいところに散歩にいこうと誘ったが、少しでも方谷が戻って来るかもしれない家を離れるのは嫌だと引きこもるようになっていった。

どうすれば方谷が京都に行かなくなるのだろう。そればかりを毎日考えていた。

そして悲劇は起きた。

一八三一（天保二）年二月十日、寒い日だった。さきは近に任せて、進は独り部屋にこもり、家で灯している菜種油の火をみつめていた。昔は家族で苦労しながら油を作ったな、とぼうっと見ていた。その時、行灯に腕が当たり倒れた。何を思ったか思ってないか、進は広がる火をじっと見続けていた。

庭にいた近が煙に気づいて慌てて部屋に入り、進を連れ出した。どんどん広がる炎を見ながら、進はこれで夫が京都に行かなくなるかもしれない、と笑った。

そして家財も書籍も全てが灰になった。方谷は家だけでなく、隣接していた藩校までも焼く大火の火元責任を負わねばならなかった。藩から松山城外にある松蓮寺に蟄居（ちっきょ）謹慎を命ぜられた。

方谷は、進がそれほど思い詰めていたのか、と思い知らされた。

しかし、自分にはやらねばならぬことがある。多くの人を貧しさから救わねばならぬ。どうかそれを信じてくれ、と心に思った。

同年七月、謹慎が解かれ、方谷は二年間の許しを得て京都の白鹿(はくろく)の門に入った。三度目の京都遊学である。方谷二十七歳から二十九歳の頃である。常に世を救うために悩んでいた方谷は朱子学に限界を感じて悩んでいたが、王陽明の『伝習録』と出会い、これが求めていたものだと衝撃が走った。陽明学は「心即理」「知良知」「知行合一」「事上真練」「万物一体の仁」などが特長である。さらに鈴木遺音の塾にも行き、そこに終生交流が続くことになる、六歳年少である春日潜庵(かすがせんあん)もいた。潜庵は、久我家の家臣で後に第一次奈良県知事にもなる陽明学の大家である。友人として親交し、すでに陽明学に入れ込んでいた潜庵から大いに刺激された。潜庵は後の安政の大獄で、尊皇の志士として知られる長州藩士の吉田松陰(しょういん)、越前藩士の橋本左内(さない)、頼山陽(らいさんよう)の息子の頼三樹三郎(みきさぶろう)等とともに獄中につながれる運命が待ち受けている。潜庵は幕末維新に影響を与えた西郷隆盛などが私淑(ししゅく)するほどの人物である。安政の大獄で禁固刑となっていた潜庵を幕府に働きかけ、自由の身にしたのも、実は方谷であった。

江戸への遊学

京都に遊学した後、方谷は故郷の高梁には帰らず、そのまま江戸遊学に出かけ、一八三四（天保五）年一月、当時江戸随一の儒学者である佐藤一斎の塾に入った。佐藤一斎（一七七二～一八五九年）は美濃国（岐阜県）岩村藩士の家老の家に生まれた。学問に志し幕末期を代表する朱子学者・陽明学者である。名を坦、字を大道、通称を捨蔵といい、一斎はその号である。

一斎は藩主松平乗蘊の三男衡とは幼馴染で学友だった。衡が幕臣林大学頭家の養子となって林述斎と名を改めたことから、その縁で昌平黌に入学して三十四歳のときに林家の塾長となった。昌平黌は幕府が認めた唯一の学問機関である。一八四一（天保一二）年、七十歳で昌平黌教授となり、林家を補佐し、幕府儒者のトップを務めて一生を送った。享年八十八歳。

その門人は三〇〇〇人ともいわれ、鍋島閑叟、徳川斉昭ら大名たちの尊崇を受け、門人には横井小楠、渡辺崋山、佐久間象山などがいる。

一斎の代表作で、人生哲学を述べた著書「言志四録(げんししろく)」は、幕末の志士たちに愛読され、現代に読み継がれている。

一斎は表向きには官学の朱子学を、私塾では陽明学を教え「陽朱陰王」と評された。方谷は人間性を重視する陽明学に触れる機会がさらに増え、研鑽を積んでいった。新見藩儒の木山楓渓に、一斎先生の指導方針は実質につき、人間性を探究したもので日々の教えを聞くのが楽しみです、と手紙も送っている。

方谷は天下の秀才が集まる佐藤一斎塾ですぐに頭角を現し、佐久間象山などを差し置いて「塾頭」になった。佐久間象山は方谷よりも二か月早く入塾していた。

ある夜のこと、塾頭の方谷（三十一歳）と朱子学・洋学を好む象山（二十五歳）が論争して互いに譲らなかった。白熱したその討論は一晩中続いたが、終わらなかった。こうした二人の激論が連日連夜続いたため、他の塾生たちが先生にお願いした。

「一斎先生、うるさくて仕方がありません。何とか止めさせてください」

ふすまの穴から二人の討論をこっそり聞いていた一斎はにっこり笑って、答えた。

「象山も若いのになかなか鋭い意見を述べている。方谷もさすが塾頭だけあって、象山の理論をいつの間にか論破している。お前たちも聞いてみろ。面白いぞ」

象山は派手好みであった。

佐久間象山は江戸の吉原で花魁の高尾と一緒にいた。

「高尾、俺は腹が立ってならない。山田という者がいてな、いつもすました顔して面白いこと一ついわない、つまらないやつなのだ。それが佐藤一斎塾に俺より後から入ったにもかかわらず、俺を差し置いて塾頭になるとは、許せない。山田にぎゃふんといわせたい。何かいい考えはあるか」

と象山は高尾に尋ねる。

「佐久間様はお酒が強いです。一度その山田様という方を料理屋に誘いお酒を飲ませ酔っ払わせたらどうでしょう。酔っ払うと山田様も失態を犯すでしょう。それを笑ってやればいいでしょう」

「ふむ。そうだな。酔っぱらえば面白いこと一つくらいあるかもしれん」

「佐久間様、今宵は楽しみましょう」

象山は江戸の生活を大いに楽しんでいた。

ある日、象山は五種の花と二羽の鳳凰の文様のついた古鏡を手に入れ、方谷をはじめ塾生に自慢した。そこで方谷は、「五花双鳳鑑の歌　佐久間子廸のために」という題の古詩を象山に贈った。

この詩は長く難解だが内容そのものは簡単で、「ちゃらちゃらしたものに心をうばわれるな。象山よ、それよりもっと君の心の明鏡を磨きなさい」という詩である。象山はこの詩を受け取って思わず鏡を隠してしまった。

方谷が塾頭（塾長）を務めていた頃に、長岡藩の高野松陰（虎太郎）がいた。この高野家からは後に有名になる山本五十六元帥が出ている。山本元帥は高野家から長岡藩家老の山本家に養子に入った。その山本元帥は郷土の英雄である河井継之助を終生尊敬し続けた。

河井継之助は方谷に学んだ後、長岡藩の家老になり藩政改革を断行し成果を収めた。だが一八六八（慶応四）年の戊辰戦争の最中に、長岡藩をスイスのような中立国とするように奮闘したが、新政府から拒絶されたため戦い銃弾に斃れた。

河井継之助は作家司馬遼太郎氏が小説「峠」において「人間の芸術品」とよんだ最後の武士である。

ある日、佐藤一斎塾で学んでいる方谷、佐久間象山などが料理屋で一杯やっていた。

「山田さん、常々思っていたんだか、あんたはいつも面白くなくていかん。酒を呑めば、面白いこと一つ話せるだろう」

とただでさえ大きい目をぐっと見開いて方谷をにらんだ。

「佐久間さん、そんな言い方はないでしょう。この場は楽しくやりましょう」

と長岡藩から来た高野は間を取り持った。

「酒だ、酒だ。酒を持ってこい」

と象山は叫んだ。

「山田さん、俺の酒を飲め」

と言って一升瓶をわきに抱え方谷についだ。

「酒比べだ」

方谷もお酒は大好きで強かった。頬が赤くなるだけでいつもの方谷だった。先に象山のほうが酔っ払った。

「全くつまらないやつだ。面白いこと一つも言うかと思えば、何も変わらない。俺は面白くない。吉原に行ってぱっと遊んでくる」

と象山は言って足をふらふらさせながら料理屋を出て行った。

「佐久間さんは酒癖がよくないな。佐久間さんの迫力に負けない山田さんのことが気になってしょうがないんですよ。本当は山田さんとも何とか楽しくなりたいのでしょう。まあ、気にしないでゆっくり酒を楽しみましょう」

と高野は言った。

「気になりませんよ。佐久間さんの奔放なところが好きな人もいるでしょう。私にはあの楽しみ方はどうにも分りませんが」

その席で、方谷は酒を運んでくる女中の一人にかすかに見覚えのある顔に気が付いた。

「もしかして、そなたはさくらではないか?」

と方谷は声をかけた。

女中はびっくりして、しばらく動けなかった。

「阿璘（ありん）なの？」

方谷は頷くと、さくらの手をとった。手は赤切れ、視線を腕にやると年貢米の車に轢かれたあざの跡が見えた。さくらは、ぱっと手を隠した。

「親と一緒に笑ってお米が食べられる世の中は作れそう？」

高瀬舟での約束だった。方谷は頑張ってはいる、と言おうとしたが、さくらの苦労している姿を思うと、言葉にならなかった。

「……まだまだ……」

と方谷は顔を下に向け沈んでしまった。

前にいた高野が、そんな落ち込んだ方谷の姿を見て、慌てていった。

「山田さんは本当にすごい。人の何倍も何倍も努力して、やりすぎなくらいですよ。もう少し息抜きした方がいいと今日も誘ったくらいです。すごく優秀なのに、遊んでばかりの誰かさんと違ってね」

というと、先程までいた象山の椅子を眺めた。

さくらはくすりと笑った。

「阿璘は、昔からいつも頑張り屋さんだったものね。きっと私たちを貧しさから救ってくれるのは阿璘だけよ。ずっと信じていたし、これからもずっと信じるわ。ただ、勢いに乗ってやりすぎて、つまずいて転ばないでね」

というと、笑顔になって、くるりと奥にいってしまった。

方谷は顔をあげると、さくらの背中をみながら、昔、母梶にも亡くなる前に同じようなことを言われたと、ふと思い出した。

一斎塾における方谷に関する記録が残っている。

河井継之助が、両親宛の手紙の中で次のように語っている。

「高野虎太郎先生から聞いた話によりますと、先生は佐藤一斎の塾で、安五郎（山田方谷）と同門だったそうです。その当時は、安五郎が塾長だったそうですが、佐久間（象山）を含む塾生たちの尊敬を集めていたのは、安五郎一人だけだったそうです」

後に方谷と象山は「佐門―佐藤一斎門下―の二傑」と称されることになる。

大患と娘さきの死

佐藤一斎塾の塾長を務めていた方谷（三十一歳）が瀕死の大病を患ったのは、江戸で二度目の夏を迎えた一八三五（天保六）年五月（一説に天保五年）の事である。天然痘だった。

患者は隔離され、他人は近づくことを許されなかった。

方谷は死への恐怖と孤独な闘いを続けた。

夜はふけて、薬炉（薬を煎じる囲炉裏）の煙もかすかだ。
病床に伏す者の悩みを誰が知ろうか。
消え残りの灯は、やせた体を照らし、
薄い毛布も、疲れた力では支えがたい。
命は、毛髪一本でつなぎとめているかのようにもろく尽きんとし、
情（思い）は、もつれた糸のように胸中に乱れる。
どうして、このまま瞑目できようか。

これまでの十年の主恩に報いる時がないではないか。

とじっと病気と闘い続けた。その甲斐があって、方谷は回復した。

「このままでは死んでも死にきれない」

しかし、この方谷の大患後、一年経った一八三六（天保七）年五月のこと、悲しい報せが届いた。さきが疱瘡で亡くなったのである。

方谷は何年間も京都や江戸にいて、最愛の娘さきの成長する姿を見ることもできず、死に目にも会えなかった。

方谷が遊学中の留守の間、妻の進は女手一つでさきを育てた。

進は家にいない方谷に寂しさから精神的に疲れ果ててしまった。ただ、進はさきを一生懸命に育てた。琴、和裁、茶道、華道を教え込み、さきを素晴しい女性に育てることだけが生き甲斐だった。さきこそ進のすべてだった。そのさきが亡くなった。

方谷と進は悲しみのどん底におちいった。

帰国後、方谷は進がさきの末期を次のように語るのを聞いた。

「さきは亡くなる前までお父様、お父様に会いたい、とうわごとのように言ってました」

そしてしばらくして進は腹の底から絞り出す声で
「そんなに学問が大事なのですか？　娘よりも妻よりも家族よりも……。あなたの夢は、貧乏から多くの人を救いたいと言いました。一番近い家族も守れなくて誰を救えるのです」

進はそう言って、さきがさしていたかんざしを方谷に渡した。

方谷はそのかんざしを握ったまま嗚咽するのであった。

さきは十一歳だった。

世子板倉勝静に講義

一八三六（天保七）年九月、参勤交代で江戸にあった藩主板倉勝職が帰藩するのに従い、方谷は五年三か月ぶりに故郷に帰ることとなった。師である佐藤一斎から別れに際し「尽己」の二字の大書が贈られた。方谷は「尽己」を折りたたみ胸に懐きながら、江戸から戻る途中、何度もつぶやいた。「尽己か。」「己の力を全て出し尽くして人生を生きよう。」「死んださきの分まで生き抜こう。」藩に戻ると藩主勝職より有終館の学頭（校長）を命じられ屋敷を賜った。

藩校は武士の師弟の教育が主であったが、方谷は将来を展望すると武士の師弟のみならず、農民や女性などの教育の必要性を訴えていた。言葉だけでなくそれを実践し、政務のかたわら自宅で「牛麓舎」という私塾を一八三八（天保九）年に開いた。三島中洲（後の東宮「大正天皇」侍講、二松学舎大学創立者）、進鴻渓（藩校「有終館」学頭）、神戸謙次郎（第八十六国立銀行頭取）、大石隼雄（家老、裁判所判事）、熊田恰、矢吹久次郎（庄屋ネットワークの盟主）、原田一道（備前岡山藩の支藩鴨方藩士で洋式兵学者）などが塾に習いにきていた。

家塾の塾規は「職業三条」である。「職業三条」はいつでも何事に対しても「立志」、「遊芸」、「励行」の精神をもって実行することであった。「立志」は志を立てること、現代風に言えば「夢」を持つことである。

この三条の中でも、方谷は「立志」つまり「夢」を持ち続ける事の重要性を力説した。そして、人生を生きる姿勢として、「誠」（誠意）の重要性を説いた。

また「禁止六条」として、①自分の務めを怠らない、②人を侮らず己は驕らない、③起床就寝は規則正しく、④頻繁に入退出しない、⑤私飲私食をしない、⑥私語を慎むこと、などがあった。

欧米の列強の進出に備え「和魂洋才」の思想のもと、藩校有終館の教育に西洋学問を取り入れる改革を行うと同時に、塾でもオランダ語を始め西洋学問も教えていた。

塾では毎朝「四書五経」の素読が必ずあった。方谷は素読こそが学問の基本と考えていたからである。ちなみに四書は「論語」、「孟子」、「大学」、「中庸」、五経は「易経」、「詩経」、「書経」、「礼記」、「春秋」である。

方谷は塾生に対していつも語りかけていた。

「人生で一番大事なことは絶えず夢を持ち続ける事だ。夢さえあればどんな苦しい事があっても乗り越えられる。夢がなくなると生きる力が湧いてこない。今から学ぶ論語や、西洋学問は皆の夢を実現するためのものである。そのことを肝に銘じていると人生は楽しい。どんなことでもよい。夢を持ちなさい。そして誠実に生きなさい」

一八三九（天保一〇）年、方谷のもとに備前・児島で塩田開発をしている野崎武左衛門が訪ねてきた。「野崎殿、順調に塩田開発が進んでいるようで私も嬉しいです。私の方も有終館の学頭となり、また昨年は私塾の牛麓舎を開いた。三島や進などの優秀な若者が学びに来ている。若者に学問を教えるのは楽しいものです」

「方谷先生の御助言もあり、塩田開発も着々と進んでおります。塩田開発によって児島の貧しい農民も豊かになっております」

方谷は何度も相槌を打ち、

「それは良かった。貧しい農民が豊かになるのは何よりです。そう言えば、野崎殿のところにも常太郎という優秀な御子息がいらっしゃったはずだが」

「そうでございます。私の長男常太郎も今年で数え十八になります。そろそろ結婚を考えているのですが。方谷先生、どこかに良い女性はいないでしょうか」

方谷は少し思案しながら、はたと手で膝を打った。

「私の実家の近くの呰部（現在の岡山県真庭市北房町）に庄家という名門の家があります。その庄家の長女に多計という美人で気立ての良い娘さんがいます。きっと常太郎殿といい夫婦になるのではないでしょうか」

「先生、是非、多計さんを紹介していただけないでしょうか」

「いいですよ」

方谷は二つ返事で了解した。

野崎武左衛門の息子常太郎は、この年に目出度く庄多計と結婚し、三人の子供をもうけた。

その後、野崎家は塩田王となり、地元の教育施設に多額の寄付をするなど社会福祉に貢献した。

第十二代藩主板倉勝職（かつつね）には子供がいなかったため、松平勝静（かつきよ）が二十歳になった一八四二（天保十三）年に板倉家の養子に入った。

勝静は寛政の改革で有名な松平定信の孫で、陸奥（現、福島県）白河城で松平越中守定永（さだなが）の八男として生まれた。勝静の父定永はその後、伊勢国（現、三重県）桑名へ国替えになる。

夏の陽射しが身に沁みる一八四四（弘化元）年六月、桑名藩松平家より松山藩板倉家に婿養子入りした勝静が江戸から備中松山に初めて御国入りした。

備中松山とは、今の地名では、岡山県高梁市になる。この地はむかしから高梁・松山という二つの地名をもっていた。明治維新の前は、城と武家屋敷をいうときに「松山」といい、城下町をいうときは「高梁」といったりした。一八六九（明治二）年、愛媛県に松山という地名があるため「高梁」に統一した。

備中松山城は、海抜約四三〇メートルの臥牛山にあり、臥牛山は大松山、小松山、天神丸、前山の四峰から成る頂を持つ。一二四〇（延応二）年、秋庭重信が大松山に砦を築いたことに始まり、現在の備中松山城は、一六八三（天和三）年、松山藩主水谷勝宗の手によって完成したものといわれている。現在は二層二階の天守の他、二重櫓、大手門や櫓の礎石、土塀、高い石垣などが残っている。一九九七（平成九）年、本丸の一部が復元された。

現在は城跡が国の史跡に指定され、現存する天守、二重櫓、土塀の一部が国の重要文化財に指定されている。江戸期の備中松山藩時代は山城で不便なため、山麓に御根小屋という御殿を構え、そこで藩主の起居、藩の政務を行った。

勝静が養子となって江戸で二年が経過し、二十二歳の年をむかえていた。御国入りの名目は藩主勝職の名代として臣下から藩の政治の実情を聴くことにあったが、実際は松山藩民への一世一代の顔見世である。

沿道には大勢の藩民の姿があった。期待に胸を沸かせる藩民の前を、絵巻物から飛び出してきたような風貌凛々しい馬上の勝静が颯爽と行進していく。その横には裃を着た学頭の山田方谷の姿があった。

これまで放縦怠惰気味の浮かれ殿様の藩主勝職を見慣れてきた藩民にとって、世子勝静の一挙手一投足は鮮烈な印象を与え、この若い藩主にかける藩民の期待は大きくふくらんだ。

方谷の藩主勝静に対する気持ちは京都で医学を学ぶ弟の平人（へいじん）に送った手紙にあらわれている。

世子君追々文武御研精遊ばされ、驚服のことに御座候。文事は奥田楽山とこの方と隔日にまかり出て、御会談遊ばされ候。奥田は言行録、この方は綱目に候。

武事も剣槍寒稽古を六十日御詰め遊ばされ、毎朝七時より遊ばされ候。弓馬はこれまで抜群の御上達の趣きに候。

第一驚くべき事は、寒中炉辺へ少しも御寄り遊ばされず候。うけたまわり候処、これまで生来、夏日の昼寝、冬日の囲炉遊ばされ候こと御座無き由。何分桑名侯御家風の厳正、これにて想知すべし。楽翁の遺烈さもあるべき御事、驚服し奉り候儀に御座候。

（世継ぎの勝静公は、文武両道に御励みになり、敬服のいたりである。学問は藩校の前学頭の奥田楽山と、私が一日交替で受け持ち講義している。奥田は朱子の名臣言行録を、私は朱子の資治通鑑綱目を受け持っている。

武術も毎日のことで、毎朝七時からの剣術と槍術の寒稽古は、六十日に及ぶ連続で、弓術、馬術ともに群を抜いた御上達ぶりである。

第一驚くことは、寒中だというのに少しも火のある炉辺に立ち寄られないこと。勝静公にうけたまわると、生まれてこの方、夏の昼寝と冬の暖炉はなされたことがないとのこと。何といっても桑名藩松平家の家風の厳正さが想像でき

るというもの。松平定信公の御遺徳がこれまでほどのものかと、あらためて感服するばかりである）

勝静への学問には、方谷と前学頭である奥田楽山（らくざん）が一日交代であたった。また、武術も毎日のことで、寒稽古は六十日間にわたるものであった。

ある日、方谷がこの厳しい毎日に少し息抜きが必要ではないかと思い、勝静に尋ねたところ、

「余は生まれてこの方、夏の昼寝と冬の暖炉はしたことがない。そのようなことは年を取ってから十分できる。今は精進に励むばかりである」

と応えた。

勝静の清廉さは、その生活ぶりからも伺える。勝静の父伊勢桑名藩主松平定永（さだなが）は、寛政の改革で名高い松平定信の子なので勝静はその孫にあたる。その家風が若き勝静の気質を育てたのであろう。

勝静の登場で、松山藩には文武両道の気運がにわかに盛り上がってきた。

方谷の教育は厳しいものがあった。子弟の講義討論の中で、勝静が「唐徳宗論（とうとくそうろん）」

を書いた。

中国唐の時代の君主、徳宗（とくそう）が猜疑心のあまり政治的に失墜する歴史にならい、君主はいかにあるべきかを論じた勝静の論文である。それを読み終えた方谷は、勝静に向かってこの論文をいただきたいと申し出た。

「何故か」

といぶかしげに問う勝静に、

「若君は、たしかに立派な君主論を書かれた。文章は誠であり、真実を語るものでなければなりません。この徳宗論で書かれた君主論が、後日藩主となった若君の言動と一致するかどうかは、そのときになって初めて分かります。若君が藩主となられたあかつきに、もし、この徳宗論に反する言動を示されるようなことがありましたならば、ここに書かれた文章は虚言であり、誠がない証拠となります。私は藩主としての若君を責めるでしょう。その時の証拠として、この論文を貰い受けたいのです」

と応えた。

方谷の大胆な性格が読み取れる。

方谷の慈愛に満ちた視線と、その奥に宿る真贋を見据える厳しい視線とを感じた勝静は、居住まいを正し、

「後日の証文としていただきたい」

と差し出した。

論文をおしいだきながら、方谷は、

「政策や言動をいさめ忠告する諫言の臣下が存在しても、その忠告を受け入れる余地がないとすれば、それは主君の罪であります。だが、ひるがえって、自らの保身のために主君に諫言することができなくなってしまう臣下が多いのも事実です。これは明らかに臣下の罪です」

わずかの間、沈黙し、

「この論文をいただくのは、後日の若君の藩政の証文とすると同時に、臣下として、きちんと諫言できる臣下でありたい、あらなければならないと決意する自分自身の自戒のためでもあります」

この藩主あって、この臣下である。その逆も然りである。

方谷が勝静に教えた帝王学としての政治、経済論は実に明快である。

「政治も経済も大局観を持たなければなりませぬ。これを私は、事の外に立つと表現します」

「政治も経済も、事の内に屈してはなりません。藩の財政が困窮するのも、ことごとく財の内にいる者の責任です」

勝静は、暫しこの親子ほど年の違う、これからの進むべき道を教えてくれる師の目をじっと見つめている。

方谷は続ける。

「政治の姿勢を正して、人心の引き締め、文武をはかり、治国の大方針を確立することこそが第一義であります」

「餓死が迫っているのに、綱紀を整え政令を明らかにするなど、とんでもない話だと主張する人がいます。餓死を免れるためには、まず金だという人は大勢います。しかし、金、金、金と利に走っていてもいずれは先細りとなります」

勝静は、方谷の次の言葉を待った。

「今日ほど国家が緊迫している時代もありませんし、皆が金のことばかり口にしながら、至るところ貧困に喘いでいます。それはなぜでしょう」

勝静は、俯いて方谷の問いに答えを探した。

「治める国の大方針を顧みると、理財の道は塞がれるだけかと……」

勝静の答えに、方谷はわが意を得たりとうなずき、

「その通りです。政治経済の上に立つ者は、空腹という事の内に屈せずに、事の外から眺め、大局的な立場から対策と大方針を確立してゆかなければなりません」

「では、綱紀を整え、政令を明らかにするのが義である以上、義を明らかにすれば必ず後に利がついてくるのであるのか」

勝静は師の言葉に疑問を投げかけた。

「その通りです。卵が先か、鶏が先かの論争からは何も生まれませぬ。政治を司る者は、往々にしてこの呪縛に陥りがちになります。まずは、事の外に立ち、抜本的な方針を整えて、戦略を実行するのが使命かと存じます。これが私の、君主論の基本であります」

勝静はうなずき、

「敬服の至りである。事の道筋が良く解った」

方谷は、この松山藩を担っていく若干二十二歳の明晰な若き藩主の将来に期待をした。

進の家出

方谷は高梁川で釣ってきた鮎を肴に進とくつろぎながら食事をしていた。

進が急に正座した。

「私は子供のころからあなたに憧れていたので、一緒になることができて浮かれていました。農民生活があんなに辛いとも思わず結婚し、必死で生活していました。やっと、武士となり生活も余裕ができるかとほっとして、さきという子供もできて幸せをつかんだと思いました。ところがあなたはその頃から、ずっと家にいることもなく、とても寂しく思って、私は火事までおこしてしまう程、とうとうおかしくなりました。

でも私にはさきがいたので、何とか持ち直しました。

そのさきが亡くなり、抜け殻のようになり、あなたは外に行かなくなって、もう十年以上が経ちました。しかし、私にはさきが亡くなったことが昨日のように感じられます。今でも誰かが弾く琴の音を聞くと、さきが弾いているのかとも思ってしまいます。

私の時は止まってしまったのです。まだ私の中にはさきは生きていますから、私は大丈夫です。

私がいると、あなたは夢を追いかける学問ができないでしょう。もう十年も縛り付けてしまいました。もう終りにしましょう」

「なにを言うんだ。お前はそれでいいのか」

と方谷。

方谷は進をぐっと抱き寄せたが、進はその腕を振り払い泣きながら家を出て行った。方谷は進を追って家を出たが、あたりは真っ暗。方谷は進を見失った。

一八四七（弘化四）年、方谷四十三歳の時であった。

元締役拝命と周囲の反発

一八四九（嘉永二）年八月に、二人扶持として、山田家を復興させてくれた前藩主勝職公が亡くなった。その年の十一月に、ただ一人の弟平人が肺病のため亡くなった。

周りの人々がいなくなり暗い気持ちの方谷は、参勤交代で江戸にいる新藩主勝静に召され、江戸に赴いた。この際に、かねてより願い出ている隠居の許しを直々にいただこうと考えていた方谷は、ここで予期せぬ主命を受けた。まさに青天の霹靂だった。

方谷は勝静の部屋を訪ねた。藩主となった勝静の前に平伏している。

「暫く姿を見せぬゆえ、気にかけておったぞ」

と、勝静は久し振りに会う師の身体を心配した。

「五十日間、前藩主勝職公の喪に服しておりました」

「実はこの度、藩校の学頭職を辞職し、隠居のお許しをお願いしたくまかり越しました」

勝静は驚きもせず、静かに方谷の目を見つめている。そしておもむろに、

「学頭の辞職は認めよう。しかし、隠居はまだ早過ぎる」

と静かに応えた。

「私めも既に四十五でございます。後進に道を譲り、生まれ故郷である西方村で畑を耕したいと考えております」

勝静は、その言葉にうなずきつつも、

「方谷先生にお願いがある」

と居住まいを正して言った。

「何でございましょう」

方谷は、勝静の突然の申し出に困惑気味に応えた。

「私が藩主になったゆえ、これまでの藩政を一新し、改革する必要があると考えている。

そこで、代々の世臣である藩閥の藩士だけではなく、身分に関係なく優秀な人材を活用することに決めた」

と決意ともとれる声で方谷に語った。

「ついては、まず手始めに、方谷先生には最も重要な元締役と吟味役を兼務していただきたい」

方谷は驚愕し、藩主勝静を見上げた。

元締役とは他藩の勘定奉行にあたる。吟味役はその補佐役であるから、藩財政を一切任せるというポストである。

方谷は、真剣な面持ちで辞退し続ける。

「第一、身分制度の社会で、農民の身分から過分にもお取立てを賜った一介の儒臣が、元締役の地位に就くなど許されぬことであり、門閥の方々の反発も如何ばかりかと存じます」

当時の身分制度からすれば、方谷の辞退が無理からぬことであることは明白である。まして、代々の世臣である門閥の上級武士達を差し置いて、中枢の元締役に就くなど、もってのほかであり、死を意味するに等しい。まず、部下になる武士達が反発し、まともに仕事が続けられないのは明白である。

さすがの方谷も青ざめた。藩命を辞退し、それを許されなければ当時の武士は腹を切るより途はないのである。

勝静は続ける。

「今の松山藩は困窮のどん底である。そのことは先生が一番ご存じのはず。余は藩主として、先生に全てを賭け、全てを任せたいと思っている」

「このことは他言無用である。他の誰にも話してはいけない」

と念を押した。

勝静が藩主となったとき、備中松山藩の財政は周りから「貧乏板倉」と揶揄(やゆ)されるぐらい火の車だった。

勝静の決意に、方谷の気持ちは揺れ動いた。その場は、とり敢えず取り繕うしかなかった。

世子勝静を名君に育てる。

勝静の人柄に接するに従い方谷の使命感は燃えてゆく。

しかし、世子の教育係としての意識が高まれば高まるほど、世俗から遠い世界に取り込まれてゆく現実を目の当たりにする。

これまで心の隅に意識的に追いやっていた官吏生活に対する嫌悪感は、百姓出身の方谷が封建社会の特権階級に根ざした武士そのものに対するものと同じである。武士の家に生まれただけという、その偶然に胡坐（あぐら）をかき何の努力もせず生涯を保証され、額に汗して働く百姓から年貢を搾り取る。

最も忌み嫌っていた官吏の世界に自身が取り込まれてゆく現実。しかし、藩校有終館で額に汗して働く百姓の暮らし向きが少しでも改善できないかと思案を重ねた結果、政治的な立場でもってのみ、その理想が実現できるのだということもわかっていた。

狭間で方谷は悩み、葛藤していた。

そんな方谷を継母の近は励ました。

「あなたは子供の頃から人一倍努力して、農民だった山田家を復興させ、今や藩の元締役にまでなりました。五郎吉さんも、梶さんも泣いて喜んだことでしょう。今度こそ、昔から夢といっていた多くの貧しい人々を救うことが実現できるかもしれません。さきちゃん、進、平人と次々にいなくなりましたが、私も含めてみんな家族として、いつまでもあなたを応援してますよ」

勝静の申し出の翌日、勝静の部屋を訪れた方谷は、勝静の前に平伏し、

「行くも地獄、引くも地獄なら、殿とともに荒波に漕ぎ出したいと存じます」

「しかし、一つお約束をしていただきとうございます」

勝静は身を乗り出した。

「どのようなことであるか」

「政(まつりごと)の根本は、至誠惻怛(しせいそくだつ)の仁心より起こりて、功業の華やかなるには、初めより少しも目をかけざるを大切とします。つまり政治にとって最も大切なことは、誠意を尽くして人を思いやる心を持って取り組むことであり、初めから華やかな業績を

あげようなどとは考えないことです。

このことをお約束いただければ、快くお引き受けいたしましょう」

「よくぞ決心してくれた。余は嬉しく思うぞ。藩政改革の采配を振るうことができるのは、先生の他に考えらぬことだ」

一八四九（嘉永二）年十二月、四十五歳の方谷は藩の元締役兼吟味役を受託し、方谷の藩政改革が始動した。

この抜擢は人々を驚かせ、たちまち門閥で固められた上級武士をはじめとする藩士たちの怒りと反発を招いた。

農民上がりの方谷に藩政を握られた家老たち、藩の重役は面白くない。

家老をはじめ藩の重役は備中松山城下の料亭「油屋」に集まった。

家老の春山氏は開口一番

「山田は農民出身の成り上がりのくせに、殿の虎の威を借りて藩政改革とは生意気だ」

と言った。

「春山家老のおっしゃる通りです。目障りな方谷をいっそのこと殺してしまった方がいいいな」

と近習役の秋本氏も言葉を続けた。

秋本氏に同調して、そこに居る者も

「殺してしまいましょう」

といって一座は笑い声に包まれた。

「では、そろそろ宴会を始めますか」

と秋本氏は手をたたくと、扉が開かれきれいな芸者たちが入ってきた。

「春山家老はいたく小菊をお気に入りだ。小菊は春山家老のそばに」

と秋本氏はにやにやして言った。

小菊は春山家老に寄り添いながらお酌をした。

「いい気分だ。小菊、琴を弾いてくれ。小菊の琴の音色は酒によく合うな」

小菊は琴を弾く。

「小菊はいつ見ても可愛いくって奇麗だね」

「踊りも上手く、唄も上手い」

「どこぞ、いい家の出身なのだろう」

と春山家老。

「ありがとうございます」

小菊は春山家老にしだれかかるようにお酌をした。

一方、藩の政務を任された方谷は上級武士などの反発をよそに藩政改革を断行する。やっと貧しさという怪物から多くの人を救えるかもしれない、これは転機だ、と、今までの大事な人々の顔が次々と浮んだ。周りに何と言われようとやるしかない。

新産業振興策、藩札刷新政策や大阪藩屋敷の廃止による負債整理政策など七大政策を行い、備中松山藩の抱えていた一〇万両（現在の価格にして約六〇〇億円）の借金をわずか七年で一〇万両もの余剰金を抱える黒字藩にしたのである。

その藩政改革の一環として、山田方谷は藩士の禄高の削減を提唱し、藩士たちは一様に禄高を減らされた。

これに反発した藩士たちは、藩の師範役として剣の達人である谷三治郎（たにさんじろう）に秘密の相談事を持ちかけた。

「谷師範役、今度元締役になった山田は、農民の出の学者風情であると言うではありませんか。政（まつりごと）は武士のいたすこと、学者風情が口を出すなどもってのほかです。殿も何を考えておられるのか。ましてや、我々の禄高を減らすとは、禄高は先祖代々この備中松山藩に尽くしてきた証ではありませんか。ここは一つ、谷師範の豪腕で山田を二つに畳んでいただけませんか」

早い話が方谷の暗殺計画である。

谷三治郎は、思案の末こう答えた。

「わしは、剣の道一筋に生きてきた男。政の世界はよく分からぬが、殿が山田に任せたということは、殿が我々の禄高を減らしたのと同じこと。殿に歯向かうことは、忠義に反すると拙者は思うのだが。皆々様、ここは、辛抱のしどころではないか、馬鹿なことを考えるのではない。本来なら、藩庁に『山田氏の暗殺計画を画策している輩がおります』と申し出なければならないところだが、拙者を信頼して打ち明けてくれた皆々様の顔を立て、武士の情けじゃ、今日のことは聞かなかったことにする」

そう語ると、相談にきた藩士たちを諭すようにして帰した。

てっきり賛同してもらえるものと思っていた藩士たちは、拍子抜けしたように帰っていった。

藩士たちが帰った後、三治郎は一人眩いた。

「ご恩のある山田殿を、このわしが切れるか」

この方谷と谷三治郎の関係が、後々、谷家三男昌武（まさたけ）との関係に繋がってゆく。

一方で、残された藩士たちは気持が抑えきれない。自分たちでやるしかないということになった。

藩政改革で忙しくしていた方谷は、遅くなるからと言っておつきの人を先に帰らせ、備中松山城のふもとにある政庁（現、高梁高校）を出てただ一人で家に向かった。

方谷が天を見上げると三日月が見えた。

その瞬間、方谷に不意に斬りかかる者があった。

「危ない」

その時に飛び出してくる者があった。

方谷のかわりにその者が切られた。

「大丈夫か」

と方谷が駆け寄って見てみると女であった。

女はうっすら目をあけて

「私の分もしっかり生きてくださいね」

と言って息をひきとった。その女性は春山家老のお気に入りの小菊であった。

その時、方谷は女性の髪にかんざしがあるのに気がついた。何気なくそのかんざしを手に取って見た。

そのかんざしは紛れもなく、方谷が進に贈ったものだった。


山田方谷の元締役兼吟味役就任の情報は、備中松山藩とその江戸屋敷の隅々にまで広まり、人々の驚愕と混乱を招いた。百姓上がりの一介の儒者が門閥を差し置いての異例の大抜擢である。

幕府や他藩においても人材登用が時代の流れになりつつあったが、これほどの抜擢は前例がない。

当時、流行した二首の狂歌がある。

山だし（山田氏）が何のお役にたつものか
へ（子）曰（のたま）はくのやうな元締

御勝手に孔子孟子を引き入れて
　なほこのうへに唐（空）にするのか

儒者（教育者）から畑違いの元締役に就任した方谷を揶揄罵倒（やゆばとう）したのが前の狂歌であり、後の狂歌は藩の重役に門閥以外から方谷を大抜擢した藩主勝静に対するあてつけの歌と解するのが妥当であろう。

やがて方谷暗殺の険悪な雰囲気が流れるようになった。

方谷は、江戸から帰藩するやいなや、藩校有終館の幹部塾生に働きかけ、藩の財政状況の調査を開始した。

これまで備中松山藩では、全体の収支決算が年間ごとにきちんと計算されておらず、帳簿を調べるにしたがい、曖昧なまま処理がなされ、翌年に引き継がれていた。

また、飢饉や不時の支出のたびに借金を重ね、もはや一時しのぎのやりくりではどうにもならない状況になっていた。

塾生のうち、数字に明るい三島中洲と神戸謙次郎に財政状態の分析を任せた。

方谷の人生を語る上で、その一番弟子である三島中洲の存在を欠くことはできない。三島中洲(みしまちゅうしゅう)は、一八三〇（天保元）年十二月九日、備中国窪屋郡中島村（現、倉敷市中島）の庄屋三島正昱(せいいく)（壽太郎）の第三子（二男は夭折）として生まれた。母は、備中国浅口郡大谷村の大庄屋小野光右衛門の娘柳(りゅう)である。

賢母の手で育てられた中洲は、初め寺子屋で学び、学問で名を挙げたいと考えた。中洲が十一～十二歳の頃、漢学者丸川松隠の女婿龍達が近くの西阿知村の家を継ぎ、医業の傍ら学問を授けていたので、ここで四書五経の素読を受けた。この丸川家の玄関にある衝立(ついたて)に書いてあった山田方谷の諸葛孔明(しょかつこうめい)を詠ずる七言律詩の漢詩に非常に感銘を受けた。

この詩は方谷の十三歳のときの作で、「諸葛武侯の図」に題したものである。諸葛孔明(しょかつこうめい)は、中国の三国時代の蜀(しょく)の名将で名は亮(りょう)。詩の内容は、劉備(りゅうび)（蜀の初代皇帝）の三顧の礼に感激して出廬(しゅつろ)した孔明の水際立った活躍を詠んだものである。孔明は五丈原(ごじょうげん)の陣中に没したが、その後の世の推移はいつまでも人の涙を誘う悲しいものとなったと詩を結んでいる。

　これを見た中洲は、その意味は分からずともこれを書いた人はともかく偉大な人物であると尊敬の念を抱いた。家に帰り母に尋ねたところ、母は、方谷は父と同じ松隠先生同門の友人であった人物で、父が次男で家督を受けなかったならば、方谷のように学問で出世ができたのにと父が羨んでいた話を聞いた。これを契機に方谷を崇拝するようになった。

　もう一人の神戸謙次郎（かんべけんじろう）（号は秋山）は方谷に師事し、江戸遊学の際には昌平黌に学び、帰藩後に藩校有終館の会頭となった。後に松山藩の元締役、明治維新後は第八十六国立銀行（現在の中国銀行）の頭取などをつとめた。

　三島と神戸は、昼夜を問わず膨大な資料の山と格闘した。

「方谷先生、何百年も粉飾決算を続けてきましたから、なかなか実態を把握するのは難しいのではないでしょうか」

　と、三島は資料の山を前に愕然とした。

「分けてみよ、今は葎（むぐら）のしげるとも、中に直ぐなる道のありしを。すなわち、いまは草むらが生い茂って混沌としていても、よくかき分けて一生懸命やっていれば、必ずその中に真っ直ぐな進むべき正しい道が見つかるものである」

と二人に語りかけた。

方谷は、家に帰って継母の近に

「今後、わが家の家計は藩士塩田仁兵衛に見てもらって、家計簿も公開していきたいと思います」

と言った。

「そうでもしなければならないのですか。他の人に家計を見てもらううえに、どうして公開までしなければならないのですか。家事がやりにくくなります」

「我慢してください。元締役という職は、袖の下が多いところだと皆が見ております。皆は妬みやっかみで私腹を肥やしているという噂を立てるかもしれません。今から藩の状況も公開していくつもりです。そのためには、まず自ら範を示して家計も透明にしなければならないのです」

「協力しますけど、やり難くなりますね」

と近は笑って応えた。

調査開始から数か月後、

「方谷先生、藩財政の困窮は、家臣や領民へ直接しわ寄せになっています。藩士は、石高に応じて一定額を藩に上納させられてます。また、農民は今までの年貢に加えて臨時の年貢が課せられています」

神戸は方谷ににじり寄った。

「昨年までの藩の借金は、総額で一〇万両を超えております」

「予測はしていたが、想像を遥かに超えている。巨額な借金も勿論だが、抜本的に藩の財政の根底を覆す由々しき事態である」

神戸は、新たに集計した資料を示し、

「藩の禄高は五万石といわれていますが、帳簿には五年間に納められた年貢米は、毎年一万九千石に過ぎません」

「これまでの元締役は、藩の収入を隠して、借入金の便宜を図り、雪だるま式に気の遠くなるような、借金の山を築いたのですね」

方谷は、この状況に愕然とした。

武士は銭勘定と算盤を徹底して忌み嫌い軽蔑するように教育されてきた。

武士にとって商売は無縁のものであり、米本位制にしがみつく幕藩体制は、主力の収入源である百姓達からの年貢米の取り立てを厳しくするより能がなかった。

そのしわ寄せが、当時の日本の人口の約八割を占めていた百姓達にのしかかり、文字通り「生かさず、殺さず」ぎりぎりの搾取の上になされていた。

雪だるま式にふくれあがった一〇万両の負債は、米本位経済の節約という発想では返済不可能であり、金本位経済で出来上がった借財は、金本位経済をもって償却するしかなかった。

この年、近は亡くなった。享年七十歳であった。

方谷は最初子供であり無礼な態度をとってしまった。

だが、生活するうち、自分が不在の時でも、平人も進も支えてくれた近は無くてはならぬ存在であり、感謝していた。

残された方谷は「尽己」を胸に懐きながら藩政改革に邁進した。

✿ 改革を断行

山田方谷　その二

藩政改革に着手

一八五〇（嘉永三）年三月、藩主勝静（かつきよ）の帰国とともに藩政改革の大号令が発せられた。

改革に対するいかなる疑念も、裏表の行為も厳罰に処する旨を明らかにし、藩主自らの倹約率先を約束した大号令であった。

藩政改革の全権を委ねた方谷に対する誹謗中傷（ひぼうちゅうしょう）も一切許さない、勝静の並々ならぬ決意の現れである。

方谷はつぶさな調査に基づく藩財政の収支大計「申上候覚え」と「会計報告書」を藩主勝静と家老達に上申した。

藩主勝静も家老達も、あらためて藩の置かれた困窮に、不安と動揺を覚えた。

「ご覧の通りわが藩は、絶望的な借金地獄に陥っています」

勝静はこの状況に驚愕した。

「わが藩は、上方の銀主（ぎんしゅ）から、こんなに借りているのか」

「この借金地獄は、解決できるのか」

方谷は一同を見渡し、

「うそ偽りのない帳簿を銀主に見せ、今までの粉飾決算を明らかにして、藩の財政再建に協力を要請する以外、わが藩が立ち直る方法は他にありません」

この決意を聞いた門閥家老達は震え上がった。

いかなる代替案や妙案も浮かばないが、方谷のこの決意はあまりにも無謀に思えた。

藩の体面や誇りも蔑ろとなり、天下の笑い者になる。

家老達はこぞって反対した。

「銀主たちを怒らせてもよいのか」

「銀主たちの心証を害したら、もはや藩は立ち行かない」

「次から金が借りられなければ、どうするのか。もう金が借りられない……」

「後日、もし危急の事態が起こったならば、銀主は二度と借金の要求に応じてはくれまい。まるで孤立した城で援軍を失ったようになれば、一体どうしてくれるのだ」

家老達は口々に方谷の方針に反対した。

「借りなければよろしい」

方谷の澄んだ声が座敷中に響いた。

「援を待ちて城を守るも、城が陥落すれば援軍は来ません。もし孤立して死守すれば、援軍もまたそのうち到着するでしょう」

「備中松山藩は自立しなければなりません。今回の藩政改革にはその覚悟が必要です」

「義を明らかにして利を図らずです。人として歩むべき正しい道（義）を明らかにすることが大切で、自分自身の利益のみを求めるべきではありません」

確信に満ちた方谷の言葉に家老達は声を失い、返す言葉がなかった。

沈黙の中、方谷は続けた。

「藩の実収が、実は二万石にも満たないことを大阪の銀主達に暴露すれば、今までそれを隠していた備中松山藩の信用は一時的には最悪の状況に陥ります」

「銀主達の信義を裏切ることになるのは仕方のないことです。怒りもしましょう」

「しかし、藩を再建するためにはそれしかないのです」

家老達は、方谷の鬼気に満ちた決意に反論すらできなくなっている。

「そのことによって、初めて藩の財政が再建でき、藩政改革によってしか銀主の借財を返済することはできないのです」

「借りたものは返す。これなくして信義を取り戻すことはできません。これが大信を守ることとです」

「今までと変わりなく実収を隠して、銀主たちの信義を失うまいとするのが小信を守るやり方です。ますます藩の負債は増すばかりです。やがて返済が不可能のときが、近々必ず訪れます。問題の後送りにしか過ぎません。大なる信義を守るためには、小なる信義を守ってはおれませぬ」

「大信を守らんと欲せば、小信を守るにいとまなし。本当の信頼関係を守るためには、うわべだけの信用を守ることにこだわる必要はありません」

家老達は、不安な顔で上座の藩主勝静を見た。

目を閉じていた勝静は、やおら目を開け一人一人を見た。

「方谷の意見は、私の意志である」

勝静の鶴の一声が座敷一杯に響いた。

負債整理

債権者である銀主（ぎんしゅ）が集中する大阪へは方谷自らが出向いた。

大阪の両替商「加島屋」、大きな店構えである。

その奥座敷で、元締役の方谷が上座に座り、その横に三島、神戸が座り七人ほどの銀主と加島屋の主人ら三人の両替商が集まった。

方谷はまず率直に備中松山藩の内情をさらけ出した。

帳簿を持参し、包み隠さず真実を大阪の銀主に示したのである。

通常、借主は債権額の多い銀主と密かに交渉し、再建計画の確証を得たうえで、全債権者と交渉するのが常識である。これは現代でも変わらない。しかし、方谷は常識を破って銀主達を一同に集め、藩の財政状況を全て公開した。

集まった銀主達は虚をつかれた。

商売では生き馬の目を抜く胆の座った大阪商人も、これにはすっかり度胆を抜かされた。

加島屋は帳簿を読み終え、

「元締役さまが藩の実情を暴くとは信じられませんな」

「かつて経験したこともないし、話にも聞いたこともありませんわ」

他の銀主たちも相槌を打つ。

方谷は、一同を見渡し語りだした。

「財政再建の一つとして、わが藩の蔵屋敷をなくす」

銀主達は目を見張った。

蔵屋敷は、諸藩の大名が現金を手に入れるために、年貢米を運んで貯蔵する米倉庫付の屋敷である。

米市場は江戸や京都、大津、下関にもあったが、何といっても最大の米市場は大阪であった。大阪の米相場が全国の相場となった。備中松山藩も大阪に蔵屋敷を構えていた。

蔵に置かれた米は、蔵元という商人に任せっきりにして、掛屋と称する商人によって現金化を図り、売却代金をその掛屋に預けて、国許からの要求に応じて金を送っていた。

方谷は厳しい視線を一同に向け、

「米相場は月々変化する。高い時に売り、安い時に買うのが商売の鉄則だ」

「蔵米(くらまい)を任せられた商人達は当然自分の利益が上がるように蔵米を扱い相場を操作する」

「秋の収穫時期には相場を下げ、安く蔵米を引き取り、その後、相場を操作して価格を引き上げればよいだけだ。その利益を藩の利益にしたい」

と毅然とした態度で臨んだ。

「わが藩はその両替商から一〇万両という膨大な大名貸しを受けている。大名貸しの担保には、今年採れる米も全て担保として両替商に押さえられる仕組みになっている。大阪の商人は、地獄の商人よりあくどいではないか」

「元締役さまは何を仰りたいのですか」

銀主の代表が恐る恐る言葉を発した。

「今後、年貢米は全て藩が管理し、米相場の値が上がった時に売ることにし、皆さんの借金は現金にて支払う」

方谷の返答は実に明快であった。収納米は藩で保管し、有利な時期に売り、負債は現金で支払う。したがって、担保に入っていた蔵米の抵当を両替商に抜いて欲しいというものであった。担保を失った上に、蔵役人を籠絡し、備中松山藩を食い物にし続けた銀主達の二重のうまみがなくなってしまう提案であった。

銀主たちの面々は、それぞれ複雑な表情で方谷の次の言葉を待った。

「わが藩を助けると思って、これから暫くの間、財政改革を成功させるために、これまでの借金を全て棚上げしてもらいたい」

方谷は新たな申し出を行った。

「元締役さまと言えども、債務の棚上げはお許し下さいませ」

察しの良い銀主達はすでに覚悟はしていたものの、驚きを隠せなかった。

「心配いたすな」

方谷は用意していた各債権者への返済明細計画書を一人一人に手渡した。

自らが連日連夜を要して書き上げた緻密な内容の返済計画が書き込まれたものである。

「一時借金を棚上げしてもらっている間に、藩の財政を正常なものにした上で、改めて新しい事業に出資する計画だ」

「新規で得た利益で棚上げした借金を約束どおり返済する」

銀主たちは目を見合わせた。

「新しい事業とは何ですか」

「鉄と銅が相手だ」

「なるほど、鉄と銅ですか。確かに、備中は砂鉄が豊かに産出するところですね」

備中備北は良質の砂鉄が産出し、その情報は大阪の商人にも知れ渡っていた。

「タタラ吹き」の鉄の生産量は全国屈指である。

方谷がこれを藩事業として取り組み、財政再建の切り札として考えていることに銀主達は驚嘆した。

「これからは藩が直接事業に携わり、採掘・精錬から製造・販売まで取り組むことにしたい。その利益で借金を返す。上手くいけば十年以内に目途がつく可能性がある」

銀主達は、複雑な表情を方谷に向け、代表の加島屋が言った。

「松山藩の負債は、年貢米と鉄でお返しいただくことになるんでしゃろ」

別の銀主は、

「それにしても、しぶといお人でおますなぁ」

「しかたありまへんな、松山藩の財政改革は成功してもらわないと困りますわ」

「大阪商人の目を抜き取る御仁やな」

座敷に笑いが起こった。


大阪から備中松山への帰りの道すがら、三島が言った。

「大阪での交渉は上手くいきましたね。大阪商人たちが方谷先生を、大阪商人の目を抜き取る御仁やな、と言っているのを聞いてスッとしました」

「大阪商人たちにすこし返済を猶予してもらっている間に改革を進めなければならない。経費削減のため大阪蔵屋敷を廃止しよう。米の値段が高いときに、直接松山藩から米を運んで売ろう」

「大阪蔵屋敷を廃止することで、米を貯蔵する蔵が必要になりますね」

「三島よ、藩内に四十か所の貯蔵を建てる場所を探してくれ」

「わかりました。すぐに適切な場所を探しましょう」

方谷はさらに
「貯倉は平時には蔵屋敷として、飢饉のときは飢えた民百姓に米を緊急配給する義倉としての役割を果たす。大阪蔵屋敷の廃止は、一石二鳥どころか、三鳥、四鳥の効果を上げる筈だ」

「早速、殿へ報告だ」

三人の足取りは行きしよりも軽く感じられた。

貯倉の効果は意外なところに現れた。これまで農民は年貢米を城下まで運搬しなければならず、人馬を雇うのにも金がいった。それが藩内に四十か所に設けられた貯倉に運べばよく、人馬の運搬費だけではなく、それにかかる数日間を有意義に使うことができた。

秋は五穀豊穣を祝う季節である。秋の祭りも晴れやかなで盛大なものとなった。また、この蓄えた米は、藩のためにだけ使うのではなく、飢饉のときには飢えた領民に緊急配給することができた。

事実、江戸時代多くの藩で飢饉が発生し多くの人々が亡くなったが、方谷の時代、備中松山藩で飢饉で亡くなる人は一人もいなかった。

農民の間で、方谷は「生き神様」と呼ばれた。

さらに、この蔵屋敷の維持費が年間約一、〇〇〇両（六億円）かかっていた。

大阪蔵屋敷を廃止し、蔵米を備中松山藩で保管し、有利なときに販売し現金化した。これは方谷が若いときに菜種油の製造販売で苦労した体験が大いに役立った。誠実にそして大胆な発想の転換である。

これにより年間三、〇〇〇両（一八億円）から六、〇〇〇両（三六億円）の利益が上がった。蔵屋敷の廃止と合わせると四、〇〇〇両（二四億円）から七、〇〇〇両（四二億円）の利益が上がったことになる。これまで、この蔵米は膨大な借金の担保に押さえられていたものである。

大阪蔵屋敷の廃止は、まさに方谷の言う通り、一石二鳥どころか、三鳥、四鳥の大きな効果を上げた。

藩札刷新

大阪での銀主達との交渉を終え、方谷らは山陽路を急いでいた。

帰途は松山藩まであと一日で帰れるところまできた。

道端で野菜を売っている。近郷の百姓であろう。瑞々しいなすびが目についた。

「なすびをくれないか」

方谷は藩札を差し出す。

「その藩札なら十五文いただけませんか」

主人は申し訳なさそうにいう。

「なすびは十文ではないのか」

「松山藩の藩札は大量に出回っていて信用がないのです」

「そんなに信用がないのか」

「お武家さまもご存知のとおり、東海道の駕籠かきですら、松山藩の駕籠は担がないでしょう」

方谷は寂しそうに十五文を主人に渡した。

大阪での交渉も何とか目途がたち、債務の繰り延べができ、鉄と銅による産業育成のかたちも見えてきた。

雪だるま式に膨れ上がった一〇万両の借金は、米本位経済の節約という発想では、返済は到底不可能である。

金本位経済でできた借金は金本位経済で返済するしか方法がないことを方谷は見抜いていた。

これからの藩政改革の猶予は待っていられない。

これまでの何百年の付けを、これから何年かかって解消できるのか。

藩主勝静をはじめとして藩士、領民にこれからどれだけの負担を背負わせるのか、方谷の両肩にその重みがずっしりと、のしかかってきた。

海図のない大海原へ漕ぎ出す小船に乗る船頭の心境である。

藩主勝静の許しを得て、藩政改革の全権を掌握した方谷であったが、一人ではこの改革は行えない。

多くの藩士の中から財政改革のために選ばれた藩士大石隼雄(はやお)と神戸謙次郎が慌てて方谷の部屋に入ってきた。

大石隼雄(はやお)は一八二九（文政一二）年、備中松山藩の上級武士の家に生まれた。三島中洲の一年先輩にあたる。松山藩の家老格大石源右衛門の嫡男として生まれ、幼名を益之助、後に隼雄と名乗った。幼い頃より方谷の牛麓舎に学び、学問の造詣が深く、藩校有終館の会頭に取り立てられた。さらに方谷が元締役を五十三歳で辞任したときには、二十八歳の若さでその重責を引き継いでいる。

「元締さま、大変なことが起きました」

「何事だ」

方谷は書類から顔を上げて応えた。

「藩札を巡って商人同士が喧嘩をしています」

「喧嘩の原因は何なのか」

「ある商人が松山藩札で商品の代金を支払おうとしたところ、一方の商人が松山藩札は信用がないので受け取りを拒否したことが原因です」

方谷はしばし熟考した。

そのままにして置けば藩札の信用は失墜し、商取引にも支障をきたす。藩札の信用を取り戻すことが一番重要だ。

御根小屋の元締役執務室。方谷は黙想している。

江戸時代の貨幣（正貨）は大別して、金貨、銀貨、銅貨の三種類からなっているが、その鋳造は徳川幕府の独占事業であり、各藩が独自に貨幣を鋳造することは御法度であった。

その代わりに紙幣である藩札の発行が認められていた。もちろん額面額どおりの金貨等にいつでも交換される兌換紙幣であることが条件である。

実際の発行に際しては、正貨に打歩（例えば、金九両に対して額面一〇両の藩札と交換）して藩札との交換を奨励し、逆に藩札を正貨と交換する場合には、発行時以上に打歩（額面一〇両の藩札を金八両と交換）するという手法がとられていた。

当時の藩札の正貨との兌換レートは、忠臣蔵で有名な赤穂藩の六〇％が最もよいもので、八代将軍吉宗が生まれる前の紀州藩が一七〇七（宝永四）年に発行したものなどは、二〇％であった。

つまり、藩札と正貨との交換レートの差は、現在の公債発行と同じことになる。

このような形態で発行された藩札により、市中に実際の通貨量以上の通貨を流通させることになったため、通貨の流通がスムーズになり、経済の活性化をもたらした。

だが、それは経済政策の観点から発行されていたものではなかった。

現在のお札は日本銀行で発行されて全国で流通しているが、江戸時代は幕府の許可を得て藩がそれぞれ発行する兌換紙幣である。

藩札は要求されれば、いつでも藩が金や銀や銅の正貨と交換しなければならない。

しかし、窮乏にあえぐ諸藩は交換準備金の正貨まで使い込んでしまい、兌換紙幣であるはずの藩札は、いつの間にか不換紙幣の状態となっていた。

交換準備金のないままに、財政逼迫に迫られた藩がやみくもに増刷をしたらどうなるか。

藩札は民衆の信用と支持を失い、お金としての価値がなくなる。

藩札の発行は、赤字財政補填のための窮余の一策でしかなかったのである。

方谷が元締役に就任した当時の備中松山藩は一匁札と五匁札の二種類の藩札を発行していた。さらに財政が逼迫化していたため藩札の兌換準備金にも手をつけ、実際には準備金が底をついていた。にもかかわらず、方谷が元締役に就任する前の天保年間（一八三〇～四四年）に大量の五匁札を新たに発行した。こうなると不換紙幣同然である。通貨というよりも約束手形のようなものである。倒産同然の「貧乏板倉」の藩札は、ニセ札まで出回るなど、全く信用のないものであった。

方谷が理財の天才として知られるのは、貨幣制度や財政に関する稀有の造詣の深さだけではなく、豊かな知識を、機に応じ敏に接して大胆に実行するその実行力の故である。

方谷は城下の至る所に高札を立てさせた。

> 備中松山藩は、現在発行している五匁札を新しい五匁札に変えることとする。五匁札を持っている者、藩が買い戻すので三年後の嘉永五年六月末までに持参せよ。

一八五二（嘉永五）年九月の秋、近似川（ちかのりがわ）の河原の茶屋で農民たちが話をしている。

「明日は近似川の河原で方谷様が、藩札を燃やすという。凄い量なので、そのうちの何枚かを持って帰ることはできないかな」
　別の農民も
「方谷様も勿体ないことをなさる。明日の朝は見物の場所取りに早く起きないといけないから、この辺でお開きにしようか」
　と、農民たちはそそくさと帰っていった。

　近似川の河原には多くの人々が詰めかけ、その視線の先には方谷がいた。

　朝八時、元締役の方谷が言葉を発する。

「今から悪貨である旧藩札を燃やし尽くす。これによって我が藩札は生まれ変わる。新藩札が流通し経済も生まれ変わることだろう」

　方谷が三島、神戸に合図すると一斉にうず高く積まれた藩札に火が点された。

　それと同時に周りにいた観衆からどっと歓声が上がった。半分燃え上がった藩札を取ろうとする観衆もいる。藩札を燃やした煙は、真っ青に晴れ上がった空に舞い上がった。

　その傍では、ひばりの声が響いていた。

方谷は、財政再建に当たって藩札の信用回復を重視した。藩札の信用回復のために何をすればいいかを真っ先に考えた。方谷が改革に着手すると同時に、三年間という期限を区切って、この世間から蛇蝎（だかつ）のごとく嫌われていた紙屑同然の藩札を貨幣に交換するとのお触れを出した。

殖産興業の設備投資資金をやりくりするだけでも至難の技であった中で、このような思い切った通貨政策を実施した。

回収した四八一貫一一〇匁の藩札と未使用の五匁札二三〇貫一九〇匁（三、八二六両：約二四億円）、総額七一一貫三〇〇匁（一一、八五五両：約七二億円、これは松山藩財政の約一・六％に当たる。現在の国家財政にあてはめれば約一・三兆円に相当する）というおびただしい量の藩札を大観衆の面前で一挙に焼却したのである。いわゆる「悪貨焼却」（悪貨駆逐）施策を行った。

「藩政改革の命取りになりかねない危険をはらんだこの藩札回収を、何もこんな時期にやらなくても財政再建の目途が立ってからすればよいではないか」

と忠告してくれる人もいた。

だが、方谷はあえてそれを実行に移した。

信用のない藩札と交換され、市中に出回ったお金は必ず次の経済の芽を育む。人々が社会的不安に駆られて懐を必要以上に引き締めると、流通がストップし、経済が停滞し崩壊する。

人々の不安を取り除くには、通貨の信用力を回復し藩の威信を取り戻す以外にはない。

産業振興

武士は銭勘定と算盤を徹底して忌み嫌った。

武士にとって商売は無縁のものであり、藩の収入は百姓達からの年貢米の取り立てを厳しくするより他に能がなく、文字通り「生かさぬように、殺さぬように」のぎりぎりの一杯の搾取であった。

しかし、今の松山藩には年貢を減らす余裕などなかった。飢饉によってまず餓死していくのが、理不尽なことに米の生産者である貧しい農民達であった。それがさらに米の収穫を落とす悪循環となった。

大阪の両替商との交渉により今年渡すはずの一万九千石を棚上げしたので、秋までに貯蓄庫を領土内に造る必要があった。

方谷は三島に対して指示を出した。

「高梁川の辺りに建っている貯蔵庫だけでは、とても賄いきれぬ」

「各地区の庄屋に協力させて、四十二か所に貯蔵庫を分散して建てる。貯蔵庫に年貢が一年中あれば、藩民の八割を占める農民に対して、飢饉や干ばつに備えることができる」

米の相場は季節によって大きく変動する。例年、春から夏にかけての時期はいわゆる端境期にあたり保有米が底をつく。方谷は機に応じて有利に米を売却した。

「貧しい民百姓が凶作の年でも餓死しないように、米を緊急配布することもできる義倉にも様変わりする」

大阪蔵屋敷の廃止後は、年末に元締の方谷が大阪に出向いて一年間の会計を処理することで十分だった。

蔵屋敷の維持管理費一、〇〇〇両の節減と合わせて、ほぼ年間四、〇〇〇両から

七、〇〇〇両に近い資金が浮いたことになる。同時に、最も大きな効果は、これまで備中松山藩から凶作の時に必ず発生していた零細農民の餓死者と百姓一揆が途絶えたことであった。

方谷の藩政建て直しの切り札は鉄と銅であった。

高梁川の上流は良質の砂鉄の宝庫だった。

奈良時代から鉄山業が開けていた地域産業の鉄山、銅山の開拓をまず藩の直営事業とした。

方谷に鉄に関する緻密な情報を提供したのは、かつての私塾牛麓舎(ぎゅうろくしゃ)の門下生である矢吹久次郎であった。彼は備中松山藩に隣接する新見藩の天領上市(かみいち)の大庄屋で自らも鉱山を所有しタタラ吹き工場を経営していた。方谷は矢吹から天領の情報なども入手した。

よく二人は、城下の方谷邸に集まり話をした。

「矢吹殿、鉄で利益を上げるためには、どうすればいいのか」

「鉄の製造には、設備を始めとして莫大な資金、人も必要になります。したがって、中国地方は昔から砂鉄がよく採れますが、資金がない者が多いため、放置されている鉱山が多くございます」

「また、銅もたくさん採れます。成羽町には吉岡銅山などもあります」

「地元の特徴を生かすことが重要だ」

方谷の揺るがざる信念である。

「今荒れ果てている鉱山は安く売りに出ていますが、補修にお金がかかるため買い手がつきません」

「今、鉱山を安く買い取ることにしよう。平安時代からある成羽町の銅山も買い取ることにしよう」

方谷はさらに続けて言った。

「鉱山を開発し運営することによって、多くの農民などを雇うことにもなり失業対策にもなる」

「城下の近似村に数十の工場を作るようにしよう。そして新たに相老町と名付けて、そこに職にあふれた農民を大量に雇おう。そうしたら農民の生活向上にも役に立つ」

方谷はそばに控えていた三島中洲に、藩に点在する多くの鉱山・銅山を買収するよう指示を出した。

ちなみに明治維新後、吉岡銅山は一万円で岩崎弥太郎の三菱商会が購入した。売却代金の一部で方谷の弟子三島毅が、第八十六銀行（現・中国銀行）を設立した。

また、方谷は吹屋の西江邸・広兼邸にも行き、銅山の運営、ベンガラなどの産業についてもよく意見交換し藩の産業政策に取り入れた。

方谷は執務の傍ら実情把握のために、自ら農村を巡回し、農民に語りかけた。

「農作業の具合はどうだ」

農民は、

「方谷様が元締役になってから、大分暮らし向きもよくなったような気がします。役人も農民に対し威張らなくなり、取立ても厳しくなくなりました」

別の年配の農民は、

「でも、農作業は相変わらず疲れます。特に年をとると、鍬で耕すのに力が要ります。寒い時期には鍬が固い土には入りづらく大変です」

と農民は地面に座り込んだ。

方谷はひらめいた。鍬の先を三本に尖らせたらどうだろう。そうすれば力が分散し土に鍬が食い込む。土の塊も砕き易く、地面を耕し易いのではないか。

方谷は早速城内に戻り三島中洲を呼び、

「三島、さっき農村を廻り気が付いたんだが、鍬を三本の歯にし、さらに尖らせたら、容易に土を耕せるのではないか」

「一度、三本歯の鍬を作ってみてくれ」

「はっ、かしこまりました。これまではタタラ製鉄で鉄を作るだけでしたが、付加価値を付けることで商品もよく売れるでしょう」

そこに藩士の大石が入ってきた。

「江戸屋敷からの報告によると、また江戸では大火事が起こったそうです」

「江戸は火事と喧嘩が有名だからなあ」

と三島が相槌を打つ。

天井を見ていた方谷が言った。

「そうか、江戸は火事が多いので、また家を作らなければならない」

「家を建てるときに必要な鉄釘を作ると高く売れるかもしれない」

「三島、三本歯の鍬だけではなく、鉄釘も作ってみてくれ」

方谷は久々に三島や大石を連れて、高梁川に高瀬舟を浮かべて鮎を食べながら寛いでいた。

「私は高梁川の舟で寛ぐのが好きです」

と三島が言った。

「紅葉を見ながら、我が松山藩の風景を見ると疲れがとれます。この高梁川を下ると河口の倉敷、玉島を経て、太平洋につながっています」

と大石が言った。

方谷はそれを聞いてうなずいた。

「そうか、川は海へつながり、江戸や大阪につながっている。今まで陸送で時間や費用がかかっていたが、鉄釘や備中鍬を、直接江戸へ船で運べばそれだけ時間と労力が節約できるし、江戸で必要な物品を必要な時に必要な量を運ぶことができる」

「三島、江戸藩邸に行って、いい船があったら購入していいか交渉をしてきなさい」

「方谷先生は休みのときも藩や領民のことを考えていらっしゃるのですね」

大石が鮎を頬張りながら言った。

「君達も年を重ねていくと、自分のことよりも自分が助けることができる人々のことを思うようになるものだ」

高梁川をわたる清々しい風が吹いてきた。方谷は進と最後にこの川であゆを食べたのを思い出していた。

数か月後、江戸藩邸で働いていた川田甕江（おうこう）（剛（たけし））が久々に松山藩城下に方谷を訪ねてきた。

川田甕江（剛）は一八三〇（天保元）年、玉島新町港問屋大国屋佐兵衛の次男として生まれるが、三歳で父を六歳で母を亡くし、母方の実家で育てられた。薄幸な少年時代を過ごしたが、群を抜く俊才で、玉島で漢学を教えていた鎌田玄渓（かまたげんけい）が、「川田剛の師たるに足らず」と自らの非力を認め、川田に江戸遊学を勧めた逸話がある。他領出身の者を、藩校有終館の会頭と同格の位置付けで登用するところは、方谷の人材活用の妙である。

方谷は門下の俊英の二人である川田甕江には「剛」を、三島中洲には「毅」の

「剛毅」の二文字を分け与えている。

「川田、江戸はどうだった」

　と方谷は言った。

「江戸は大都会です。火事が多くよく鉄釘などが売れています」

「江戸の人々の好みというのは常に変化する。人々の嗜好を常に把握していなければ商品が売れなくなる」

「絶えず江戸の人々の嗜好を調査し、柔軟に対応してくれ」

「はい、私も常に市井に出て、人々の好みを調査してみます」

「三島へも話しているが、いい船が見つかったか」

「いろいろと手を尽くし探してみましたが、快風丸（かいふうまる）というアメリカ製のいい船があります。平時は荷物を沢山運ぶことができますが、大砲も積むこともできます。玉島から江戸まで行くことができ航海距離も長い船です。ただ難点は値段が高く一万八千ドルという金額になります。如何いたしましょうか」

「そうか、少し高いかもしれないが、戦争のときにも役に立つし、航海距離が長いことも魅力だ。使い方によっては、十分採算もとれることだろう。すぐ購入するよう手配してくれ」

その後、この快風丸を使って、直接、物品を江戸へ運んだ。

ここで、余談になるが、同志社大学の創立者であり、キリスト教伝道に生涯を献げた新島襄の若き日の話を紹介したい。

新島襄は、一八四三（天保一四）年に、江戸の安中藩（現、群馬県）邸で生まれた。備中松山藩の藩主板倉勝静は、安中藩の藩主板倉勝明の本家筋にあたる。

新島は田島順輔（滋賀県日野出身。大阪の緒方塾出身）から蘭学を、方谷の弟子の川田剛からは漢学を学んでいたが、その一方で、退屈な出仕生活に不満を覚えていた。

「川田先生、先生の松山藩では大型船の購入計画があるとか。是非、私をその船に乗せてください」

「どうしてですか」

と川田はいった。

「先生、私の故郷の上州安中は周りを山に囲まれ、海を見ないで一生終える者も多くいます。私自身も藩の江戸屋敷で生まれ育ちました」

「先生から漢学を学び、先生の故郷や備中松山の話を聞きました。日本でも色々な藩があり、多くの人々が暮らしています。そして、私はかつてアメリカの地図を見せてもらいました。アメリカの大きさに驚きもし、また世界の広さに感動しました」

「人間の一生には限りがあります。いま私自身が一歩前へ踏み出すきっかけをお与えください」

川田は新島の目をじっと見つめた。その眼は未来への希望。何ものも怖れぬ、自ら進んで未知の世界へ飛び込もうとする若者独特の雰囲気を醸し出していた。

川田は新島のキラキラと輝いている目に心を打たれた。

新島が、当時、禁止されていたアメリカへの「密出国」の夢を育むきっかけとなったのは、彼が十九歳となった一八六二（文久二）年、初めて江戸から玉島（岡山県倉敷市。当時、玉島は備中松山藩の飛び地）まで航海したことによる。

この時、新島が初航海した船が、「快風丸」であった。「快風丸」は方谷が、藩財政の立て直しでできた余剰資金を使い、一八六二（文久二）年九月に、三島中洲、川田剛に命じて、航海交易のみならず軍事目的のために一万八千ドルで購入した洋式帆船である。

新島の快風丸への乗船の斡旋の労をとったのは、川田剛であった。

新島は、この初航海の感想を次のように手記に書いている。


私は玉島（倉敷市）という岡山の少し先の海港へ初めて蒸気船（実は帆船の快風丸）で航海する機会を得た。その洋式帆船は（備中）松山藩主（板倉勝静）が所有するもので、彼は私の藩主と密接な関係（安中の板倉家の本家）にあった。そのため彼は無償で乗船を許してくれた。

江戸に戻ってくるのに三か月あまりかかったが、私はその航海を心から楽しんだ。しかも、私が青春時代のすべてを過した安中藩主の正方形の囲い地（江戸藩邸）―そこでは私は、天というものが四角形で切り取られたほんの小さな一区画でしかないと思っていた。―からはるか遠くに離れたのは有益なことだった。

これが、いろいろな人々と交わり、さまざまな場所を目にする初めての休験であった。この航海によって私の精神的な視界は明らかに大きく広げられた。

大阪の町を訪ね、初めて牛肉というものを味わった。

この初航海で、新島はこれまでの狭い江戸藩邸の中心の生活から、広々した外界の空気を満喫できたという。

ここで、全く話がそれるが、「大阪で、初めて、牛肉を味わった」というくだりがあるので、当時から「牛肉の本場は大阪」だったのだろう。

翌一八六四（元治元）年、アメリカへの脱国の機会をうかがっていた新島は、加納格太郎（備中松山藩士。玉島への初航海で知り合う。新島はアメリカからの帰国後も、高梁に加納を訪問しているところをみると、かなり仲が良かったのであろう）より、快風丸が箱館を経由してサハリンへ航海することを聞いた。

新島は、安中藩主は絶対航海を許可してくれないと思い、再度、川田剛を通じて本家筋の板倉勝静からの便乗の許可をとり、安中藩主に有無を言わせず箱館までいった。これが、アメリカへの「密出国」の第一歩である。

箱館では長岡藩士菅沼精一郎の紹介で、「神田ニコライ堂」で有名なニコライのもとに住み込んだ。当時の日本の人々の堕落した状況をみて、新島は、

「単なる物質的な進歩はそれ自体が無益である。日本が必要としているのは、単なる物質的進歩よりも道徳的な改革であり、私が信じる限りではその改革はキリスト教を通じてもたらされなければならない」

と思いを強め、一八六四年上海を経て、アメリカに密出国し、一八六六年にアンドーヴァー神学校付属教会で洗礼を受けた。

アメリカでは、津田塾大学の創始者津田梅子などとも交流をし、一八七五（明治八）年に、大阪に帰り、現在の同志社大学の前身である同志社英学校を設立した。

新島は、道徳的な改革を、キリスト教普及に求めたことが特徴的であるが、道徳的な改革を日本（東洋）文化に求めた山田方谷、三島中洲などとも、根底的なところでは共通している。

ところで、仮に山田方谷の財政改革が失敗して、「快風丸」の購入ができなかったなら、新島襄はアメリカへ行けなかったかもしれず、そうすると日本におけるキリスト教普及状況も、現在と異なっていたかもしれない。

山田方谷の財政改革の成功は、思わぬところで、キリスト教の普及にも貢献していることを考えると、歴史の雄大さ、不思議さを感じざるを得ない。

方谷の周りは産業振興策の目途も立ったと喜んだけれども、城下では未だ貧しい農民の生活があった。

同行している三島に方谷は語りかけた。

「もっと農民の暮らしを良くしなければいけない。現金収入があるように、柿の木を植えてみたらいいのではないか」

「また、冬には極端に作物が採れなくなる。冬にとれる柚子の皮を利用した柚餅子など作ってみてはどうか」

「それはいい案ですね。是非、農民に勧めてみましょう」

方谷は続けて言った。

「さらにこの辺りは荒れた土地が多い。そこに煙草など植えてみたらどうだろう。品質を厳選して、備中松山産として売ってみたらどうだろう」

「それもいい案ですね。早速やってみましょう」

現在でも、この地には「柿の木町」が残っているし、柚餅子もお土産物として盛んに作られている。

方谷は藩邸で帳簿の確認をしていた。そばには三島、大石などがいた。

「それぞれ別々になっていますので非効率となっています。この流通の無駄をどうにかして省けたらいいのですが」

と大石が言った。

「そうか、そういう問題があったか」

「それでは、それらを一つに集め、撫育方（ぶいくがた）という組織を作って流通の一本化を図ろう」

と方谷は皆の顔を見ながら言った。撫育とは、なぐさめ育むという意味である。

「では、私がその撫育方の責任者になりましょう」

大石は家柄もよく他の誰よりも責任感が強かった。

方谷はその言葉を聞いて少し間を置いて、

「大石、お前はもともと家老の家柄の者だ。意気込みは買うが、撫育方の責任者は商人上がりがよい。ここは三島に任せよう。大石は藩士に対する改革に頑張ってくれ」

「しかし先生、需要が伸びている商品の運搬に船だけでは対応できなくなっています。どうすればいいでしょうか」

と三島は言った。

「高梁川に沿って伸びている街道を人馬が通れるよう広げよう。また、高梁川も河底に大きな石が点在し、大きな船が通れない。それらを除き上流まで高瀬舟が通れるようにしたらどうだろうか」

と方谷は言った。

大石は嬉しそうに

「また、多くの農民を道路や河川の改修などに雇わなければなりませんなあ」

と言った。

「そうだ、そうなんだ。道路や河川などの改修によって職のない農民の現金収入にもなる。農民の作った商品もこの道路や河川の改修によって運ばれて多く売れ、農民の利益にもなる。道路とか河川の整備は、生活基盤の整備だけではなく、さらなる利潤を生みだす産業基盤の整備でなければならない。これこそ私の改革の理念である、領民を富ませることが、国を富ませ活力を生むことにつながる」

ここで少し解説してみる。

方谷は備中松山藩の一〇万両（六〇〇億円）の借金が、本質的に農本主義経済（米本位制）と資本主義経済（金本位制）が併存していた徳川幕藩体制の矛盾により生じたものである事を看破していた。

商業が発展しているにもかかわらず、自給自足を基本とする農本主義経済に立脚する徳川幕府体制の財源は、農民からの年貢米のみであった。資本主義の理論により経済成長を推進している商人に対しては、何ら課税することなく、却って借金を重ねるのみであった。資本主義経済が農本主義経済を侵食していた。

十八世紀半ば以降は幕藩体制の衰退期でもあるが、徳川時代の三大改革である享保・寛政・天保の改革もいずれも経済危機に遭遇して行われている。新田開発、増税、専売制の導入、諸藩の相次ぐ藩札発行は改革を機に行われたのである。

幕府は藩札発行のメリットの大きさに着目し、貨幣改鋳を財源にすることに大きなウエイトを持たせる政策を取り続けた。しかし、貨幣経済、流通経済の発展という大きな流れに反抗することはできず、御用金、運上金、冥加金などの商工業税の徴収も実施したが、一方で借入金を重ねていった。国の経済の中心は農民から豪商へと移っていったのである。

方谷は、産業を振興することにより新たな利潤を生み出す等の考え方を備中松山藩において実践し成功に導いたといえる。

さらに、公共投資も「公共投資のための公共投資」ではなく、新たな拡大再生産を生み出すものが真の公共投資である。方谷は農民出身でありその頃の苦労に基づいて、真に国民に必要であり産業発展を促進する投資は何かという観点で公共投資を行った。

総じて原料、生産、販売を一手に引き受けた「撫育方」の働きにより、備中松山藩での殖産興業は軌道に乗り、財政再建が進んだ。

これらの殖産興業による利益は、三年目にして一万両（約六〇億円）を超え、翌年には五万両（約三〇〇億円）に迫る勢いとなった。財政再建に大きな光明が見えてきた。藩政改革に着手してから僅か七年で一〇万両（約六〇〇億円）の借金を返済し、なおかつ一〇万両（約六〇〇億円）の蓄えが出来たのは、この「撫育方」による新殖産興業政策が大きく寄与している。

上下節約政策

方谷は一八五〇（嘉永三）年に次のような立札を立てた。

一、衣服は上下ともに綿織物を用い、絹布の使用を禁ずる。
一、饗宴贈答はやむを得ざる外は禁ずる。
一、奉行代官等、一切の貰い品も役席へ持ち出す。
一、巡郷の役人へは、酒一滴も出すに及ばず。

ある上級藩士たちの会話。

「元締役は、産業育成などで気を良くしているのではないか。農民上がりなので上級武士の我々のことを目の敵にしている」

「そうだ、そのとおりだ。奉行、代官でも一切の届け物まで廃止するとは、官職に就いている意味もない。けしからん」

「綿織物など、下級武士や庶民が着るものではないか。絹織物を着るからこそ上級武士たる所以だ。うちの家内も嘆いておる」

「いっその事、方谷を暗殺してしまった方が我々のためになるのではないか」

「恐ろしいことを言うものではないぞ」


方谷が下男の助六とともに城下の道を歩いていたとき、数人の黒頭巾を覆った浪人たちに囲まれた。提灯越しに三人の浪人の姿が映った。

「そなたは山田方谷殿か」

そのうちのリーダーとおぼしき浪人が尋ねてきた。松山なまりか。

「いかにも、それがしは山田方谷だ」

するといきなり抜刀し
「御命頂戴する」

斬り付けてきた。

「先生、さがって下さい」

提灯を持った下男が身を翻し、男たちににじり寄った。

「できる！」

方谷は三人の浪人よりも助六という下男に目を奪われた。

提灯の火が消えたかと思うと、助六と三人の浪人が一瞬交錯した。

「うぁ」

「どさっ」

打ち据えられたのは、三人の浪人であった。尻餅をついて腰が立たない様子であり、四つん這いで逃げていった。

驚いたのは方谷の方であった。

「そなたは」

「三島様のたってのご希望で先生の身辺を護衛しておりました」

「助六殿とは、江戸の宮本道場で長い間師範代を務められていた花山助六殿か」

「いかにも、花山助六です。身分を隠すつもりはありませんでした。申し訳ございません」

先ほどの提灯を持った下男とは見違う剣士の姿がそこにあった。

「謝る必要はない。感謝申し上げなければならないのは私の方だ」

方谷は頭を下げて感謝した。

「勿体のうございます。これからも先生の身の周りは私が護ります。先生のなされようとしていることは万民のためですが、ちと敵も多ございますから」


「また失敗したのか！」

「三人も刺客を差し向けたのに失敗するとは」

藩の上役の屋敷には数人が集まっていた。

「付きの下男が恐ろしく腕のたつ奴でして。次は必ずや」

「次はもうよい。方谷を暗殺したいが、方谷は農民に人気がある。いずれ改革も失敗するだろうから、その時が我々の出番になる。それまで待つとしよう」

「そうだな、それもいいだろう」

上級藩士たちは赤ら顔をしながら、酒を煽っていた。

一方、方谷の家では妻のみどりが嘆いていた。

「あなた、もう米を買うことにも難儀しています。さらに塩田様に家計を見られてはやり難いわ」

さらに

「どうして自分の俸禄を自ら減らすようお殿様に申し上げたのですか。前より生活が苦しくなったではないですか」

と言われ、

「すまんなあ、我慢してくれ」

と方谷は応えた。

方谷は、後に改革を振り返って、次のように詩に詠っている。

十歳の経営　身の為にせず
大倉の積粟　已(すで)に陳陳たり
却って嗤(わら)う　八口の生計に困(くる)しむを
僅かに荒蕪を墾して小民を伴う

〔訳〕

十年間の藩の経営は我がためにあらず。貯倉には藩米が山のように積みあげられ、藩の財政は今ではとても豊かになっている。

ところが笑えてくるではないか、我が家の八人の家計はただただ貧しくなっていくばかり。

そこで生計のたしにと、荒地を開墾して小百姓に仲間入りをした。

この倹約令は、主として中級以上の武士と、豪農、豪商を対象とした。下級武士や一般の民百姓はこれ以下の生活を既に余儀なくされており、今更倹約もなかった。上から下までの倹約をうたいながら、実際の対象を中級以上の者に置いたことが、この倹約令の実効性が確保されることにつながった。

さらに、方谷は藩士の俸禄を減じるに先立ち、自らの俸禄の大幅な削減を藩主に申し出た。元締役という藩の要職についていたが、その俸禄は中下級武士程度であった。

また、方谷は武士たちにも開墾を奨励したこともあり、自らも城下から遥か離れた土地（現在のＪＲ方谷駅）に移り住み開墾もした。

民政刷新改革

備中松山藩城内にて、藩主勝静は方谷に向かい

「方谷、だいぶ改革も上手くいっているようだな」

と語りかけた。

それを受け方谷は、

「はい、私の改革の理念は、士民撫育です。撫育とは、藩民（国民）をいつくしみ愛情をもって育てるという意味です。つまり上下とも富むことを目指しています」

と応えた。

「もう少し詳しく改革を教えてくれないか」

「財政再建は、金銭の取扱いばかり考えていては、決して成就できるものではありません。国政から町民、市中までをきちんと治めて、それができるものです。政治と財政は車の両輪です。藩主の天職は、藩士並びに百姓町人たちを撫育することにあります。先ず急務とするところは、藩士の借り上米を戻すこと、百姓の年貢を減ら

すこと、町人には金融の便宜をはかり交易を盛んにすること、この三か条であります」

と主張した。

また、撫育方と名づけたわけを

「撫育を主とし人民の利益をはかり、そのうちから自然に上の利益も生じ、その利益によってお勝手もしのぎやすくなり、そうすれば人民の年貢米もかからぬこととなり、それがまた撫育になるのです」

と説明した。

さらに方谷は続けて言った。

「領民の率直な意見を聞く必要があります。そのためにも領内の各所に目安箱（めやすばこ）を設ける必要があります」

「そうか、では早速目安箱を設けることにしよう」

「また、領内には四十か所の貯倉を設け、水害や干ばつなどの凶年に備えて民心を安定させました。貧しい村には、担当者を通じて米や金を与え、庄屋で三代以上の旧家で困窮する者には、米七〇表を無利子で貸し与え、十年後に返納させるようしました。また、城下と玉島（たましま）、八田部（やたべ）（現在の総社市駅前周辺）に「教諭所（きょうゆじょ）」を設置し庶民教育も施しました」

「また、狭い道路は道路幅を広げ、川や溝のふさがっているところは川底をさらいました。中でも城下松山（岡山県高梁市）から賀陽郡種井村（現在の岡山県総社市種井）に至る道路は松山往来の本道であるにもかかわらず狭かったので、幅員を拡張して人馬の往来を便利にしました。これによって産業もまた大いに栄えることになりましょう」

「これまでは、庄屋、富農、豪商が権力者に個人的に謁見して、賄賂を贈る悪習がありました。私は、庄屋といえども役所以外での面談を禁止しました。また、賭博が横行したため、これを禁止し、禁を破る者があれば、片鬢や眉などを剃り落とすという厳科に処しました」

「また、盗賊の取り締りを厳しくし、奢侈を禁じて風俗を正すとともに、「寄場」と称する懲役場を設けました。これには精選した「盗賊掛」を置き、探索、逮捕を厳重にし、重罪の者はこれまでどおり獄舎に収容しましたが、軽罪の者は更生させるための施設（今でいう感化院）である「寄場」において感化善導を加えて、改悛の情のある者は放免しました」

「これで我が松山藩の治安が非常に改善されたのだな」

と勝静は感慨深げにうなずいていた。

事実、河井継之助が松山藩を訪れたとき、具体的かつ厳格な民政の執行によって悪習は一掃され、節約の風も大いに行なわれ「昔に比べると夢のような安楽な土地になった」（司馬遼太郎氏「峠」より）といわれるまでになった。

教育改革

方谷は三島中洲（ちゅうしゅう）を部屋に呼んで言った。

「三島、だいぶ学問も進んでいるようであるが、今後、国を支えていくためには人を育てる必要がある。私が有終館（ゆうしゅうかん）（備中松山藩の藩校）の学頭に就任したとき（一八三六〈天保七〉年）には、備中松山藩の教育施設といえるものは、藩士の子弟を対象とした有終館と江戸藩邸学問所のわずか二か所のみであった」

「私は、武士をはじめ多くの人々に対する教育の重要性を説き、野山地区（現、岡山県加賀郡吉備中央町宮地（みやち）付近）に「学問所」を設けたほか、鍛冶町（かじまち）、八田部地区、玉島地区に「教諭所」を設置した。この他、家塾十三か所、寺子屋六十二か所を開講し、教育施設の充実ぶりは、備前岡山藩などの近隣大藩をはるかに凌ぐものになった」

「また、学問所、教諭所では、有終館から会頭が交代で出講し、助教には民間の学芸に秀でた者をあてた。優秀な生徒には賞を与え、さらには士分に登用し、役人に抜擢したので、向学に燃えた子弟が集まった」

「だから、農民・商人が平気でむずかしい学問を学んでいるのですか。私はこのことに驚嘆しました。教育を受ける者が増えることによって、我々の改革の理解者も増えることになるでしょう」

と三島もうなずいた。

軍政改革

藩主勝静が初めて備中松山藩へ入封した一八四四（弘化元）年頃、日本は大きな転換期に差しかかっていた。

世界の列国が競って日本に目を向けようとしていた。

中でもフランスが、琉球に船を送り通商を求めてきたほか、オランダは長崎を軍艦で訪れ幕府に開国を求めていた。鎖国を国是とし、安眠をむさぼってきた徳川幕藩体制は、社会経済構造の根底からの変革を否応なく迫られる窮地に追い込まれつつあった。

勝静はこの時代の激変の予兆を感じつつも、これからの藩の防衛策を方谷に諮った。

「これからの時代、領民を守るためには、どのようにすればよいか」

「今の軍政は徳川幕府初期のままです。このままではいけません」

「特に備中松山藩は、領地が山間部にありかつ東西は数里にすぎないものの、南北は二〇里近くもあります。そのため、国境の守備は特に重要です。しかし内陸山間部にあったためか、藩士たちは、日常、外圧の脅威に晒されることが少なく、危機感に乏しいのが現実です」

「さらに兵法を知らない学者である私に兵法を教わるのは片腹痛いとの思いが強い藩士たちが多く、私の西洋式砲術や銃陣の採用には藩士の多くが乗り気ではありません」

「そこで、その藩士たちの反発を逆手にとり、領民の九割を占める農民を活用しましょう。新たに『里正隊』という農兵制度を設け、さらに西洋式の近代的な軍制の改革をするのがよいと思います」

と方谷はこれに応えた。

「そうか分かった。農民の力も借りて藩の軍政を改革することにしよう」

備中松山藩では、方谷の発案により圧倒的多数の農民を兵力に組み入れることにより、富国強兵を図り、藩士の反発という逆境を新たな発想に繋げたのである。

こうした社会情勢の中で、藩主自ら士気を高め惰弱(だじやく)の風を一掃するために、文武奨励の号令をかけた。藩主の強い信念を背景に、「文武は車の両輪である」という立場に立ち、学問の奨励だけでなく武道の奨励にも力を入れた。

とりわけ、これからの時代には、西洋式の新しい砲術の修習や近代的な銃陣の研究及び軍制の改革が是非必要であるとして、一八四七(弘化四)年に高弟の三島中洲を伴い、約一か月間、洋学が盛んな津山藩を訪れた。その津山藩で、砲術と銃陣の大要について学んだ。

帰藩後、早速大砲二門を鋳造し、新西洋式砲術及び銃陣を備中松山藩士に伝授した。これが、備中松山藩における軍制改革の始まりとなった。

一八五二（嘉永五）年、領内六十余村の村長・庄屋（里正）のうち、身体壮健な者を選んで銃術と剣術の二技を習わせ、厳しい訓練を行なった。彼らには、帯刀を許した。

この「里正隊（りせいたい）」の教育・指導のもとに、領内の猟師や一般農民の中からも身体壮健な者を集め、西洋式の砲術や銃陣の訓練を行ない、国境の防備の一部を担わせた。

この「里正隊」が、幕末の動乱期に備中松山藩の守備に重要な役割を果たしたのはいうまでもない。

一八五五（安政二）年には、津山藩の植原六郎左衛門を招き、水軍の打砲を玉島沖で演習したほか、城下の辻巻に水泳場を開き、六十歳以下の藩士全員に神伝流（しんでんりゅう）の水泳術を習わせた。神伝流は、操船、水馬、渡河等の実践的なものであった。

進と別れた後、方谷はずっと一人であった。方谷は藩政改革のみならず、自分の私塾「牛麓舎」での教育など多忙であった。

弟子のひとりである荒木主計が言った。

「方谷先生、先生はいま藩政の仕事、私塾での教育はもちろんのこと、身の回りのことまでお一人でされている。あまりに忙しすぎます。先生がいつか倒れてしまうのではないかと私は心配しています」

「荒木殿、心配するではない。天が見ていてくれる。倒れたらその時はその時だ」

「方谷先生、私に松野という姉がいます。しばらくの間、先生の身の回りのお世話をしたいと申しております」

「私も松野さんはよく知っています。城下でも綺麗で評判です」

この後、松野が方谷のもとを訪れるようになった。


一八五四（安政元）年、方谷五十歳の時に松野との間に小雪が生まれた。

「松野、ありがとう。もう五十歳になるので子供は無理と思っていたが生きていればいいこともあるものだ」

と方谷は言って、まだ頭も座らない小雪に頬ずりをした。その顔は藩の参政（総理大臣）ではなく、ただ普通の父親の顔だった。

小雪を見て方谷は亡くなったさきを思い出した。

「今度こそは小雪をしっかり育てなければ」

と決意した。

しかしながら、方谷は藩の参政として板倉藩主や藩の重役とよく会っていた。多忙を極めていた。方谷は家を留守にすることも多く、留守中は松野と小雪を松野の実家荒木家へ預け面倒をみてもらっていた。そんな方谷を見ていて松野の心は徐々に揺れ始めるのであった。

方谷が家に帰ると松野からの一通の置き手紙があった。

「あなたと私ではあまりに身分が違い過ぎます。このままではあなたに迷惑をかけてしまいます。ここで身を引いたほうがいいと思います。小雪も連れて行こうと思いましたが、あなたが小雪を溺愛しているので小雪は置いていきます。さようなら」

方谷は幼い小雪と二人きりになってしまった。

方谷が男手一人で小雪の世話をしていると聞き、弟子の矢吹久次郎が小雪の面倒を見ると言い出した。矢吹家は備中松山藩の隣の天領の大庄屋。女手も多い。矢吹家の当主が矢吹久次郎である。

もう家族に寂しい思いをさせるわけにはいかない。今までのこともあったのか、当時の男親としては異常といえるほど、小雪を可愛がった。

方谷は多忙なため、時間を見つけては昼夜問わず、護衛もつけず、馬で小雪のもとへ駆けつけた。

当時は相応の家では、子供は乳母の手で育て、食事なども一緒にしないものだった。

ところが、方谷は周囲の目を気にもとめずに、赤ん坊の小雪を懐にいれて歩き回ったり、矢吹家の人に断らず、無断で小雪を自分の家に連れ帰ったりした。

矢吹家は小雪が居なくなったので大騒動のこともあった。

方谷が小雪を村まで連れ回し、人々に見せていたのである。

村人も方谷の嬉しさあふれる笑顔と愛くるしい小雪を見て、川魚の串焼きやたけのこでもてなしてくれた。

農家の主婦は

「小雪さんは本当にかわいい」

「真っ赤なイチゴを食べてね」

といって小雪にあげた。

小雪は、ほっぺを赤くしながらイチゴをおいしそうに食べた。

方谷、小雪そして村人たちがのどかに田んぼの脇に座って話をしていた。

そこへ急にものものしい一団が現れた。よく見ると矢吹久次郎。

「方谷先生、勝手に小雪を連れていっては困ります。小雪の姿が見えないので大騒動です。でも見つかって良かった」

と久次郎が語気を強めて言う。

「すまん。すまん。小雪があまりに可愛くて村人にも見せたいと思ったものでな」

と方谷は頭をかいた。

そのやり取りを見て、村人たちが笑った。


小雪を可愛がっているうちに、方谷はやはり家族を持ちたくなり、小雪をそばにおきたくなっていった。

そんなとき、衝撃的な出会いがあった。

方谷の藩政改革は七年間で成功し、藩主板倉勝静は江戸幕府の奏者番、寺社奉行そして老中まで上り詰めた。魔法のような偉業を成し遂げた。方谷を多くの人々がいよいよ敬慕し、また価値が高まるであろう「方谷の書」などをしきりに求めた。

しかし方谷は疲れていた。

ある人は「お金をください」、別の人は「役職などの名誉をください」、ある女性は「素敵な着物が欲しいな」といった。

方谷は投げやりになり
「なんでも好きなものを持って行っていいよ」

と叫んだ。

ある一人の女性が方谷の元を訪れた。

方谷は
「何が望みですか、お嬢さん。お金ですか。名誉ですか。それとも素敵な着物ですか」

と聞いた。

また同じ答えが戻ってくると方谷は思った。

その女性は答えた。

「あなたがほしいです」

はっと方谷は目を覚ました。よく見ると、落ち着いて優しそうな女性だった。これが後に妻となる、大津奇花堂の妻の妹、みどりとの出会いだった。

一八五六（安政三）年九月、五十一歳の方谷はみどりを妻とした。今度こそ誰も寂しい思いをさせない家庭にしようと心に誓った。

早速、小雪を矢吹家から引き取り、手習いや読み書きを自ら教え始めた。ところが、方谷への不穏な空気が高まり、また方谷暗殺の噂がしきりに流れた。方谷は泣く泣く、小雪をまた矢吹家に預かってもらうことにした。

黒船が来港して以来、日本の政局は不安定なものであり、安心できる世の中ではなかった。まして、藩政改革を取り仕切る方谷の家は、常に危険がさらされていた。

一八五八（安政五）年、長州から一人の藩士が備中松山藩を訪れた。その武士の名前は久坂玄瑞（くさかげんずい）という。

久坂玄瑞は長門国萩平安古本町（ひやこ）（現、山口県萩市）に萩藩医・久坂良迪の二男として生まれる。

医学および洋書を学んだのち、十七歳で九州に遊学し吉田松陰の名を耳にすると、帰藩後、松下村塾に学び、高杉晋作、吉田稔麿と共に村塾の三秀といわれた。

「方谷殿、この里正隊という組織は、農民の集まりと聞きます。兵法や武器の扱いを知らない者たちをどうしてこのように組織だった動きができるのですか」

玄瑞は、里正隊の隊列行進、銃術そして砲術演習を行っている桔梗河原（高梁川中洲）を見渡せる丘の上から方谷と一緒にたたずんでいた。

「備中松山藩は、今の藩主勝静様が御国入りされて藩政改革が行われるまで、領民は貧困に苦しんだ。天保の大飢饉ではこの藩も例外ではなく、餓死者が貧しい順に続出した。米の生産者である農民が、年貢の搾取と凶作の追い討ちに合い、多くの餓死者を出した。その悔しい思いを新たな藩主とともに藩政改革にかけた」

「藩政改革では、財政改善が成功した話は長州まで聞き及んでいますが、それがこの里正隊の整然とした演習と関係があるのですか」

玄瑞は、里正隊を見つめる視線を方谷の方に向けた。

「我が藩では、藩政改革により財政が改善されただけではなく、各所に教諭所を設け、武士の子弟のみならず農民の子、商人の子などの教育に努めた。その甲斐あって、小さい頃から読み書きができる者がどんどん増えることによって、領民の規律や風俗も昔とは比べものにならないくらいに改善した。また、農民や庶民も含めて改革を行った結果、身分制度にとらわれることなく多くの有能な人材を輩出し、それがまたさらに藩政改革の推進につながった」

「それがこの里正隊の規律につながっているのですね」

「民は皆、自分の家族そして自分が住んでいる土地（国）を守りたいと思っている。それは武士の身分の者に限ったものではない。何かきっかけさえあれば、自ずと行動するものである」

「それは日本の国を考えてもそうですか」

「如何にも。今は大小の各藩がそれぞれ軍備を備えているが、外敵に当たっては日本が一つとなって対処しなければならない。各藩がバラバラでは国難に立ち向かえないであろう」

「我が長州藩も、兵力を増強しようと考えておりますが、このやり方は思いつかなった。この里正隊の精神を長州藩も導入したいと思います」

後に久坂玄瑞の話を聞いた高杉晋作が「奇兵隊」を組織した。「里正隊」は「奇兵隊」よりもおよそ十年早く編成されていたのである。

久坂玄瑞は、一八五八（安政五）年、安政の大獄によって吉田松陰が刑死した後、尊攘運動の先頭に立ち様々な活動を行った。

その後、長州藩長井雅楽の「航海遠略策」によって藩論が公武合体論に傾くと、一八六二（文久二）年、同志と共に上京し、長井の弾劾書を藩に提出し藩論の転換に尽力した。また、高杉晋作らと御楯組を結成し、品川御殿山に建設中の英国公使館焼き討ちを実行した。

一八六四（元治元）年六月、池田屋事件の報が国許に伝わると藩内で京都進発の論議が沸騰。来島又兵衛や真木和泉らが諸隊を率いて東上。真木和泉らと共に堺町御門で戦ったが負傷して、寺島忠三郎と共に鷹司邸内で自刃した。享年二十五歳。

ちなみに、久坂玄瑞は次の辞世の歌を残している。

「時鳥　血爾奈く声盤　有明能　月与り他爾　知る人ぞ那起」

（ほととぎす　ちになくこえは　ありあけの　つきよりほかに　しるひとぞなき）

「私の志、そしてその想いは、夜明けに輝く月の他に知る人はいない」

❀ 武家に育つ

谷 昌武 その一

剣術師範の子

谷昌武は一八四八（嘉永元）年五月二十日に生まれた。谷昌武の父は谷三治郎で備中松山藩主板倉勝職の家臣である。

旗奉行として元高一二〇石、役料二〇石取りで藩では上士格に属する家柄である。代々、直心一派、俗に直心流と言われる剣客として知られていた。藩校「有終館」で剣術（直心流）の師範を務めていた。三治郎の息子は三人おり、長男が三十郎（生年は明らかでない）、次男が万太郎（一八三五〈天保六〉年生まれ）、三男が昌武である。すぐ上の次男万太郎とは十三歳も離れており、長男の三十郎とは親子ほどの年の差があった。

福西志計子は一八四七（弘化四）年十二月に、備中松山藩士福西郡左衛門と飛天子の一人娘として生まれた。昌武より約六か月ほど歳上だった。志計子の家は昌武の家の隣の隣で、反対側の隣は方谷の家であった。このとき昌武は五歳、志計子は六歳になっていた。

昌武の父・谷三治郎は、松山藩護衛軍隊長で「新影流(しんかげりゅう)」の使い手である熊田恰(くまだあたか)の下で、藩の師範代として有終館の一角で剣術を教えていた。有終館は松山藩の藩校で一七四四年七代藩主板倉勝澄によって創立された。学問のみならず剣術などの武術も教えていた。

長男の三十郎は「長男」という事もあり、幼いころから父から厳しく手ほどきを受け、直心流の指南ができるほどになった。その他に神明流剣術にも明るかった。また、次男の万太郎は直心流の剣のほかに、種田宝蔵院(たねだほうぞういん)の槍術の名手であった。そのため長男三十郎は剣術、次男万太郎は槍術の師範代として藩士たちの指導にあたっていた。

一方、昌武は物心がついたころから、父三治郎が剣の師範として藩士の子弟を教えていた道場の隅っこにちょこんと正座し、父や兄が藩士たちに稽古を付けているところを見るのが好きであった。

四歳のときには長兄三十郎に作ってもらった小さな木刀を持ち、「えい、やぁ」と甲高い声を発しながら、藩士たちに混じって振っていた。

昌武は、他の兄弟に比べ、自分を何かと特別可愛がってくれる兄三十郎を非常に慕っており、その木刀を大事にしていた。

道場では、藩士の子弟たちに厳しい態度で稽古を付けている姿と時折垣間見せる温和な愛想の良い姿を思い出し、比べていたのだ。その時である。

「昌武、だいぶ剣はうまくなったか。かかってこい」

そう、熊田総師範代が声をかけた。

熊田は、昌武にとって憧れの存在だった。そんな熊田に声をかけられたのに気をよくして思いっきり踏み込んでいく。

だがそれも一瞬、頭を叩かれ手が床についてしまった。

「昌武、まだまだ甘いな。父上を見習って練習に励めよ」

そう言って熊田は朗らかに笑った。

「つぎは師範代の団藤善平（だんどうぜんぺい）。昌武、よく団藤の剣裁きをみてみろ」

熊田総師範代は一八二五（文政八）年に熊田武兵衛の三男に生まれた。父も新影流の師範であったため、幼少のころから武人としての心構えを教えられていた。若いころ、四国宇和島藩に武芸修行に行き、今治の道場で剣術の試合をした時に相手の竹刀の先皮が破れ彼の眼を突き刺した。熊田は隻眼となったが、日夜精励したので剣の腕前では随一となった。

容貌は魁偉(かいい)で力は人一倍強かった。そういうこともあり初対面の人は熊田総師範代をみると緊張した。だが生来人格高潔であり、自分が眼を失ったこともあり「不平不満があっても決して怒ってはいけない。怒りは武士の恥である」と自ら律して後輩の指導育成をしたので、若者にも人気があった。

師範代の団藤善平は、刑法学者で元最高裁判事の団藤重光(しげみつ)氏の祖父になる。昌武は自分の剣術の腕と気の弱さなどを考えると、自分は熊田総師範代のようにはなれないが、厳しいが包み込むようなやさしさのある熊田総師範代が好きであった。父や兄から怒られたとき、なぜか熊田総師範代の顔を見ると心が癒されるのであった。


ある日のこと。昌武が目を覚ますと、黒い天井が見え、「えい、やあ」と誰かが大声で叫んでいる。そこは騒然とした場所であった。昌武は状況を把握できず、何がなんだか分からなかった。

しばらくすると、ようやく辺りが分かってきた。朝稽古に励んでいた剣道場であった。

昌武とは親子ほど歳が離れている長兄の三十郎は、昌武に稽古をつけた後、今は道場の後方に一人どっしりと腰をおろして、皆の稽古の様子をじっと睨んでいる。次兄の万太郎は、道場の師範代として原田亀太郎などの若い門弟に稽古をつけていた。

原田亀太郎（はらだかめたろう）は一八三八（天保九）年に新町の煙草商原田市十郎の長男として生まれた。昌武より十歳ほど年上である。同志社大学の創立者新島襄（にいじまじょう）とも仲がよく、後に尊王攘夷を主張した天誅組（てんちゅうぐみ）の乱に参加したが、武運つたなく一八六四（元治元）年七月に処刑された。明治維新後は名誉が回復され靖国神社に合祀され従五位が追贈されている。

どうやら昌武は、朝稽古で脳震盪（のうしんとう）を起こしたらしい。

昌武は毎日、長兄の三十郎から、稽古をつけられ、一日に何回も気絶させられていた。

もともと気が弱くそれを心配した父三治郎の教育方針で、既に四歳から兄とともに毎日剣道場に通うように義務づけられ、昌武の意思とは関係なく、厳しく躾けられた。

昌武本人には、剣の道を究めようという気は全くなかったが、本人の気持ちとは裏腹に、剣の筋はなかなかのもので、父は密かに期待していた。昌武の剣は、豪の剣ではなく、隙のない柔らかな剣であった。昌武は構えただけで、周囲に威圧の風を送るぐらいの力を秘めていたが、気持ちが優しすぎるため、勝負はいつも負けていた。

長兄の三十郎は、昌武のそんな気の弱さが歯がゆく、むきになり連日しごきまくっていた。父の三治郎は口では長兄の三十郎には「厳しく指導しろ」といっているが、末っ子の三男がかわいくて仕方ない。この日も、長兄の三十郎が、気を失ってしまった昌武に対し声を荒げ叱っていると、

「三十郎、昌武はまだまだ幼いのだから、もっと優しくしてやりなさい」

そう言って三十郎をたしなめた。三十郎は、

「父上、可愛がるのもほどほどにしてください。昌武が甘えん坊になると一人前になりません」

口を尖らせて反論したが、父三治郎の眼光が急に鋭くなったため、黙ってしまった。

その間、当の昌武は、相も変わらずいつも涼しい顔をしていた。昌武はもともと争いごとが嫌いであった。

昌武と志計子

毎日稽古が終わると昌武は、いつも一人で高梁川の川原へ向かった。道場の門を抜け、松の木を右に折れ、数十メートル歩くと石段がある。その石段を降りるともうそこは高梁川である。そこから川沿いに十分ほど川上に向かうと、そこは木々に覆われ、緑溢れる、昌武のとっておきの場所だった。聴こえるのは鳥のさえずりと水の流れる音しかない心休まる隠れ家である。

昌武は、川原の大きな岩の上に寝そべって真っ青な空を見上げていると、瞼が自然に重くなった。ふと気がつくと、目の前を黒い影が覆った。

目を開けると、少女が覗き込んでいる。

「昌武さん、また一人なんですか」

「なんだ、志計子(しげこ)か」

昌武は、どちらかというと一人でいることを好み、あまり人に心を許す方ではなかったが、この志計子だけは別だった。

話しかけた後、志計子は昌武の隣にちょこんとすわり、満面の笑みを昌武に見せた。

物心つくころから、ずっと一緒で気がつくと、志計子は昌武の隣に居た。二人とも周りにあまり溶け込めず、なんとなく自然にくっついていた。

志計子の性格は、昌武とは全く逆で、気が強く、男勝りで、木登りや乗馬が大好きな子供であった。さらに父の郡左衛門は一人娘ということもあって溺愛していたためか、ますます志計子のおてんばぶりは激しくなった。一方で母親の飛天子(ひでこ)は、志計子のおてんばぶりを心配し、志計子を厳しく躾けた。母に厳しく叱られると、家を飛び出しては、いつもこの場所に来ていた。二人にとってこの場所は、秘密の場所であり、唯一邪魔の入らない安心できるところであった。

二人は、ともに周りからは疎外される環境と、共通の秘密の場所を持つことで、更に親しくなっていった。

男勝りの志計子であったが、昌武の前に出ると、そんな性格は鳴りを潜め、自分に素直になれ、普通の女の子のように振る舞えた。

志計子は、昌武が自分をどう思っているのか、気がかりで仕方なかった。

「志計子は、昌武さんのそばにずっといられたらいいなあと思います」

そう、勇気を出して聞いた。

昌武も志計子のことはいとおしいと思っていたので、少し間を置いて、はにかみながら「私も志計子と同じ思いです」

幼い二人は自然と肩を寄せあった。志計子の髪のすがすがしいにおいがし、高梁川の青と空の青が一体となっていた。

志計子が七歳のときである。最愛の父郡左衛門（ぐんざえもん）が、突然病に倒れ、そのまま他界した。

幼い志計子には、死というものが理解できていなかった。

いつもこぼれるような笑みで志計子を迎えてくれた父の部屋から線香の匂いがした。

父の部屋に入ると、やさしく抱きかけてくれるはずの父は、布団に横たわり、顔には白い布がかけられていた。

「志計子、お父様にお別れを」

母は促したが、志計子はその場にいたたまれず、居間のほうに向かって駆け出した。母はおもむろに、

「志計子には、まだ、人の死というものが理解できておりません。彼女は父が生き返ると信じていたのです。そして私のことも、永遠に存在するものと思っています。父の死が、娘の夢を奪ったのかも知れません」

かけがえのない夫をなくし、今まで気丈に振る舞っていた母であったが、そう言うと緊張の糸がきれたのか、その場にうずくまり、泣き出してしまった。

その場に居合わせた方谷は、涙で声が出ない母親にこう言った。福西志計子の家の隣が偶然方谷の家であった。

「大丈夫ですよ。あなたも夢を持ちなさい。人は死ななければならないので夢をもてるのです。命に限りがあるからこそ、今が大切なんです。命があるから楽しみがある。いずれ、志計子にも分かる日が来ますよ」

そう言うと、方谷は部屋を出て、居間で一人泣いていた志計子をまるで父親のようにやさしく抱きかかえた。

温かい大きな温もりに抱かれた志計子は小さな声で、

「方谷のおじ様の力でも、どうすることもできないの」

方谷は無言のまま、顔を振った。

「志計子は死ぬのが怖いです。今度はお母様がいなくなったらいやです。お母様は、どうしてお父様が亡くなったのに平気なの。生きているって何の意味があるの」

悲しみに浸りながら矢継早やに質問する志計子に対して、方谷は、

「さあ、どうだろうか」

幼い子供にどう説明してよいか分からなかった。

「子供にしか分からない悲しみがあるように、大人にしか分からない悲しみもあるのだよ。それに、悲しみが深い分、喜びも大きい。今分からなくても恥じることはない」

そう言った方谷は、

「私は志計子に夢を持ってもらいたい。志計子、私の塾に来てごらん。心が晴れるよ」

母親の夢である志計子の教育のためでもあるが、当時女性に対する教育が軽視されていた時代、志計子は父の死をきっかけに方谷から学問を受けることになったの

である。
また、昌武も父三治郎から
「立派な人間になるためには剣術だけでは駄目だ。少しは学問もしろ」
と言われ、渋々志計子と一緒に方谷のところに勉強に行くことになった。

夏〜鮎釣り〜

桜の花が散り若葉が茂りだした初夏、高梁川の河原で昌武と志計子が石投げをして遊んでいた。蝉も初夏が訪れたことを心から歓迎するかのように鳴いていた。

突然、蝉の鳴き声を打ち消すかのような大きな声が鳴り響いた。

「昌武、そんなことをしていると危ないぞ」

振り返ると、父三治郎と、父が「山田殿」と呼ぶもう一人のおじさんが釣竿をもって立っていた。

志計子は山田のおじさんに飛びついた。

「鮎つりをしてみよう」

昌武と志計子は、鮎を見るのも獲るのも初めてであり、初夏とはいえまだ冷たい高梁川の流れの中に腰まで浸かり、網にかかった鮎を素手でつかむのは困難であった。

初めて目にする鮎は、元気がよく、ぴちぴち跳ねてなかなか捕まえることができない。動いているものを捕まえることが苦手だった昌武がてこずっていると、河原から父三治郎が、

「昌武、おぬしそれでも武士の子か」

そう言いながら降りてきて、袴をまくって川に入り、手にした小枝で水面を一突きすると、見事、鮎は串刺しになっている。

それを河原から見ていた山田のおじさんは、笑いながら父に声をかける。

「谷殿、年端も行かない稚児には、無理でしょう。あまりきつく言いなさんな」

先ほど、少し怖い顔をして昌武を叱責した父が、山田のおじさんの言葉を聞いて、頭を掻きながら、

「それもそうですな。考えてみれば、拙者も昌武くらいの年のころには、動いているものが怖かった」

そう言って、本当におかしそうに大笑いしている。

こんなに笑っている父を見たのはそのときが初めてであった。

父が串刺しにした鮎を昌武の目の前に差し出し、

「昌武、においを嗅いでみろ。西瓜のような匂いがするであろう」

そう言ったので、昌武がその匂いを嗅いでみると、なんとも甘い、いい香りがした。

だが、昌武は西瓜というものを食べたことがない。

「父上、とっても甘い匂いがしますが、西瓜というものを食べたことがありませんので、西瓜の匂いかどうかは分かりません」

そう答えたところ、それを聞いていた山田のおじさんが、

「谷殿、ご子息に西瓜を食わしてもいないのに西瓜の匂いといっても分からないのは無理もない。一度、拙者が西瓜をご馳走しよう。なあ、昌武、志計子」

そう言ったので、

「おじさん、よろしくお願いします」

昌武と志計子は仲良く声を合わせて答えた。

そのとき、父三治郎がやや表情を固くして、

「お言葉は、ありがたく頂戴する。息子に西瓜を食わせたことがないことを忘れていたのは拙者の抜かりですが、しかしながら今、我が藩はあなたの指揮のもと、質素倹約に努めているところではありませぬか。そのような中にあって、元締役が西瓜などの高価な水菓子を振舞うとは、藩の方針に反しませぬか」

　そう言ったところ、

「なあ、谷殿、確かに我が藩は質素倹約を藩是として、支出を計っている。しかしながら、藩の未来を担う子弟には、教育が必要じゃ。この世にあるものを見たり聞いたり、口にしたりするということは、何物にも代えがたい実学ではござらぬか。そう堅苦しく考えることはない。そのうち、貴殿と志計子のお宅に届けさせるので、是非、昌武にも食わせてやってくれ」

　山田のおじさんは、時折昌武や志計子の方を見て、にこにこしながら父に言った。それを聞いた父三治郎が、

「いやぁ、かたじけない。それではご馳走になるかのう、昌武」

　昌武の頭をなでながらそう言うので、昌武は、まだ食べたことのない西瓜というものに思いを馳せながら、元気よく、

いた。

「はい！」

と答えた。そのあまりの元気よさに、父と山田のおじさんが二人して大笑いして

天然の鮎は高梁(たかはし)の名物である。食べるとたまに小さな石が出てくるが、身が引き締まって美味しい。この日も、獲った鮎をおこした焚き火で焼き、焼きたての鮎を口に頬張る。

なんとも言えない苔の香ばしい香りが口いっぱいに広がり、至福のときを迎えていた昌武に、父が、鮎のはらわたを渡してこう言った。

「この黒いところを食ってみろ」

昌武は、鮎の身よりもっと美味しいものに違いないと、小さな口を思いっきり開けてがぶりと噛み付いたが、あまりの苦さにすぐ吐き出してしまった。昌武は半分べそをかきながら、抗議した。

「父上、こんな苦いものは食べられません」

父は笑いながら、

「これも実学よ。なあ、山田殿」

山田のおじさんの顔を見てそう言った。父と山田のおじさんは顔を見合わせて大声で笑った。

「そうそう、これが実学じゃ」

そう言って手を叩きながら、山田のおじさんはさらに続けた。

「昌武、こうやって何でも覚えていくのだ」

父と山田のおじさんの二人は、昌武をからかいながら、河原で昼間から鮎を肴に酒を酌み交わしいつまでも笑っていた。志計子もえくぼを作りながら一緒になって笑っていた。

いつもの道場で見る、厳しい形相の父の顔ではなかった。

昌武は、普段は見せることのない父親の笑顔に、本当の父の姿を見たような気がした。

この情景を見ていた者には、孫を連れた老人が友人と酒を飲んで戯れているとしか映らなかったであろう。

谷川の桜の葉は鮮やかすぎるほどの緑になっていた。夕日が高梁川の山に沈んだとほぼ同時に、

「志計子、御飯よ」

という声がした。志計子の母親であった。

その年の夏の盛りに、谷家と志計子の家に緑と黒のまだらの縞の入った丸い大きなものが届けられた。

父三治郎は、

「昌武、これが西瓜じゃ。井戸で冷やして食うとうまいのじゃ」

そう言いながら、

「これ、三十郎。この西瓜を井戸に入れておけ」

長兄三十郎に指示し、早く食べさせてくれとせがむ昌武に、にっこり笑いかけた。

「昌武、冷えるまでの辛抱じゃ」

その日の夕方、道場での稽古を終えた、父や兄達と一緒に、昌武は西瓜を食べた。

初めて食べる西瓜の味は、とっても甘くてほほが落ちそうになるほど美味しかった。

また、西瓜の甘い香りに、

「父上、鮎の匂いがします」

昌武がそう言ったので、父と二人の兄が顔を見合わせて笑った。

冬～谷家断絶～

昌武が七歳のときに父三治郎が亡くなり、長兄の三十郎が剣の師範役として親の跡を継ぎ、その後、藩主板倉勝静(かつきよ)の近習(きんじゅ)役に抜擢されるなど順調に暮らしていた。

ところが、ある初冬の日、夜も明けきらない中、昌武は長兄三十郎に急に起こされ、いつになく深刻な表情でこう告げられた。

「昌武、私の失態により、山田様から永い暇をいただいた。もう、この松山に居ることはできない。旅に出るぞ、支度をしろ」

眠たい目をこする昌武を急かすように着替えさせた。

昌武が、

「万太郎兄様は？」

と大きな声を出すと、玄関口から、

「声が大きい」

すっかり旅支度を整え提灯(ちょうちん)を持った万太郎が昌武を怒った。

　三人の兄弟は暗がりの中、提灯の明りだけを頼りに足早で高梁の町を出ようとした。

「三十郎お兄様、高梁を離れる前に少しだけ寄りたいところがあります。少し待ってください」

「どこへ行くのか。昌武、急いでいるのだから早く帰って来いよ」

昌武はせき込むように志計子の家の前に行った。

「志計子、志計子」

暗闇が急に明るくなった。

「昌武さん、こんな朝早くにどうしたの」

「志計子、急にこの町を出て行かなければならなくなった」

「なぜなの」

「理由は分からない。でも必ずこの町に戻ってくる。それまで待っててくれ。しばらくの別れだ」

　そう言って、昌武は兄のもとに急いだ。

後には、呆然と泣きじゃくる志計子だけが暗闇にポツリといた。

かくして、三兄弟は新天地を求めて松山（高梁）を後にしたのである。ふと振り返ると街をはじめ野も山も雪でうっすら白くなっていた。

昌武は不安から、

「兄者、何処へ行くのですか」

何度も尋ねたが、兄三十郎は黙って手を強く握り返しただけで何ら答えは返ってこなかった。三十郎はその理由を昌武にも話したかったが、うっすらと涙が溢れでたこともあり答えられなかった。

三十郎二十五歳、万太郎二十一歳、昌武八歳の一八五六（安政三）年の冬の日のことであった。

兄弟三人は大阪に向かった。なぜか殆ど面識のない中山大納言家の侍医岩田文硯が親身になってくれ、岩田家で世話になることになった。

文硯は武道を好み、自分自身も鎌槍をやっていた。

直心流剣術と種田流槍術に優れていた万太郎は文硯に目をかけられ、文硯の次女スエを妻とした。

文硯の世話で大阪北新町一丁目（大阪市中央区）に住んで、大阪南堀江二丁目（大阪市西区、岩田文硯宅）にて剣術道場を開設した。

この道場で、長兄三十郎は剣術を指導し、次兄万太郎は剣と槍の武術指南をしていた。

一方、昌武も松山（高梁）を離れた時の八歳の少年から次第に青年と変わり、以前にも増して兄から剣と槍の指導を徹底的に受けていた。

昌武の剣の筋はなかなかよく、技量的には兄に勝るとも劣らなかったが、なぜか兄との稽古では必ず負かされていた。

昌武には、勝ちたいという気迫が湧いてこなかった。従来のやさしい性格と初恋の人である志計子と理由もわからず分かれてしまったためである。

ある日、この道場に後に新選組十番隊組長になる原田左之助（愛媛県松山出身）が入門してきた。

原田は既に新選組に入隊していたが、槍に覚えがあるため万太郎の噂を聞いて、「どれほどのものか」と冷やかし半分で入門してきた。

原田が、万太郎と昌武の稽古を見ていると、両者が相対したとき万太郎の息は常に吐き続けられているが、昌武の場合は気負いのあまり完全に息を止めていた。そのため、耐え切れず息を吐き出した。そこがいつも勝負の分かれ目であった。

当初、冷やかし半分で道場に入門した原田であったが、万太郎の実力に驚きどうしたら強くなれるのか、万太郎に尋ねた。万太郎は、

「そうだな、絶対強くなってやるという思いと槍を愛する心を持っておれば、誰だって強くなれる。まあ、考えずに自然な動きが常に出来ないといけない。いくら槍の理論を勉強しても駄目だ。実践あるのみ。また道具を疎かにしちゃいけない」

万太郎は槍の刃を磨き、次に柄の部分、最後には鞘の部分も丁寧に磨きをかけた。

万太郎のしぐさを見ていた原田は、

「私も時々、槍の手入れはするけれど、鞘まで磨く人間は初めて見たよ」

感心して言った。

大阪に住む昌武をはじめとする三兄弟の生活も次第に落ち着いていた。

昌武が十一歳になった一八五九（安政六）年の夏、長兄の三十郎が昌武に声をかけた。

「生活も落ち着いてきたことだし、久々に松山（高梁）に父三治郎の墓参りに行こう。風の噂だと方谷先生が藩政改革を成功させ、松山藩もだいぶにぎやかになったそうだ。盆踊りも楽しみだ」

昌武は密かに志計子と会えることを期待した。もう昌武は志計子と最後に会った少年から青年に脱皮していたのである。松山を出てから、昌武は志計子とは数回手紙のやり取りをしただけだが、手紙に志計子の匂いを感じた。

盆踊り

夏は、高梁の人々が一番燃える頃だ。岡山三大踊りの一つである盆踊りが行われるからである。今でも岡山各地から多くの人が集まり、観光客で街はあふれる。

とりわけ、一八五九（安政六）年の夏の盆踊りは、これまでにないぐらい盛大に行われた。なぜなら方谷の改革が成功し藩の蔵には備蓄米があふれたからである。領民の顔もにこやかで余裕があった。

昌武は長兄三十郎、次兄万太郎と一緒に松山に帰った。冬の雪の日に松山を突然離れた日から三年がたっていた。

昌武は兄達と、父谷三治郎が眠る「安正寺（あんしょうじ）」に行った。兄達が昔の友人に会うことになり、昌武は一人武家屋敷の道を急いだ。小高下谷川まで来ると見覚えのある家が目に飛び込んで来た。志計子の家である。昌武は志計子の家の前まで来ると少したじろった。このまま帰ろうかと思った。

そのとき声がした。

「昌武さんではないですか」

志計子であった。志計子も同じく十一歳になり、少女から女性になっていた。志計子は今日の盆踊りに備えて新しい手織りの着物を着ていた。昌武は志計子のまぶしさに思わず胸の高鳴りで熱くなった。

「志計子、久しぶり」

「昌武さん、元気だった？」

志計子も、昌武の少年時代の面影を感じ取りながらも、引き締まって凛々しくなった昌武の姿を見て顔が赤くなった。

お互い、「今日は暑いね」という言葉を交わしたが、昌武も志計子も肝心な話は出来なかった。

その夜、昌武と志計子は幼いころ過ごした高梁川の川原に座っていた。

遠くで、盆踊りの歌と人々の笑い声と夏のむせるような草のにおいがした。

～踊り一つも踊れぬやぼに
明日の果報が回ってこようか
時の老中の板倉様も
音に名高い方谷様も
踊らしゃんした松山踊り
踊らしゃんしたこの踊り～

「昌武さん、大阪での生活はどうなの」

「岩田さんの家にお世話になっていて兄貴達に剣術を習っている」

「そうなの。私も十一歳になり母から縁談しなさいといわれているの。『私はまだ十一歳だから早いと思う』と答えても母は、『女の幸せは結婚して子供を作ることよ。結婚も早いほうがいいのよ』というの」

　と言い、チラッと昌武を見て目を閉じた。

　夏の暗がりの中、蛍が二匹ぽっと輝きを増し、志計子の白いうなじを映し出す。と同時に志計子が昌武の腕の中にあった。思わず昌武は志計子を抱いていた。

「縁談か。僕と一緒に京都について来てくれないか」

「私には育ててくれた母親がいるの。京都に行かずこの松山で一緒に暮らしましょう」

「それはできぬ。谷家は断絶の処分を受けており、ここで暮らすことは許されない。また、京都には兄がいる」

　二人はお互い俯いて押し黙ってしまった。

　暫くの静寂の後、二匹の蛍は藪の中に入ってしまい、盆踊りの歌だけがむなしく響いていた。

河井継之助との出会い

　翌日、昌武は急に方谷に会いたくなった。方谷に対する懐かしさと、谷家が断絶になった理由が知りたかったからである。

方谷は改革の一環として城外の辺境の地に藩士達を移住させる政策をとった。藩士達が辺境の地を開墾開発することで利益が上がり、同時に藩士たちの困窮を救うためである。当然、藩士達の反発を招いた。そこで方谷は自ら率先して、城下から約三里（一二キロ）離れた長瀬（高梁市中井町）に一八五九（安政六）年四月に移住し、政務のかたわら高梁川に沿った山腹に田畑を開墾していた。

余談ではあるが、方谷が住んでいた場所は、明治時代伯備線がここを通るとき地元の人々の強い要請で「方谷駅」となった。日本ではじめての人名の駅である。

昌武は新見方面に向かって高梁川に沿った細い街道を歩いた。街道の静寂は時折、高梁川の水の音と小鳥のさえずりにより破られた。

朝、城下を出た昌武はお昼前には方谷の住む長瀬に着いた。

方谷は自宅近くで開墾した土地で農作業をしていた。

昌武は懐かしさのあまり

「方谷先生」

と大きな声で叫んだ。

方谷は、かがんでやっていた農作業を中断し顔を上げた。

「昌武ではないか。どうした。見違えるようにすっかり大きくなって」

嬉しそうな声を上げた。昌武は方谷の元に行き、

「御墓参りにきました。先生がこちらに引っ越したと聞き、会いたくなりました」

昌武が一呼吸おき自分の疑問を投げかけようとしたときである。

「山田先生！　お腹すきましたね」

突然、力強い声がした。山田方谷の所に住んでいた弟子の河井継之助（かわいつぐのすけ）である。

「継之助、昌武、昼ごはんにするか」

昌武はもう一度、方谷に谷家断絶の秘密を聞いてみたかったが、生来の気の弱さと方谷先生が弁当を開きはじめたので聞けなかった。

幕政に関与

山田方谷　その三

江戸幕府崩壊を予言

方谷が藩政改革をはじめた一八五〇（嘉永三）年頃は、幕府にとっても大きな転換期であった。

一八五三（嘉永六）年六月六日、神奈川の浦賀に四隻の黒い巨船が現れた。人々は見た事のない異国の船の大きさに驚き、初めて見る異人たちがどう行動するのだろうかと、何が起こるのか分らない不安に恐れおののいた。

佐久間象山に師事していた吉田松陰は最も激しい攘夷論者の一人であり、黒船が着いたと聞きつけると、敵を知らねばと、象山とともに駆けつけた。

象山と松陰は目の前の船の大砲に驚いたが、自分の身は自分で守るものだ。しかも、攘夷開国と論争しているだけで、実際戦わねば現状は変わらない。敗北したらしたで対策を練るのみと、象山は戦うよう幕府に詰め寄ったが、日本の攻撃力では全く太刀打ちできないと動かなかった。

その後、象山は何度も試みたが動く気配のない幕府にただただ失望し、それならば開国し、早急に欧米の技術を学ぶしか欧米列強と対等に交渉する方法はない、と方向転換した。

幕府が開国するか全然わからない。もし万が一、開国するにしろ、いつどのような条件で行われるかわからない。これは待っていられない。手はなるべく打っておかなければならない。

象山は、行動力とそのエネルギーに感心していた松陰なら何とかしてくれるかもしれないと願った。

「このままでは異国の者にいいようにやられてしまう。何が何でも早急に、何とかして欧米技術を習得してきてはくれないか」

松陰は頷いた。

この黒船が、アメリカのペリーであり、浦賀に来航し大統領の親書を幕府に突き付け、翌七月には、ロシア使節プゥチャーチンが長崎に来航し開国を迫った。

翌一八五四（安政元）年、一月、ペリー艦隊は本格的な戦争準備をととのえて再び浦賀にその巨影をあらわした。

方谷の一番弟子である三島は正月に江戸に赴き、ペリー来航の話を聞き、いてもたってもいられず、蓑笠をつけ姿をやつし人夫に交じってこの様子を観察しにいった。

異国の船を見ようと沢山の人であふれかえる中、旧知である松陰を見かけた。

「なんだその恰好。どうしたんだ」

と三島が自分も同じ様な格好しているのも忘れて、人夫に変装した松陰に声をかけた。

「しし。声がでかい。アメリカの艦隊に乗り込むんだ。ところで方谷先生はお元気か。私の先生である佐久間象山は酒を飲むと必ず方谷先生の話をする」

と松陰。

「アメリカ艦隊に乗り込むなんて、松陰気でも違ったのか」

と三島。

松陰はニヤッと笑って「三島、さらばだ」と言って姿を消した。

時の老中は阿部正弘であった。

阿部正弘（あべまさひろ）は一八一九（文政二）年に生まれ、福山藩主（現、広島県）であった。外交国防問題にも関心を持ち、一八四五（弘化二）年頃から海防防禦御用掛を設置していた。また人材育成のため藩校「誠之館（せいしかん）」で身分に関わらず教育を行わせていた。

この国難を乗り切るため阿部老中は全国の外様大名、市井からも意見を募り、結局緩やかな開国路線でまとめた。

つまり一八五四（安政元）年、下田、函館二港の開港などを内容とする「日米和親条約」を締結することになり、約二百年間続いた鎖国政策は終わりを迎えることになった。

ついで幕府は、イギリス・ロシア・オランダとも同様の条約を結んだ。

締結後、母国に出発したペリーの船に何とか乗り込もうと、松陰は金子重之輔とともに陸づたいに下田まで行き、漁民の小舟を盗んで、旗艦ポーハタン号に漕ぎ寄せ乗船した。二人は必死に乗船を嘆願したが、渡航は拒否された。

二人は下田奉行所に自首し伝馬町老屋敷に投獄された。佐久間象山、吉田松陰を死罪にしようとする動きもあったが、川路聖謨の働きかけで老中首座の阿部正弘などが反対したため国許蟄居となった。松陰は長州へ移され「野山獄」に幽囚された。

その後、阿部正弘は開国派の堀田正睦（ほったまさよし）に一八五五（安政二）年、筆頭老中首座の役職を譲った。

堀田正睦は、佐倉（現、千葉県）藩主時代から諸外国と通商すべきという開国派であり、外国掛老中も兼ねた。

こうした時代の流れの中で備中松山藩主板倉勝静（かつきよ）は、一八五一（嘉永四）年、奏者番（そうじゃばん）となった。奏者番とは、若い譜代大名が最初に努める役で、殿中での儀礼を執行し、大名旗本が将軍に謁見する際に姓名を奏上し、大名からの進物の披露あるいは将軍からの下賜品を伝える役目である。

次いで、勝静は寺社奉行（じしゃぶぎょう）兼務となった。寺社奉行とは、全国各地の神社、仏閣とその支配地の監視、僧侶・神主の管理と訴訟等を取り仕切る重要な役職である。さらに、一八六二（文久二）年には寺社奉行から老中（ろうじゅう）となった。

一八五五（安政二）年、方谷は親藩（徳川家の親類藩）である津山藩の藩士五名を前にして、次のような発言をしている。

「幕府を衣にたとえると、家康が材料を調え、秀忠が裁縫し、家光が初服した。以後、代々襲用したので、吉宗が一たび洗濯し、松平定信が再び洗濯した。しかし、以後は汚染と綻びが甚だしく、新調しなければ用にたえない」

津山藩士達が腰を抜かすほど驚いたのは無理もない。ましてや、同席した松山藩士達の動揺ぶりは想像に余りある。

当時、薩摩の西郷隆盛や長州の木戸孝允(たかよし)でさえ大地のごとき江戸幕府が崩壊するとは全く信じていなかった頃のことである。

方谷のまさかの恐れを知らぬ発言に青ざめ息を呑んだ一座で一人がおずおずとたずねた。

「三度び洗濯したらいかがなものか」

方谷の返答はにべもなかった。

「布質はすでに破れ、もはや針線に耐えない」

もはや針で縫うこともできないほど布はずたずたに破れてしまっている。江戸幕府は瓦解を待つだけだ。

一八六一(文久元)年二月、勝静が寺社奉行に再就任すると、ただちに方谷は江戸に呼び出され、その幕閣に参加した。ちょうどそのころのこと、一つの挿話が伝えられている。

勝静は、方谷に勧めて江戸城を拝観させたことがあった。これは老臣をねぎらう意味があったようである。百姓出の方谷が天下の江戸城を拝観して戻ってきた。

勝静は方谷に語りかけた。

「安五郎、天下の大城、さすがのお前も驚いたであろう」

「大きな船でございますなあ」

これが方谷の応えであった。その意味をはかりかねている勝静に向かって、

「下は千尋の浪でございます」

勝静は急に不愉快な表情になったが、方谷は平然としていた。

方谷は松山五万石の民衆の生活を気にかけていたので、江戸城の偉容を見せられても子供のように喜んでおれなかった。

安政の大獄

方谷による藩政改革の成功は、後に勝静をして奏者番・寺社奉行から、老中へという異例の昇進を遂げさせる要因となった。

方谷は一八五〇（嘉永三）年に藩政改革に着手し、一八五七（安政四）年には成功を収めた。それに伴って一八五七（安政四）年八月、藩主板倉勝静は奏者番に加えて寺社奉行を兼ねることになった。

寺社奉行は、京都所司代、大坂城代に並ぶ重要な役職である。また、町奉行、勘定奉行とともに三奉行の一つである。

板倉勝静が寺社奉行を兼ねたときに問題となっていたのが、外国との通商問題以外に、将軍継嗣問題であった。将軍継嗣問題とは、将軍家定の後継者を誰にするかという問題である。聡明である一橋慶喜（よしのぶ）を擁立しようとする一橋派と紀州藩主徳川慶福（よしとみ）を擁立しようとする紀州派があった。

板倉勝静は、方谷の意見を聴きながら、この難局に対応できるのは聡明である一橋慶喜であるとして強く推していた。

そうした中、一八五八（安政五）年四月、井伊直弼（いいなおすけ）が大老に就任した。

井伊直弼は彦根藩主十一代藩主井伊直中（なおなか）の十四男として生まれたが、十七歳から十五年間部屋住まいとして過ごしており、およそ藩主になれるような立場ではなかったが、一八四六（弘化三）年に兄彦根藩主直亮（なおあき）の養子となる形で後を継ぎ、彦根藩主となった。

江戸時代の大老職には十数名が数えられているが、五代将軍綱吉時代の柳沢吉保の後にこの職に就いた直弼までの三人はいずれも彦根藩からでており、彦根藩の指定席のようになっていた。

大老職といっても名誉職というものであり、実際の権限はなかった。しかし、井伊直弼は違っており、実質的に幕政を動かすことになった。

井伊大老が最初に手を着けたのが、将軍継嗣問題であった。

井伊直弼は、徳川宗家の後継者は外部の意見で決めるものではなく、血筋で決めるものであり、能力で選ぶとなると、今まで続いてきた世襲の考え方が破綻することになると主張した。そしてリーダーシップを発揮し、一橋慶喜（よしのぶ）を推す一橋派を排し、徳川慶福（よしとみ）（後の家茂（いえもち））を十四代将軍にすることを決定した。

その際、外国奉行として「日米修好通商条約」を締結した岩瀬忠震（ただなり）は、一橋派に属していたため、蟄居（ちっきょ）を命じられた。

外国問題については、孝明天皇の勅許を得られないまま、これ以上問題を先延ばしにしても諸外国の思惑に乗せられ混乱が拡大すると考え、一八五八（安政五）年六月、「日米修好通商条約」を締結した。

こうした強硬策に徳川斉昭（なりあき）、松平春嶽（しゅんがく）らが抗議し、将軍継嗣問題で井伊直弼に敗れた一橋派は、井伊大老の朝廷の勅許のないまま通商条約を結んだ井伊大老に対し、尊王攘夷をスローガンとして反幕閣、反井伊の反対運動を激化させた。

それが、井伊大老は後に日本の行く末を変える「安政の大獄」につながっていく。

井伊大老は老中の松平乗全（のりやす）、寺社奉行の板倉勝静などに安政の大獄により逮捕した志士達の吟味をさせた。

勝静はその志士達の処分を方谷に相談している。

「今回、攘夷派の処分を任されたけれども、方谷、どう考えればよいか」

それに応え、方谷は

「この国難の時期に強い処分を出すと国が割れてしまいます。この期は一、二名の処分に止め、他は不問に付すべきと考えます」

「そうか分かった。お前の言うとおりにしよう」

これを受けて寺社奉行の勝静は、幕府の首脳会議ともいうべき五手掛に出席した。

五手掛とは、重い身分の者の犯罪や国家の大事に関する事件を糾問するために臨時に設けられた審理裁判機関であり、寺社奉行、町奉行、公事方勘定奉行各一人に加え、大目付、目付各一人で構成される機関である。

五手掛の席上、井伊大老は今回の処分について寺社奉行の板倉勝静に意見を求めた。

「今回のことは将軍継嗣問題と通商条約問題に基づいて発生しており、今や二件とも井伊大老の御意見どおりに決着をみております。国内一致して外患に当たらねばならない今日、徹底的な弾圧策は幕府から人心が離れ、かえって禍のもととなりかねません。見せしめのために、一、二の首謀者を罰するに止め、他の者は寛大な幕府の配慮をもって軽い罪にしてやるのが採るべき道と心得ます」

と板倉勝静は主張した。

それを聴いて大老井伊直弼は激昂した。

「何をいうか、馬鹿者。厳罰をしなければ同じような過ちを繰り返す。そういう甘い考えを持っているから攘夷派をつけ上がらせるのだ。板倉、お前は罷免だ！」

安政の大獄では、徳川斉昭、徳川慶喜、松平慶永らは蟄居・謹慎などを命じられ、越前藩士橋本左内、長州藩士吉田松陰、若狭小浜藩士梅田雲浜、頼山陽の三男頼三樹三郎らが処刑されるなど、処罰を受けた者は百名を超えた。

板倉勝静は失意のうちに霞が関にある江戸上屋敷（現在の東京霞が関第二合同庁舎の場所）に帰っていった。

「方谷、お前のいうとおり、井伊大老に申し上げたが寺社奉行を罷免された。方谷のいうとおりであるが、時勢がまだ整っていないのかもしれない」

「殿、出処進退は義によるべきであって、そのとおりになされたのでありますから、ご意見が採用されるか否かにこだわることはありません。殿の忠誠は十分に立ち、天下の武士の手本となり、備中松山藩の士気もこれから一層振るうことでしょう」

と励ました。

方谷は、江戸上屋敷から自分が宿泊している木挽町（現在の銀座二丁目）にある江戸中屋敷に帰っていった。

方谷が江戸中屋敷にいるときに長州から手紙が来た。

手紙の差出人は久坂玄瑞である。

「私の先生である吉田松陰先生は安政の大獄で刑死となりました。まだ、幕府は松陰先生の遺骸を下げ渡してくれていません。我々松下村塾の塾生達から言わせれば、せめて遺骸だけでも下げ渡してもらえないか。方谷先生の力によって、なんとか松陰先生の遺骸を下げ渡してもらえませんか」

切実たるものであった。

「そうか、それは可哀そうなことだ」

その後、吉田松陰の遺骸は、幕府から遺族に引き渡されることになった。

さらに、方谷は安政の大獄で捕えられた友人の春日潜庵や藤森弘庵を救出し、安政の大獄で刑死した頼三樹三郎の碑を建立した。

この大獄の一方で、井伊大老は次々に外交策を展開した。一八六〇（万延元）年、幕府は日米修好通商条約批准のため外国奉行新見正興を主席全権とする遣米使節を派遣した。この時、随行した幕府軍艦咸臨丸は太平洋横断に成功している。勝海舟、福沢諭吉、中浜万次郎（通訳）が乗り込んでいた。

だが、この年三月三日、とうとう井伊大老は尊攘激派の関鉄之助らに江戸城桜田門外で襲撃され死亡した。これが世にいう「桜田門外の変」である。

井伊大老の後を継いだのが老中安藤信正である。

安藤信正は一八二〇年生まれで磐城平（現、福島県）藩主である。井伊直弼の暗殺の後、公武合体路線の政策をとり、和宮降嫁を実現し成功をおさめた。一八六一（文久元）年、孝明天皇の妹和宮と将軍家茂との婚儀のため江戸へ向かった。

和宮は有栖川宮熾仁親王との婚約を破棄して将軍家茂と結婚した。

幕末、有栖川宮熾仁親王は、朝廷軍の大将となった。

財政面では、一八六〇年、金の含有量の少ない万延小判を発行した。諸外国に比べ日本の金の価値が銀の価値に比べて低いため（日本は金一対銀五、諸外国は金一対銀十五）、開国により多量の金貨が海外に流出していた。それを防ぐための措置としての万延小判の発行であったが、物価高（インフレ）をもたらした。

また、外交面ではヒュースケン殺害事件など英国艦隊の助けを借りて乗り切り、国際的なセンスを持った政治家であった。

安藤老中も公武合体を実現したが、そのため尊攘派の怒りを買い、一八六二（文久二）年一月、江戸城坂下門外で水戸浪士たちに襲撃された。一命はとりとめたものの、裸足で逃げたことが武士らしくないとして罷免された。

安藤信正老中の後を継いで老中になったのが、板倉勝静である。方谷も引き続き江戸で勝静のもとで幕府の顧問を務めていた。

長瀬に移住

一八五九（安政六）年二月、方谷の指示のもと発言した勝静は、井伊大老から寺社奉行を罷免され失意のもと、松山城に戻ってきた。

「今回、殿を罷免したのは幕府であって、決して朝廷ではありません。お仕えするべきは今の幕府ではありません。

恐れながら、私はやれるだけの改革をし、内政も軍備も整うことが出来ました。

殿はこの備中松山藩の指揮に力を振るわれてください。私は勤めを果たしました。殿を見守りつつ城下を去りたく思います」

方谷は全身全霊で行った藩政改革がとうとう成就したところであった。精根尽き果て、これからは農耕生活を行いながら家族と過ごしたかった。

こうして四月、長瀬（西方村）に移住することになった。

さて、方谷はやっと小雪と一緒に住めると矢吹家へ勇んでいった。

ところが矢吹久次郎は大反対した。

「そんな何も無い人が住んでいない場所でどうやって過すのですか。小雪はまだ六歳ですよ。危険ですし、可哀想です」

久次郎がそういうのも、もっともだった。方谷が移住しようとしていた長瀬は、未開墾の地で人もあまり住んでいない場所だったのである。

方谷はこの藩政にかかわってからというもの、職務に没頭した。東奔西走、席の暖まる間もなかった。忙しさだけではない。多くの人々から指導を求められ、人間関係の複雑さに心悩ませ、暗殺など生死に関わる事件にも遭遇した。人に対してうんざりし、この忙しさから身を放ち、煩わしい世間との交わりを絶ちたかった。

方谷は静かでゆっくりとした生活を送ることを心から望んでいたのである。家族水入らずで過し、一から家庭を作り直すには長瀬の地は最適な場所に思えたのである。

「どうしても連れていくというのなら、もう二度と矢吹家には来ないでください」

久次郎はそんな荒涼とした土地で苦しむであろう、病弱な小雪を必死で守ろうとした。

久次郎の気持ちは痛いほど分るが、命を削って改革をやり遂げた方谷には、家族を幸せにしたいという生き甲斐しか残っていなかった。

「許してくれ」

そう言い残すと久次郎から無理矢理ひきはなして泣いている小雪を連れて帰った。

小雪と妻のみどり、弟の平人の嫁であった歌、その子供の英太郎（耕蔵。方谷の養嗣子）の生活の始まりである。方谷はとてもわくわくしていた。

ところが、未開墾の見知らぬ土地で生きていくのは思っていたほど容易なことではなかった。

まず、家を建てたら毎日過すお金が全くなくなってしまった。

細かい事は気にしない、みどりでも

「あなた、うちの中でも財政改革していただけませんか」

といい、小雪は毎日家族と過ごせる生活は楽しいものの、いつもお腹がすいていた。英太郎は、何もこんな何も無いとこに来なくてもよかったのに、とブツブツ言っている。方谷はこんなにも農耕生活が大変なものだったのかと改めて身にしみた。

「なあに、お金がなければ、私の本を売ればいいさ」

と方谷は沢山の蔵書を指さした。

みどりは笑うしかなかった。

五十五歳の方谷は三里の山道を歩いて登城し、月のおよそ半分近くを藩主の別邸に寝泊りして藩務についていた。長瀬の本宅に帰れば、せっせと鍬をふるって開拓にいそしんだ。全く暇はなく、肉体的にも過酷な日々をすごしていたが、たまに戻ると、みどりと小雪など家族と触れ合えることが非常に嬉しかった。

小雪やみどりと一緒に川に行き、近くのお百姓さんと一緒に川魚を串焼きしたり、お酒を飲んだりと楽しいこともあった。

方谷の弟子・河井継之助

河井継之助が方谷を訪ねてきたのはその頃のこと、方谷が長瀬で生活を始めた三か月後の七月のことだった。

河井継之助のいた長岡藩は藩主牧野忠恭（まきのただゆき）のもと「常在戦場」を掲げて文武両道の政策を推し進めようとしていた。確かに新しい政策が必要だ、と河井は思っていた。古賀謹一郎だけでなく、当時でも有名だった佐久間象山や斎藤拙堂などにも学んだが、何か物足りなかった。

そんな時、長岡藩の先輩である高野虎太郎が興奮して山田方谷のことを何度も話していたのを思い出した。

高野は河井に対してしばしば次のような話をしている。

「（佐藤一斎塾では）山田方谷先生が塾長をしているが、佐久間象山先生を始めとして、数人の上に立っており、衆人を圧しているのは方谷先生のみである」

方谷は佐藤門下において象山をはじめ多士済々（たしせいせい）の門人を統率し、今や藩政を任され国中の民から神のように尊敬されているというのだ。

そして備中松山藩はかつて貧乏板倉と陰口を叩かれていたが、藩政改革によって見事に立ち直った。その噂は越後の長岡まで届いていた。

余談になるが、河井に方谷を薦めた先輩である高野虎太郎の高野家から、後に有名となる山本五十六元帥がでている（山本元帥は、高野家から、長岡藩家老の山本家に養子に入った）。

その山本五十六元帥は、郷土の英雄である河井継之助を終生尊敬し続け、ロンドンの軍縮会議の予備交渉へ赴く際には「河井継之助先生が小千谷談判に行く時の精神をもって今回の交渉に臨む」といった話は有名である。

河井は、これは山田方谷という人に会いにいかなければならないと思った。

そこで何とか両親に旅費を出して貰い、一八五九（安政六）年七月にとうとう長旅を経て山田方谷の元に向かった。

途中、当時大流行していたコレラ患者を見かけたり、大雨にあったりしながら、入った町の様子を見つつ何日も歩いて進んだ。そんなに苦労して会いたがったものの、継之助は噂だけではまだ方谷のことを信じられず、所詮もと百姓だと思っていた。近づくにつれて、方谷の噂話を聞くことが多くなった。方谷が紙幣を焼却し、備中松山藩の札の信用を回復させせたとか、文武を励まない藩士は、要害の地へ移住土着させ軍備強化したとか、田地の売買を禁じてさらに五年以内に取引された土地に関しては元の持主に田地を返す政令を出した話を聞いたときは、反対され従う者などおらず、施行できるはずがないだろうと、河井は信じられなかった。ただ、どれも夢物語のような話ばかりで、わくわくした。

当時、方谷は藩の参政（総理大臣）であったため、当然、松山に住んでると思い、向かったがそこに屋敷はなかった。高梁川にそってずっと山奥に入ったところにあるようだ。それも継之助には信じられなかったが、実際到着した方谷の家は、周囲を急斜面の山にかこまれた谷底の一軒家で、とても人が住める所ではなかった。

「面白い。実に面白いお方だ」

河井はあまりの規格外な方谷にすでに心が奪われた。

家から人が出て来たので近づき、江戸の高名な儒者であり、方谷と旧知の仲である塩谷宕陰（しおのやとういん）の紹介状を差し出し弟子入りを申し出た。

方谷は長瀬に移住し、家が豪雨にたたられて悲惨な思いを味わってからまだ一か月もすぎていない頃のことであり、さらに人に嫌気が差して奥地に住んでいた方谷である。普通ならすぐに帰ってもらうものの、河井が、

「講義を拝聴しようなどとは思いません。先生のそばにおいていただき、どのように考え、生活をし、行動されているか見学させてください。私は自分で生きざまを学びますから」

と真っ直ぐに目を見て熱く語るのを聞いて、方谷は珍しく心を許した。

いつも来る弟子希望の人々と違う様子を見て、

「まあ、とりあえず泊っていきなさい」

といつもすぐに断る方谷も調子が狂った。

それから何日も何日も学問の話は一切出ず、ただただ農耕生活に励んだ。その人里離れた生活は実際行なうと、過酷なものだった。方谷は河井が、すぐに根をあげるだろうと思っていたが、精を出し、夜は酒を飲みつつ話をした。方谷も小さな小雪がいて、大変であったため大いに助かり、また段々と河井の人となりが分かってきた。

河井は毎日必死で労働したが、ずっと弟子にしてくれないかもしれないと不安だっ

た。それでも我慢した。そして何週間も経ったころ、やっと入門の許可をしてくれた。そして方谷が松山に宿泊するとき利用していた松山藩主の別邸「水車」に住めるよう手配してくれたのである。

それからは、水車から長瀬の方谷宅に通い数日泊りながら直接学んだ。

河井は方谷にどんどん心酔していった。「塵壷（ちりつぼ）」という日記をつけていたが、当初「山田」と呼び捨てにしていたのにそのうちに「山田先生」と呼ぶようになっていった。

八月、河井がいつものように方谷の所に行くと、たまたま会津藩の秋月悌次郎（あきづきていじろう）、土屋鉄之助が訪れていた。秋月は後に五高の教授になり、小泉八雲（やくも）（ラフカディオ・ハーン）が神のような日本人と評したことで知られる。また、土屋は戊辰戦争で新練隊長として白河口で奮戦した。

河井が傲岸不遜（ごうがんふそん）に言った。

「山田先生、いつまで農作業をしているのですか。農作業など農民のすることですよ。武士がするようなことではない」

「継之助、そんなに怒るな。こうやって農作業をしないと農民の気持ちがわからないではないか。まず自ら実践してみることが重要だ」

元来からこのような性格である。

そう言って方谷は、備中鍬で畑を耕している。

「先生、私は今まで江戸をはじめ多くの先生といわれる人のところに行きました。しかし、皆理論ばかりで内容が伴っていなかった。馬鹿らしくなり吉原などの遊郭に行ってとことん遊び、その後は『えせ先生』といつも喧嘩別れだった」

「先生の藩政改革は江戸でも有名だが、本物の改革なのかこの目で確かめたいと思っている。本物かどうか判断するためにその極意を教えてください」

「極意か」

方谷は備中鍬を置いて河井の横に座った。顔は土で少し汚れていたが、農作業のせいか浅黒くつやつやと光っていた。

「継之助、過去の失敗した藩政改革をみてみると、改革を成功させようと当事者が金銭の増減のみにこだわったことが大きい。つまり財の内に屈したためだ。『総じて良く天下の事を制する者は事の外に立って事の内に屈しないものである。』財政収支のみに気をとられたら駄目だ。全般を見通す識見を持って大局的に物事を見ることが必要だ。この財の外に立つ精神こそが極意だ。また『義（人として歩むべき正しい道）を明らかにして利（自分自身の利益）を計らず』という精神も大切だ。義を明らかにすれば利は後からついてくる。さらに領民（国民）を富ませることが国を富ませ、活力を生むという理念を明確にすることこそが重要だ。短期的に財政収支を好転させても、国民を疲弊させたら、中長期的には国を滅ぼすことになる。不満が生じ一揆が起きる」

方谷はそこまで一気に語った。

「先生は苦労せずに改革を成功できたのですか」

「苦労せずに改革などできるものか。嘉永二（一八四九）年、元締役を拝命した私は、藩が公表している財政収支に疑問を抱き、藩の財政状況の詳細な調査に着手した。周囲の非常に非協力的な反発をよそに淡々とかつ徹底的に調査を進めた」

「その結果、備中松山藩は表向き五万石であるが、実際の石高は一万九千石にすぎないという恐るべき事実をつかんだ。まさに当時の松山藩は粉飾決算に粉飾決算を重ね、どうにもならない状況であった。

この事実に基づき、私は『藩財、家計引合収支大計』という藩財政の収支の試算をした。これによれば、幕末における軍備費など多額の臨時的経費が計上されているが、当時の備中松山藩の財政状況を概ね把握することができる。

この『収支大計』からわかるとおり、定期収入だけしかなければ公債依存度は、まさに七割にも達する。定期・特別収入では、約五割にものぼる。さらに、臨時収入を入れた総計でも約四割になる。

また、嘉永二（一八四九）年の時点で約一〇万両（六〇〇億円）の借金があったわけであるが、これは備中松山藩の通常の財政規模の約二倍に相当する額である」

（江戸時代は、各藩が独立採算制を採用している地方分権制度である。いわゆる各藩が〝小国家〟という状態であった。従って、財政赤字の金額を論ずるよりも、公債依存度（財政赤字度）の方が、より的確に財政破綻（財政赤字）の度合いがよくわかる。ちなみに、現在の日本の財政赤字は危機的状況にあるが、二〇二三年度の国の一般会計の歳出総額（当初）は一一四・四兆円、公債発行額は三五・六九兆円で、公債依存度は三一・一％である。

当時の備中松山藩の財政赤字度合いは、現在の日本の財政赤字の二倍以上である。

備中松山藩の状況を現在の国家財政にあてはめると、定期収入だけでは、なんと公債発行額は約八〇兆円になってしまうので、企業に特別の税金（特別収入）を課し、それでも足りないので、国民に対し、臨時ということで、所得税の税率を上げて対応しても、まだ公債を四六兆円発行しなければならない状況であった。）

このような状況であったので、参勤交代の際、東海道の駕籠かき職人達からさえ、「貧乏板倉（備中松山蒲）の駕籠は担ぐな」といわれ敬遠されていた。

「欧米の列強の進出に備えて軍制改革もやった。農民兵の創設だ。庄屋などの農民のなかから壮健な若者を集め『里正隊』を編成し、高梁川中洲の桔梗河原で西洋銃陣の訓練をした。去年（一八五八年）、長州藩の久坂玄瑞などが見学に来た。私は語学も勉強しオランダなどの西洋式訓練なども研究し実践に取り入れた。

欧米は強い。もっと欧米の訓練も見習わないといけない。軍事面のみならず、もっと世界に目を開き知識を吸収していかないといけない」

方谷は語った。そして一呼吸おいて、

「だが、一番大事なのは領民など相手をいたわる『誠』だ。この精神がないと何事もうまくいかない。継之助、お前の行動力は素晴らしい。頭も良く切れる。だが至誠惻怛(しせいそくだつ)』(まごころ＝至誠といたみ悲しむ心＝惻怛)があればやさしく(仁)なれる。目上には誠を尽くし、目下には慈しみをもって接すれば物事がうまくいく。これが人として正しく生きる道である。この至誠惻怛の精神を忘れたら駄目だ」

その時、隣にいた秋月悌次郎が質問した。

「方谷先生、一つ教えてください。先生は参政でありながら米や茄子、キュウリの時価までご存知です。なぜそんなに詳しいのですか」

方谷は少し顔を天に向け答えた。

「私は十四歳の時に母を亡くし、十五歳の時には父まで亡くしてしまった。両親を亡くし幼い弟たちを養うため農業だけでは生計が立てられず、菜種油の製造や販売をしていた。菜種から油を搾り出す作業は重労働で農作業の後では非常につらかった。販売も商人にいいように買い叩かれた。そのころから商人に騙されないように市場の値段に気を配るようになった。若い時の苦労で身についた習慣だろう」

その時ひばりがすっと空に向かって飛び立ち、畑を囲む檜(ひのき)のにおいがなぜか心を落ち着かせた。遥か彼方の眼下には高梁川が流れ、草木に囲まれた方谷の家が見えた。

九月、方谷が江戸に出仕するというので、帰ってくるまでの間、河井は松山（高梁）を出発し中国・四国・九州の遊歴に向かった。

長崎では幕府の軍艦・観光丸の矢田堀景蔵、会津藩の秋月悌次郎に逢った。さらに、熊本では熊本藩儒木下犀潭（さいたん）に逢いに行き、方谷から預かっていた手紙を犀潭に渡した。手紙には「嗣子耕造を木下先生の下で修業させてほしい」と書かれていた。

手紙を読んだ犀潭は
「方谷さんはお元気かな。方谷さんとは佐藤一斎塾で一緒だったな。彼は佐藤一斎塾で塾頭をしていて知恵者であるだけでなく人徳者でもあったな。

その方谷さんの嗣子の教育か。私の門下には横井小楠、元田永孚、井上毅などがいる。でも方谷さんの嗣子の教育となると少し荷が重いな」

と笑った。

「私も木下先生の下で百日や半年も一緒に学んでみたいです」

と河井は大きな声で言った。

木下犀潭の教え子の横井小楠は福井藩松平春嶽の助言者として幕政改革に関わり

幕府への建白書として「国是七か条」を起草している。福井藩邸で坂本龍馬などに逢う。また一八六四年には龍馬は勝海舟の遣いで熊本に小楠を訪ねている。小楠は「国是七か条」を龍馬に説いている人だった。そして元田はのちに枢密顧問官になっている。井上毅は「大日本帝国憲法」起草者の一人である。

ただし犀潭の元での方谷の嗣子耕造の教育は幕末の混乱により実現しなかった。

同月、方谷が江戸に着いて見たのは冷酷な現場だった。井伊大老主導の安政の大獄である。橋本左内、頼三樹三郎、そして吉田松陰等の尊王攘夷の志士達が次々と刑場で首をはねられ大地を朱で染めた。方谷は、獄につながれ明日の命もわからなかった春日潜庵を助けたく、極秘に動き救出することができた。

十一月、河井は松山（高梁）に帰り方谷を待ち焦がれた。遊歴して、さらに方谷に心酔していったのである。方谷も江戸から帰ってきて、長瀬の本宅に河井を住まうことを許した。

河井は再び方谷に学ぶことになったが、時代もまた動いていく。

一八六〇（万延元）年三月、井伊大老が暗殺されると、河井は江戸及び長岡藩が大変なことになると、江戸に行きたいと願い出た。

方谷の元を離れる際、方谷秘蔵の王陽明全集を譲ってもらいたいと申し出た。方谷は四両で譲ったが、その全集の巻末に「王文成公全集の後に書して河井生に贈る」という千七百余字に及ぶ長文の一篇を記した。

私は、王陽明全集を読む者が、なぜ王陽明がその道を歩んだかという理由を知らず、いたずらにその事例だけを模倣すれば、害を招くことを恐れている。王陽明は、心神の精に通じ、運用の妙に達していて、きっちり区画された跡などに拘泥していない。その根本は、至誠に基づき、万物一体の仁（人の踏み行う筋道の正しさ）から出ているのである。このことを理解した上で、王陽明の事業や功績を実行するならば、志は経済に一方的に走らず、徳の恵みも自然に物に加えられ、事功を口にしなくても、事業は自然に確立されるであろう。こうした大きな利益が王陽明全集から得られるならば四両の本代も無駄にはならないはずである。河井よ、願わくはこのことを理解して努力してもらいたい。

河井は方谷のもとを立ち去るとき、見送りにきていた方谷に対し高梁川の対岸で土下座して別れを惜しんだ。河井が土下座した場所には「見返りの榎」が現在も当時のまま残っている。

方谷が最後に河井に語った言葉が、河井の「塵壷」にある。

友に求めて足らざれば、天下に求む。天下に求めて足らざれば、古人に求む。
（友人に尋ねて十分でなければ、世界の識者や書物に尋ねよ。それでも十分でなければ、先人の事績・書物に尋ねよ）

方谷から離れた河井は江戸で久敬舎に三度入塾した。

一八六一（文久元）年二月、方谷も江戸に返り咲いた板倉勝静藩主について江戸に来ていた。

二十四日には長州藩士久坂玄瑞が訪問した。吉田松陰が当初、刑死者の埋葬地であった小塚原回向院に埋葬されたが、松陰の門下生たちは必死に改葬を訴えたが効果が無かったので、寺社奉行をつとめる板倉勝静の顧問を務めた方谷に、周旋を依頼したのだ。久坂玄瑞は江戸在府中に方谷から印材を贈られたこともあり、相識であった。

この事により、後に改葬されることができたが、「吉田松陰の遺骸を受け渡してほしい」という陳情を持ってきた玄瑞の話は、幕府を取り巻く状況などただならぬ様子であり、江戸に来ていた河井は三島中洲と一緒に脇で聞きながら、ごくり、と唾を飲み込んだ。

こうしてはおられぬ。

長岡に帰り一刻でも早く藩を立て直さないとえらいことになると思った。

そしてその年の夏、再び方谷との別れを惜しみつつ、河井は江戸から長岡に帰った。

河井は方谷に会えない分、方谷先生の書を床の間に飾り、毎日礼拝して自分の行動を方谷先生に報告した。

そんな姿を度々みる継之助は妻のおすがは、

「方谷先生に一度ぐらい近況報告の手紙でも出した方が伝わると思いますが」

といった。

河井は

「そんな時間など無い。それに先生ならわかってくださる」

といい、これより方谷に会う暇ももたず、継之助は人が変わったように藩のために働くようになる。

そして、小雪が八歳になった年、彼女は病に罹りなかなか快方に向わなかった。方谷は困った。頼りになる河井ももういない。

さらに、英太郎は優秀な子弟として藩に選ばれ江戸に遊学していて、手も足りていなかった。

小雪を死なせるわけにはいかない。

もう二度と来ないように言われた矢吹家へ向かった。

矢吹久次郎は驚いた。しかし、可愛い小雪が息も絶え絶えとなって放ってはおけなかった。恨み言の一つをいう余裕もなく小雪は矢吹家へ預けられることとなった。

この時から小雪は体調をみて、矢吹家と長瀬の山田家といったりきたりする生活となった。

老中勝静の政治顧問

桜田門外の変の後、一八六二（文久二）年三月、勝静が寺社奉行から抜擢されて、外国掛及び勝手掛の老中として、外交と財政とを管掌することになった。これまで老中になるためには、寺社奉行を務めたうえ、更に上級の若年寄や大坂城代または京都所司代を務めたうえで就任するのが通例であった。

勝静はそうした地位を経ず、老中に任ぜられるという抜擢を受けたのである。

二月から方谷も江戸に出て、勝静の顧問となった。

方谷は、小雪を矢吹家に預けはしたものの、彼女のことが心配でならなかった。それを紛らわすために方谷は深酒することも多かったが、それが原因ともなったのであろうか、ある日、路上で大量に吐血して倒れた。場所は江戸愛宕山（あたごやま）の下であった。胃潰瘍であった。

さっそく路傍の商店に連れこまれて手当てを受けた。急報に接してかけつけた弟子の三島中洲に対し、以下の詩を詠んだ。

東征に扈従して、邸に留まること月余なり。たまたま喀血を患う。
時に陽明先生の心中の賊を討つの語を思うあり。因って賦す。

賊　心中に拠り勢い未だ衰えず
天君　令有り殺して遺す無かれと
満胸　迸出す鮮鮮の血
正に是れ一場　鏖戦の時

〔訳〕

藩主板倉勝静公にお供して江戸に行き、一か月余り滞在した。ちょうどその頃、血を吐いて倒れてしまった。

その時、王陽明先生の心中の賊、すなわち自己中心的な心を倒すという句を思い出して、漢詩を詠んだ。

ひとりよがりの強すぎる
心を討てと神が言う
ほとばしり出る真紅の血

我には今が戦いぞ

この詩から、方谷の強い意志と豪胆さが読みとれる。

勝静は方谷を心配して四月に帰藩させた。

勝静が老中になった二か月後の一八六二（文久二）年四月、島津久光が勅使大原重徳（しげとみ）を奉じ江戸へやってきた。

将軍家茂は老中になった板倉勝静に、島津藩主島津久光と勅使大原重徳一行の意見を聴取するよう命じた。

同年六月七日、島津藩主と勅使大原重徳が江戸に到着した。

大原勅使は

「朝廷の意向としては、一橋慶喜公を将軍後見職、越前藩主松平慶永（よしなが）（後の松平春嶽（しゅんがく））を政治総裁職に任命して欲しい」

と述べた。

　これを受け老中板倉は
「今まで幕府の人事に朝廷が関与されたことはないと思われますが」
　と返した。
　大原勅使は続けて
「この国難の時期にあっては朝廷の意見を聴かれることがよいかと思われます」
　老中板倉は次の言葉を発することができなかった。
　大久保利通は
「幕府の老中は板倉勝静。ただ、板倉の意見は幕府の顧問である方谷の意見、方谷を先に説得したほうがはやい」
　と島津久光藩主にいった。
　島津藩主は
「よかろう。大久保のほうで方谷に話してくれ」
　といった。
　大久保は六月二十六日方谷のもとを訪れた。
「大久保さん、よく来られましたね」

と方谷。

「方谷さんに話があって来ました。方谷さんも御存知の通り、外国船も多く来日し、我が国は危機にさらされています。譜代大名、外様大名といって職責を区別するのではなく、日本全国から有能な人材を登用して挙国一致体制を図るべきである」

と大久保はいう。

「大久保さんのいうとおりだと私も思う。だが、幕府の人事について外様大名からいわれて、そのとおりにしたら、幕府の権威にかかわってしまう。少し考えさせてくれ」

と方谷。

その後も議論が続く。六月二十六日の大久保利通日記には「板倉用人の山田（方谷）のところに赴き、大激論に及んだ」と書かれている。

勝静は、側に控えていた方谷の顔を見た。方谷は暫く目を伏せた後、勝静に目で合図した。

「承知しました。朝廷の御意向を尊重しましょう」

大原勅使は、その後宿舎に戻り、京都にいる岩倉具視に手紙を送って経過を報告した。

「幕府は抵抗したが、何とか朝廷の御意向を受け入れてもらった。交渉は大変だった。交渉した老中の板倉勝静はごく普通の人で、まず常識的な対話ができる。本人自身の極意というものはないように思える。だが、その背後にいる顧問の山田安五郎（方谷）という人物は、表には出てこないが、きっとした人物で、勝静の意見のすべては方谷の考えに従っているのではないか」

一八六二（文久二）年七月の暑いときである。老中板倉勝静と政治総裁職の松平春嶽が会議をしていた。

方谷は政治顧問として

「現在の幕府の政治形態は家康様のころから二〇〇年以上変わっていない。二〇〇年も変わっていないので島津藩などに横暴を許してしまう。江戸幕府の大きな改革をする必要があります」

と述べた。

「どうすればよいのだ」

勝静は膝を乗り出して方谷の話に耳を傾けた。

「朝廷の命により将軍後見職は一橋慶喜公、政治総裁職は松平慶永公と決まりました。朝廷のいる京都の治安維持のために、会津藩主松平容保公を京都守護職とする職制改革をすべきでしょう。

また、軍制改革として西洋式軍制を採用すべきでしょう。すなわち歩・騎・砲の三兵からなる洋式陸軍を設置すべきです。それを陸軍奉行が統括すべきです。

次に、学制改革として学問奉行所を設置し、蕃書調所を洋書調所と改編し、欧米各国の語学、理化学の教育、研修及び外交文書の翻訳にあたらせましょう。加えて幕臣の榎本武揚や洋書調所教官の西周、津田真道などをオランダに留学させましょう。

さらに、政治改革として国力をつけるために参勤交代を緩和しましょう。隔年であった参勤交代を三年に一度にし、在府は百日とし妻子の帰国を許可しましょう」

と方谷は続けた。

この洋書調所は、後に開成所と改称し、医学・軍事などの自然科学に片寄っていた洋学を哲学・政治・経済の分野まで発展させ、日本の近代科学発展の礎となった。

なお、開成所は明治政府のもとで開成学校となり、さらに東京大学となった。また医学の分野では、一八六〇（万延元）年に天然痘の予防接種を行うため民間でつくられた種痘所を幕府の直轄とし、さらに医学所と改称して西洋医学の教育と研究を行った。

「参勤交代の緩和か。外様藩の力をつけさせることにはならないか」

方谷の意見にすべて同意する勝静であったが、参勤交代の緩和には疑問を呈した。

「おっしゃるとおり。参勤交代制度を緩和すると、往々割拠の弊害が生まれるかも知れません。従って、列藩へ文書で示されるがよろしいかと存じます。私が、参勤制度改革主意布告案を起草しましょう」

と方谷は進言した。

勝静は松平春嶽に意見を求めた。年は勝静が五歳年上である。

「方谷の意見をどう思われるか」

「私も同感であります。板倉殿は老中首座（筆頭老中）として文久の改革を進めていくのがよろしいかと思われます」

松平春嶽の側近には、安政の大獄で殺された橋本左内（井伊大老を失脚させようとしたが失敗）、思想家である横井小楠（開国論者で富国、強兵、士道の国是三論を提唱したが暗殺される）、新政府で「五か条の御誓文」を書いた由利公正などがいた。

方谷は江戸上屋敷に戻り、参勤制度改革主意書を起草した。その主意は「海内政事一致」にあるが、一致の根本は、各自の私を去り、天下公共に胎動を行うことにあること、またそのために以来賞罰を正しく厳重にすることということにある。

そして具体的な内容として、

一　以来は、時々巡見使を以って国邑政務武備の善悪御糾察これあるべく、あるいは隠密の御せん索に及ばされ候事もこれあるべきの間、この段も兼ねて相心得らるべく候事。

一　三か年百日参勤の儀、今般御改制の緊要に候間、延期等決して相成らざる事に候。僅かも心得違いこれある向きは、御厳罰に処せらるべく候事。

一　参府登城の節、各存じ寄り申し上げ候儀も公共の道を主とし建議これあるべく公辺御政治を始め諸藩の所行に至るまでその道に背き候儀は、はばかりなく申しのべらるべく候事。

一　御改制の御主意公共の大道に出で候儀、並びに以後心得方の次第、諸藩君臣はもちろん、庶民に至るまで徹底会得致さずては相成らざる事に候間、各家中領内末々までともに説得解諭これあるべく候。しかるに其国邑により風土人情も相違これあるに付いて、諭方も各相分かれ申すべく候間、告諭の書取壱通ずつ差し出し申さるべく事。

ということが布告案に示された。

一八六二（文久二）年八月二十一日、江戸上屋敷で勝静と方谷は七月に行った文久の改革もひと段落ついたので寛いでいた。

「方谷、江戸も暑いな。暑くなると高梁川の夕涼みが懐かしくなるな。そろそろ備中松山藩に戻って松山踊りを見てみたいものだ」

「殿も老中職として大変ご苦労されております。一度早いうちに松山に帰られるがよろしいかと存じます。そのときには私もご同行させていただきます」

その時であった。品川の警備に就いていた藩士が息を切らせながら飛び込んできた。

「申し上げます。先ほど、島津久光公の列が生麦村を通りかかった折、東海道で乗馬をしていたイギリス人四名が遭遇し、行列の先頭にいた薩摩藩士が下馬を促しましたが、これに応じず列を逆行し、供周りの藩士に斬られました」

「なに！　それは大変なことだ」

勝静は驚き、方谷を見た。

「すぐに薩摩藩邸に向かい、江戸留守居役に説明を求め対策を打ちましょう」

方谷は落ち着き払った様子で藩士に指示を出した。

勝静は、備中松山藩上屋敷に薩摩藩江戸留守居役などを呼び事件の詳細について説明をもとめた。そこには水野忠精(ただきよ)らも同席した。

品川警護隊は

「英国からは幕府に謝罪と賠償金を要求しておいります。薩摩藩には犯人の処罰と賠償金を要求しております」

と報告した。

勝静は老中として幕府の将来を考えた末、

「今、英国と戦争になった場合は不利だろう。早めに和解して、その間に軍備の増強を図った方が得策であろう」

との方針を決めた。

一八六二（文久二）年十一月、方谷は将軍家茂に謁見した。

「方谷の名前は老中板倉からよく聞いている。よく老中板倉を助け、幕府を盛り上げてくれ」

「恐れ多いお言葉ありがたく存じます」

交わした言葉は少ないが、方谷はこの若い将軍に日本の将来を映していた。

十二月には、品川御殿山に建築中のイギリス公使館が高杉晋作（しんさく）、久坂玄瑞（げんずい）、井上馨（かおる）、伊藤博文（ひろぶみ）らに襲撃され全焼した。時代が大きく、そして静かに動いていった。

方谷は吐血して倒れて以来、身体のあちこちに不具合を生じ、小雪の行く末が心配になっていたので、何かあったときは小雪を矢吹家へと、矢吹発三郎の許嫁とした。

そして残り少ない人生をなるべく小雪と過ごしたいために隠居を願い出て、家督を耕蔵（英太郎）に譲った。

一八六三（文久三）年三月、筆頭老中板倉勝静は将軍家茂とともに入京した。生麦事件の賠償金の支払いの報告、攘夷奉勅のためである。老中勝静に伴い方谷も京都に入った。

勝静が方谷にたずねた。

「最近、開国と鎖国の議論が出ているが、その利害について教えて欲しい」

「攘夷か開国かの議論がありますが、開国は朝廷の御意志に沿わず、鎖国は時勢に反します。この両極に意見が分かれて難しい局面になってはいますが、幕府がいずれかに方針を決定し、誠意をもって決定したことを貫けば、朝廷の御意志も時勢も幕府に従って変わっていくと確信します」

と方谷は意見を述べた。

このことに関連して、三島中洲は、

「方谷先生は条理一貫を貴ぶ人であり、君主の誠心次第に応じて、その誠心を首尾一貫させるように尽力する主義であった」

と解説している。

また、方谷は

「今日隆盛を誇る西洋諸国は、武力で属国を得て、その上で貿易の利を上げている。鎖国を変更して開国するに当たっては、守りから攻めに転ずる必要がある。我が国から積極的に外に出て行き伸びる（拡張する）べきで、列国を我が国に入れて内に屈するべきではない。開国し貿易を行うことは天下の公道であり、それは我が国を利するためで、外国を利するためではない。その利益は国民に施すために使うべきで、幕府や大名が貪るものであってはならない。また、機械製造技術は外国の長所を取り入れるべきであるが、風俗教化は我が国の長所を捨てて外国に倣うべきではない」

と主張した。

その頃、尊王攘夷運動はピークを迎える。

桂小五郎はかねてから方谷への紹介を依頼されていた、対馬藩の大島友之允（おおしまとものじょう）と樋口謙之亮（ひぐちけんのすけ）を連れて方谷の居所を訪れた。だが、留守であったため、手紙を書き置きして去ることになった。そして、長州藩は、攘夷論者であった孝明天皇と尊王攘夷派の公家に近づき、運動の中心的役割を果たした。色々な藩士が方谷の意見を聞こうと、しばしば訪問したがなかなか出会える機会は少なかった。

同年五月、幕府は生麦（なまむぎ）事件の早期解決のため、横浜運上所の銀貨で一一万ポンドを支払った。

だが、薩摩藩は英国の賠償責任を無視したため、七月二日、英国艦隊七隻が薩摩を攻撃し薩英戦争が勃発した。その講和談判は九月二十八日に横浜で行われ、薩摩藩家老代岩下方平が正使となりニールと交渉し、十月五日に講和が成立し、賠償金（二万五千ポンド）を支払った。

この薩英戦争において、薩摩藩がイギリスの軍事力を認識する結果となり、後の明治維新への原動力になっていった。

一八六三（文久三）年八月、京都では薩摩・会津藩などの幕府方は公武合体派の公家と共に、尊王攘夷を主張する長州藩と急進派の公家三条実美らを追放する八月十八日の政変を起こした。これがいわゆる「七卿落ち」である。

当時京都では、尊王攘夷論を主張する長州藩の動きが活発化し、急進派の公家と結んで朝廷を動かしていた。

尊王攘夷論とは、尊王論と攘夷論とを結びつけた幕末の水戸学の思想で、藤田東湖、会沢安らがその中心であったが、通商条約の勅使調印以後は反幕論へと進んで現実的な政治革新運動となり、これを主張する一派を尊攘派と呼ぶようになった。

同年八月には天誅組の変、十月には生野の変、翌一八六四（元治元）年三月には天狗党の乱、六月には池田屋事件（新選組による長州尊王攘夷派斬殺）があり、時代は幕末の動乱に向かっていく。

一八六四（元治元）年七月、長州藩は勢力を回復するため、池田屋事件を契機に京都に攻め上ったが、会津、桑名、薩摩などの諸藩に負け敗退した。いわゆる禁門の変（蛤御門の変）である。

幕府は直ちに、これを好機として第一次長州征伐を行った。

また、貿易の妨げになる攘夷派を攻撃する機会を狙っていた列国は、イギリスを先頭にフランス、アメリカ、オランダ四国の連合艦隊を編成して、下関の砲台を攻撃・占領する四国艦隊下関砲撃事件を起こした。

方谷は、前年の六月に備中松山藩に戻っていたが、第一次長州征伐に際し、留守の兵権を預かり頼久寺(らいきゅうじ)に入っていた。この頼久寺には、江戸時代初期に備中国奉行であった小堀遠州(えんしゅう)が造った庭園がある。サツキの優美な大刈り込みを背景に、鶴・亀島を配した禅院式枯山水に書院を加味した蓬莱庭園で、はるかに望む愛宕山を借景に造られている。

小堀遠州は、大阪城本丸、仙洞御所(せんとうごしょ)等の建築や京都南禅寺金地院(なんぜんじこんちいん)等の庭園を手掛けており、茶人としても名高い。

一八六四（元治元）年八月に備中松山藩は、芸州、松江、福山藩とともに、陸路岩国を経て山口に攻め入る長州征伐の一番手を命じられた。

藩主勝静は出陣中の藩内の軍事一切を方谷に委任し、かねてから編成していた農兵千二百余人を藩境の守備に当たらせた。

勝静の率いる鉄砲隊と十六門の大砲は街道の人々を驚かせ、

「見る人驚く板倉の大筒小筒打ち並べ、あっぱれかいな」

という歌が進軍する街道に流れた。

幕府のこうした動きに対し、同年十月、長州藩は藩内の尊攘派を弾圧し、幕府に恭順の意を示した。

だが、一八六五（慶応元）年一月、高杉晋作らは創設した奇兵隊を使い馬関を占領し、長州藩論を倒幕に変更した。それを受け、幕府は同年九月、第二次長州征伐命令を下した。

この年の春、渋沢栄一が一橋藩領のある備中にやってきた。

藩の手兵を増やすため、渋沢は農民兵募集の建白をした。その建白が認められて渋沢自身が募集係として領内を回ることとなったためである。

当初、全く農民兵は集まらなかったが、方谷と親交のある阪谷朗廬（ろうろ）の協力があり、一挙に農民兵が集まった。この成功が渋沢栄一の将来を開くことになる。

阪谷は、久坂玄瑞の兄久坂玄機（げんき）の友人であり、久坂玄瑞が山陽道を通る際には立ち寄る仲であり方谷ともよく通じていた。阪谷はのちに「興譲館」を設立した。息子の芳郎は大蔵大臣、東京市長などを歴任した。

この年、方谷の藩主板倉勝静は再び老中となる。老中となった板倉は英仏米蘭から、兵庫開港と通商条約勅許を要求され困っていた。

板倉老中は方谷に相談した。

「板倉老中、今我が国には難題が山積している。その解決のためには有能な人材を幕府に集めることが肝要です。

まず言葉も話せて欧米のことを良く知る、優秀な勝海舟がおります。

私の旧知の佐久間象山の知遇を得て、象山の勧めもあり西洋兵学を修め、蘭学と兵学の私塾を開設し渡米もしております。

保守派と政策論争の違いから軍艦奉行を罷免され、二年間も蟄居生活を余儀なくされておりますが、大阪で西郷隆盛や坂本龍馬とも会い、評判は上々です。勝海舟を復帰させるのがよいでしょう」

と方谷。

「そうか、わかった」と老中板倉は言った。

薩摩藩は、先の薩英戦争でイギリスをはじめとする諸外国の力を認識したこともあり、一八六六（慶応二）年一月坂本龍馬、中岡慎太郎の斡旋により長州藩と薩長連合（同盟）を成立させた。

一方、幕府軍は同年六月、第二次長州征伐の戦闘を開始したが、同年七月、将軍家茂が大阪城で急死したため、休戦した。

大政奉還

江戸上屋敷で勝静と方谷が膝を突き合わせて話している。

「将軍家茂（いえもち）公がお亡くなりになられた。今後継嗣問題が再燃することになるかもしれない。筆頭老中として誰を推薦すればよろしいと思うか」

「この難局を乗り切るためには慶喜公しかいません。筆頭老中として慶喜公を推挙なさるがよろしいかと思われます」

方谷は自説を推した。勝静も方谷の意見を自らの考えとして、これまで採用してきた。

一八六六（慶応二）年十二月、徳川慶喜が第十五代将軍に就任した。

江戸城大広間には、慶喜将軍のもとに板倉筆頭老中、フランス公使ロッシュなど幕臣が集まっていた。

将軍が口を開いた。

「薩長に対抗するために幕府の軍隊を強力にしなければいけない。ロッシュ、どうすればよいか」

ロッシュは自国の軍制に倣い、

「歩兵・騎兵・砲兵の三軍体制を構築すべきかと考えます」

と意見を述べた。

「わかった。そういう軍政改革をしよう」

「では、政治改革、職制改革、財政改革はどうするのか、老中板倉」

「私の意見としては、幕閣に国内事務・海軍・陸軍・会計・外国事務の五局を設けましょう。またその人事では、国内事務に老中の稲葉正邦（まさくに）、海軍総裁に老中格の稲葉正巳（まさみ）、陸軍総裁に老中の松平乗謨（のりかた）、会計事務総裁に老中の松平康英（やすひで）、外国事務総裁に老中小笠原長行（ながみち）を任じ政務を分掌させましょう。そして、老中首座である不肖私めが総理格になります」

将軍慶喜は、稀代の政治的資質の持ち主だった。

まず、諸外国の実状把握のために、実弟の昭武（あきたけ）を将軍名代としてパリ万国博覧会に遣欧使節団を派遣した。この博覧会に幕府は葛飾北斎（かつしかほくさい）の浮世絵、日本の陶磁器や漆器、刀剣などを出品し、日本文化の評価を高めた。特に浮世絵は、マネやモネなどのフランスの印象派、オランダの画家ゴッホなどに多大な影響を与え、ヨーロッパにおける日本ブーム（ジャポニズム）を引き起こした。また、たまたま使節団に一橋家に仕える渋沢栄一がいた。

渋沢はこのとき西洋の銀行制度を学んだ。明治維新後は西洋の銀行制度を導入し自ら第一国立銀行の頭取など五百以上の企業を設立し明治維新後の企業発展の土台を作った。

慶喜の欧州派遣がなければ日本の近代化がもう少し遅れていた。

また、当時最も難題とされた兵庫開港の勅許を獲得するため、慶喜は朝廷に出向いて一昼夜半にわたり朝廷を説得し勅許を得た。

薩摩藩の西郷隆盛は

「幕府は朝廷の許可を得られず列強の威圧の前に崩壊する」

と考えていたので慶喜の説得の成功に驚いた。そして

「徳川慶喜を殺さぬ限り幼帝（明治天皇）が危ない」

と危機感を募らせた。

長州藩の木戸孝允は

「慶喜の胆力はまるで家康公の再来を見るが如し。関東の政令は一新し軍制は目を見張るほどに改革されつつある。幕府は衰運どころか再度勃興の勢いを強めた」

と警戒感を強めた。慶喜に対する危機感・警戒感が薩摩・長州藩の武力討伐の動きを加速させた。

一方、慶喜は「我が君主は天子也　今宗室は将軍家也」と唱えた水戸光圀が出た水戸家九代斉昭公の七番目の男子として生まれた。その後一橋家に入ったが、皇室を敬う気持ちは誰よりも強かった。それが慶喜の天皇を戴く薩摩・長州藩に対する攻撃を鈍らせた。

だが、結果的に慶喜が戦争をためらったことが世界史上皆無の革命を成功させた。

当時アメリカ、イギリス、フランスなどの列強は帝国主義を標榜し、日本にも進出

しようとしていた。もし日本が内乱状態になれば列強はそれぞれの背後につき代理戦争へと発展、日本はインドなどのようにいずれかの植民地になっていたであろう。

その意味では将軍慶喜こそ維新の最大の功労者である。

次々と改革などを進める慶喜に対して西郷隆盛は

「慶喜公は家康公の生まれ代わりのように聡明である。慶喜公をそのままにしておいたら薩長連合は危うくなる。何とかしなければいけない」

とさらに危機感を募らせていった。

慶喜に将軍宣下があってから間もない一八六六（慶応二）年十二月、幕府に対して深い理解を示していた孝明天皇が死去した。代わって翌一八六七（慶応三）年正月には皇太子睦仁（むつひと）親王が十六歳で践祚（せんそ）して、明治天皇となった。

孝明天皇が死去し、薩長の力が強くなってきたことを背景に、先手を打って速やかに大政を奉還することが、徳川家として最も賢明な活路であるとの考えが幕府内にも広がっていった。

また、坂本龍馬の「船中八策」に示された公議政体論を受けて、土佐藩参政の後藤象二郎は前土佐藩士の山内容堂を説いて徳川慶喜将軍に朝廷への政権返上を建白した。

土佐藩はあくまで公武合体の立場をとり、薩長両藩などの倒幕派の機先を制しようとした。

一八六七（慶応三）年十月九日、京都二条城の将軍の間に、将軍慶喜、老中筆頭首座板倉勝静、若年寄永井尚志（なおゆき）の三人が集まった。

一同語らず、しばらく沈黙が続いた。

その沈黙を永井が破った。

「恐れながら申し上げます。土佐の山内容堂公が大政奉還の建白書を差し出されましたが、今後どのような措置をなさるのでしょうか」

慶喜は一同を見渡し、

「勝静はどう考える」

と、若いが威厳に満ちた声で指図した。

「はっ、倒幕に向けて、薩摩、長州が結束を強めております。薩長の先手を打って、大政を御上に返上されれば、薩長の勢いを制することができます。

また、薩長といっても所詮は地方の一藩に過ぎません。大政奉還を行ったとしても、日本で一番大きい領土を持っているのは徳川家です。時間を稼ぎ、朝廷を味方につけ、フランス軍の軍制で兵制を一新して改革すれば、薩長など恐れるに足りないことでしょう」

さらに、

「大政奉還の奏文は、方谷に書かせましょう。方谷は漢学者で、文章を作るのは将軍も御承知のとおり非常に上手うございます」

勝静は、自らの思うことを全て述べた。

この混乱の中で、天皇を尊び、徳川家を守り、如何にすれば同じ日本人同士が戦うことを避けることができるのか。この思いには方谷の考えが大きく影響していた。

勝静にとって、この場が、筆頭老中として最初で最後の正念場であった。

永井は勝静に目配せして、

「板倉老中の考えは良い考えに存じます。方谷が書いた案文をもとに、私をはじめとして幕府の首脳で修正するのがよいと思われます」

慶喜は少し目を閉じて、そして言った。

「板倉の言うようにせよ」

その後、方谷の書いた大政奉還の原文が勝静とそばに控えていた永井の元に届けられた。

「我皇国時運の沿革を観るに……必ず海外万国と並び立つべく、我が国家はつくす所これに過ぎず、去りながら尚見込みの儀も之れ有り候はば、些か忌諱を憚らず申し聞かすべく候」

永井はそれを熟読し、唸った。

「さすが方谷、よく書けている」

永井はしばらく考えた後、

「『我思う』では天皇と将軍が同格になってしまう。ここではへりくだって『臣思う』と書き替えた方がよいな」

と意見した。

慶喜は、一八六七（慶応三）年十月十二日には老中以下在京の有司を集めて決意を告げ、十三日には十万石以上の諸藩在京の重臣四十数人を二条城に集め、勝静から大政奉還の書を示して意見を求め、十月十四日には大政奉還の上表を奉ったのである。

臣慶喜謹テ皇国時運之沿革ヲ考候ニ、昔王綱紐ヲ解テ相家権ヲ執リ、保平之乱政権武門ニ移テヨリ、祖宗ニ至リ更ニ寵眷ヲ蒙リ、二百余年子孫相受、臣其職ヲ奉スト雖モ、政刑当ヲ失フコト不少、今日之形勢ニ至候モ、畢竟薄徳之所致、不堪慙懼候、況ヤ当今外国之交際日ニ盛ナルニヨリ、愈朝権一途ニ出不申候而者、綱紀難立候間、従来之旧習ヲ改メ、政権ヲ朝廷ニ奉帰、広ク天下之公議ヲ尽シ、聖断ヲ仰キ、同心協力、共ニ皇国ヲ保護仕候得ハ、必ス海外万国ト並立候、臣慶喜国家ニ所尽、是ニ不過ト奉存候、乍去猶見込之儀モ有之候得者可申聞旨、諸侯江相達置候、依之此段謹テ奏聞仕候、以上　詢　十月十四日　慶喜

（天皇の臣であるこの私慶喜が、謹んで日本の歴史的変遷を考えてみますと、昔、天皇の権力が失墜し藤原氏が権力をとり、保元・平治の乱で政権が武家に移ってから、私の祖先徳川家康に至り、更に天皇の寵愛を受け、二百年余りも子孫が政権を受け継ぎました。そして私がその職についたのですが、政治や刑罰の当を得ないことが少なくありません。今日の形勢に立ち至ってしまったのも、結局は私の不徳の致すところであり、全く恥ずかしく、また恐れ入る次第であります。まして最近は、外国との交際が日に日に盛んになり、ますます政権が一つでなければ国家を治める根本の原則が立ちにくくなりましたから、従来の古い習慣を改め、政権を朝廷に返還申し上げ、広く天下の議論を尽くし、天皇のご判断を仰ぎ、心を一つにして協力して日本の国を守っていったならば、必ず海外の諸国と肩を並べていくことができるでしょう。私慶喜が国家に尽くすことは、これ以上のものはないものと存じます。しかしながら、なお、事の正否や将来についての意見もありますので、意見があれば聞くから申し述べよと諸侯に伝えてあります。そういうわけで、以上のことを謹んで朝廷へ申し上げます）

剣に生きる

谷 昌武 その二

谷兄弟、新選組入隊

方谷と別れ三十郎兄達と大阪に帰った昌武は平穏な日々を送っていた。だが、時代は昌武の知らないところで大きく動いていた。

一八五八（安政五）年四月に井伊直弼（いいなおすけ）が大老に就任し「日米修好通商条約」を結んだ。徳川斉昭（なりあき）などの尊王攘夷派は反対したが、井伊は攘夷派を「安政の大獄」で弾圧した。これに反発した水戸藩士は一八六〇（万延元）年三月三日、井伊大老を暗殺する（「桜田門外の変」）。

その後一八六二（文久二）年三月、藩政改革の成功などで板倉勝静が老中に就任する。

中央政界の混乱は京都にも波及していた。

当時の京都は浪士たち（明治維新後は彼らが英雄となる）の横暴が激しく幕府は手を焼いていた。そこで幕府は騒然としている京都の治安回復のため、新たに京都守護職を創設し、会津藩主松平容保（かたもり）を任命した。

　ちなみに老中板倉勝静と会津藩主松平容保と桑名藩主松平定敬は、寛政の改革で名高い松平定信の孫である。

　一八六二（文久二）年十二月に松平容保は京都に入り黒谷の金戒光明寺を会津藩本陣とした。

　同じころ庄内藩出羽国出身の清河八郎は、「浪士組（新徴組）」を創設し、近藤勇、芹沢鴨、土方歳三など数百人が応募した。老中板倉勝静が「浪士掛」も兼ねた。

　一八六三（文久三）年二月に清河をはじめとする「浪士組」は京都に入った。

　清河は一旦京都に入ったものの尊王攘夷を唱え浪士約二百名と江戸に戻った。

　この時、近藤勇らは「京都の警護にあたるのが筋」として京都に残った。近藤ら京都残留組に対する差配の命令が一八六三年三月に老中板倉勝静、京都守護職松平容保に下された。三月十二日には京都残留組は会津藩預かりとなり「壬生浪士組」となった。

　近藤勇達の「壬生浪士組」は、四月に大阪に下坂した十四代徳川家茂将軍の道中警護にあたり、また「八月十八日の政変」では御所の門を守るなどの活躍をしていた。そういう活躍などもあり、九月になると「新選組」の隊名が与えられた。（なお、新選組の「選」の字は「撰」とも表記されることが多く、実際「新撰組」と表記された史料も多くある。局長の近藤勇自身、表記には両方の字を用いている。）

新選組に関しては、薩長中心の明治政府の視点で「悪」と考える人も多い。しかし、新選組が結成されたのは反幕府側が京都の町などで殺戮などを起こしたからに他ならない。京都の治安を回復するために生まれてきたのが新選組である。当時の法を守ろうとしたのが新選組であり、法を犯したのは反幕府側である。時代の流れは薩摩・長州藩の方に向かった。多くの藩が薩長になびく中で、義に殉じた心こそが「武士道」である。新選組は「武士道」が説く誠の道を貫いた。儒教が「仁の精神」（思いやり）を中心にしているのに対し、武士道は「義」を中心においた。「義」とは「打算などのなく人として正しく生きるということ」である。武士の行動基準はこの「義」をもとに集大成として「誠」（誠実）を最高の地位に据えた。

新選組が活躍している状況を見て、腕に自信のある三十郎、万太郎は昌武を連れて一八六三（文久三）年八月、新選組に入隊した。新選組で一旗挙げようと考えたのである。昌武もまた新選組で名をあげるという夢を持った。

長兄の三十郎と昌武は京都に行き近藤勇局長の下で働くことになった。次弟の万太郎は西国の押さえとして大阪の下寺町の万福寺にある屯所の責任者になった。万太郎は屯所の責任者だけでなく今までどおり大阪南堀江に引き続き道場も開いていた。

昌武が新選組に入ってみると、予想以上に日常生活は規則正しかった。まず起床すると平隊士は布団を畳んで部屋の隅に積み上げて掃除に取りかかる。終わると、朝稽古、そして朝食、そのあと勤務割やこまごました注意などがあった。

他方、非番の者は碁将棋を囲むなどわりと自由な時間をもてた。新選組の隊士は江戸や地方出身の農民が多く、京都に来たことが初めてという者が大部分であった。従って暇なときは金閣寺や清水寺などの寺院めぐりをするものもいた。ただ、次第になれてくると遊郭である島原に行くものが多くなった。

一番隊長であった沖田総司は、非番の日には壬生寺の境内などで近所の子供などを相手に鬼ごっこをして遊んでいた。その時の沖田の顔は打って変わって柔和な顔をしていた。

多くの隊士も子供と遊んでいたが、故郷に残してきた子供とだぶらしていた。隊士の勤務は、市中の見回り、不逞浪士の取締りと探索、幕府要人の外出の際の警護であった。

当然のことながら、剣や槍の稽古も日課として課せられていた。もともと、剣に覚えがあり、道場を開いていた谷三兄弟であり、新選組の稽古の中でも別格の腕前を披露していた。

また、市中見回りや不逞浪士取締りの際には、常に先頭を切って相手に切り込む三十郎の姿があった。これが、新選組局長近藤勇、副長土方歳三の目にとまり、一八六四（元治元）年十二月には、入隊一年あまりで、長兄三十郎は八番隊隊長に任じられた。

余談ではあるが、昌武と一緒に道場で剣術を習っていた原田亀太郎は天誅組（てんちゅうぐみ）の変に加わった。天誅組の変とは、昌武が新選組に入隊した一八六三（文久三）年、尊王攘夷を実行しようと土佐藩の吉村虎太郎らが公卿中山忠光を擁して大和五条の代官所を襲ったが、九月二十五日に幕府軍により壊滅させられた事件である。
自分達で尊王攘夷をするという原田の夢は実現できなかったが、これを契機として尊王攘夷の運動が広がり、結果的には原田の尊王攘夷の夢が実現することとなる。

昌武は兄たちと一緒に新選組に入ったことを志計子に手紙で知らせた。手紙を受け取った志計子は複雑な気持ちだった。なぜなら志計子に結婚話が持ちあがっていたからである。

一八六三（文久三）年、志計子が数えで十七歳のときである。
志計子は昌武の顔を思い浮かべたが、昌武の手紙には志計子との将来のことは何も触れられていなかった。

ついに志計子は十六歳の時に、母の薦めに従い井上助五郎を養子に迎え結婚生活に入った。昌武に対する思いの整理がつかないままであった。

結婚生活は夫も優しく志計子の気持ちを尊重してくれたので幸せであったが、子供がなかなか出来なかった。女性は「子供を産んで一人前」という時代の考え方に、時とすると志計子は押しつぶされそうになっていた。子供を抱いた母親を見るとうらやましいと思うと同時に目を背けるようになった。

子供が欲しいという気持ちとあたるところの無いやるせなさが募り、何かに頼りたい衝動に駆られていた。

いつまでたっても子供は出来ず、とうとう御前町の塩田虎尾の次男庸徳を養子にもらうことになった。ちなみに塩田虎尾は新島襄がアメリカに行くのを助けた人物である。

ただ、志計子の何かに頼りたい、何かをやりたい感情だけは収まることは無かった。

近藤勇の養子になる

昌武は志計子の結婚を聞き呆然とし、気力が湧かなくなった。だが、昌武は端正な顔立ちをしており貴公子然としており女性によくもてた。近藤勇は昌武の武士という毛並みの良さと貴公子然とはしているが気が少し弱いところを気に入っていた。

近藤勇は一八三四（天保五）年、武州多摩郡上石原村（調布市）の富豪宮川久次郎の第四子として生まれた。一八四八（嘉永元）年には兄達とともに試衛館の近藤周助に入門し、その翌年に天然理心流宗家である近藤周助の養子になった。

一八六〇（万延元）年には松井八十五郎の長女ツネを妻に迎え、一八六二（文久二）年には長女タマを授かっている。その後妻子を置いて京都に来ていた。新選組の隊長となり新選組の内外の評価も高まった。だが農家の出であり武家身分に強い憧れを持つ近藤は、かねがね「武士」に憧れがあった。

「昌武、剣もだいぶうまくなったな」

「はい、近藤局長。幼少のころから備中松山藩の師範場で兄などから習っていました」

「沖田の話では、女性にもよく気に入られるようだな。島原で遊ぶのもほどほどにしておけよ」

「分かりました。でもなかなかやめられずつい足が向いてしまいます」

「島原の女性は貧困の農家で生まれ、口減らしのために働いています。この間も身の上を聞いて思わずお金を貸してしまいました」

「騙されないようにしろよ」

備中松山藩士で一二〇石取りの上士の出身である谷家の末弟昌武を養子に迎えるにあたり、近藤勇は兄であり親代わりである三十郎と京都祇園で飲んだ。

「のう、谷殿。この時勢が落ち着き徳川家の安寧の世に戻れば、貴殿の働きにより断絶となった谷家のお家復興も叶うであろう。貴殿は当主として備中松山に戻ればよい。

万太郎殿も大阪にて道場を立派にやっておられる。昌武殿の行く末が心配じゃ。拙者には世継ぎがいないので昌武殿を養子にくださらぬか」

そう切りだした。さらに今まで正対していた近藤勇がするっと三十郎のそばに近づき三十郎の耳元で、ささやいた。

「風の噂では、板倉勝静公のご落胤とも聞こえてくるが」

それを聞いた三十郎は、

「局長、どこでそのようなことを」

顔を真っ赤にして怒った。続けざまに

「ね、ね、根も葉もない、噂話に過ぎませぬ。くれぐれも他言なさらぬように」

とこぶしを震わせながら、鬼の形相（ぎょうそう）で近藤勇に迫った。

豪の者で知られる近藤勇も三十郎の様相に畏（おそ）れをなし、

「いや、谷殿、失礼した。拙者の非礼を許してくれ」

そう言ってなだめ、三十郎に酌を薦めたのであった。

その後三十郎は口止めのつもりか、昌武の行く末を案じてか、近藤勇の申し出を受け

「なにとぞ、よしなにお願い申し上げます」

そう答えたのであった。

一八六四（元治元）年五月に、昌武は近藤勇の養子に迎えられ名前を「近藤周平」と改めた。

近藤周平の名前は近藤勇の養父周斎がかつて名のったことがあった。周平が数えで十七歳の時であった。周平も新選組で名を挙げ社会的に認められるという夢が実現しつつあると実感した。また周平のみならず長兄三十郎、次兄万太郎の新選組における地位も高まっていた。

近藤勇局長も殊の外喜び、養父をはじめ数人に

「先日板倉周防守殿家来より養子もらい申し候云々」

という手紙を書き送った。

池田屋事件

志計子が結婚し失意の中にいた周平であったが、対外的には近藤勇の養子になり周平の夢が実現しつつあった。さらに周平の夢の実現の一歩となる大きな事件が起こった。池田屋事件である。

幕府と薩摩藩による宮中クーデタである八月十八日の政変（一八六三年、朝廷の尊王攘夷派の公家が追放される〈七卿落ち〉）で長州藩の勢力は一時的に弱まり、朝廷では公武合体論派が主流を占めつつあった。京都守護職は尊王攘夷派を一掃するため新選組に京都市内の警備や探索を行わせた。

一八六四（元治元）年五月下旬、諸士調役兼監察の山崎烝（すすむ）や島田魁（かい）らによって四条小橋上ル真町で炭薪商を経営する枡屋喜右衛門（ますやきえもん）（古高俊太郎（こだか））の存在を突き止めて会津藩に報告した。

古高は表向き筑前藩の御用商人であったが、裏では長州、肥後、土佐の者に援助をしていた。武器や長州藩との書簡を見つけた新選組は古高を捕らえ、土方歳三の拷問により古高を自白させる。尊王攘夷派が企てる陰謀とは、①祇園祭の前の風の強い日を狙って京都御所に火を放つ、②その混乱に乗じ中川宮朝彦親王（後の久邇宮朝彦親王）を幽閉し、一橋慶喜（後の徳川慶喜）、松平容保らを暗殺する、③孝明天皇を長州に連れ去るというものであった。

新選組は会津藩や桑名藩などに応援を依頼したが定刻になっても動きが無いため、六月五日近藤局長は「事態は一刻を争う」といって捜索を開始した。近藤隊十名は三条大橋を渡って木屋町通りを、土方隊二十四名は八坂神社から縄手通りを探索した。探索の末、「池田屋」に尊王攘夷過激派がいることを突き止めた。

近藤局長は池田屋の入り口を固めた。

ここで誰が入り口を固めたかが問題となる。近藤局長の同年六月八日の書簡では谷三十郎、武田観柳斎が表門（入り口）を固めたとされている。一方、永倉新八の「浪士文久報国記事」では谷三十郎ではなく谷万太郎とされているが、「浪士文久報国記事」は明治時代に書かれたものである。従って近藤勇の書簡の方が信憑性が高いと思われるので、以後近藤勇の書簡に基づく。

裏庭は長州藩邸がすぐのところにあったので奥沢栄助、安藤早太郎、新田革左衛門によって固められた。

最初に突入したのは近藤局長、沖田総司、永倉新八、藤堂平助と近藤局長の養子になった周平であった（近藤局長の同年六月八日の書簡による）。

近藤局長は「池田屋」に入ると永倉新八、藤堂平助、周平を一階に待機させ、沖田総司とともに裏階段から二階に上った。

近藤局長が
「御用改めである。手向かいいたすと容赦なく切り捨てる」

と約二十名の浪士の前で叫んだ。

一瞬の沈黙の後、一人の浪士が沖田に切りかかり戦端が開かれた。沖田はこの浪士を一刀のもとに切り殺した。二階は天井が低く刀を振りかざすことが困難なため浪士達は次々と一階に逃げていった。

近藤局長は二階を腕に自信のある沖田に任せ一階で戦うことにした。二階で戦っていた沖田は五人の浪士を相手にしていた。すぐさま一人を切り倒した後、沖田は急に吐血してしまった。肺結核であった。残りの浪士四人は沖田の強さに恐れをなしていたためか倒れた沖田に切りかからず一階に逃げてしまった。

藤堂平助は裏口から表口へ逃げる浪士を切った。だが、不幸にも眉間に浪士の刀を受けてしまい、出血により視界が遮られ戦線を離脱しなければならなくなった。永倉新八は藤堂に傷を負わせた浪士を斬った時に、いつの間にか左手の親指の付け根に刀傷を受けてしまっていた。

周平は味方より浪士の方が圧倒的に多い中、兄たちに習った剣で次から次へと襲い掛かる浪士達と必死に戦っていた。

表門に逃げ出した浪士達は谷三十郎の槍などにより「田楽ざし」などにされた。裏門は長州藩邸への逃げ道ということもあり激戦だった。奥沢栄助が切られ死亡し、安藤早太郎、新田革左衛門らも深手を負い約一か月後に死亡してしまう。

沖田が病に倒れ、藤堂が負傷で戦線を離脱し、永倉が左手に傷を負い新選組が苦戦していた時に土方隊が合流した。谷万太郎も土方隊に属していた。これが雌雄を決した。

尊王攘夷派は吉田稔麿(としまろ)、北添佶摩(きたぞえきつま)ら九名が戦死し四名が捕縛された。木戸孝允(たかよし)(桂小五郎)は池田屋に早く着きすぎたので隣の家で碁を打っていて命拾いした。

池田屋内の戦闘が終わり、皆ほっと一息ついているときに近藤局長が周平に声をかけた。

「周平、初陣はどうだった」

「少し怖かったですが、何とか無事でした」

周平の顔は浪士の返り血を浴び赤く染まっていた。

その顔を見て、さっきまで鬼の形相をしていた近藤局長の顔がほころんだ。

その後、新選組は応援に来ていた会津藩兵とともに京都の町に残っている浪士達の掃討を行った。浪士掃討は翌六日の午前九時ごろには終了した。これで「池田屋事件」は新選組の勝利に終わった。

祇園会所で隊士をまとめた近藤局長は威風堂々と隊列を組んで壬生の屯所に凱旋した。先頭は沖田総司でそれを介添えしている土方歳三であった。近藤局長のやや少し後ろに周平が顔を紅潮させながら歩いていた。兄の谷三十郎、万太郎も周平の初陣を喜ぶとともに周平の後ろを自信に満ち溢れた顔をしていた。この隊列を見るために人だかりがあちこちに出来た。新選組の隊列が通るたびに拍手が鳴り止まなかった。

新選組が凱旋した翌七日に会津藩から五〇〇両、さらに八月四日には幕府から六〇〇両が褒賞金として新選組に下された。幕府の褒賞金の分配は、近藤局長が三〇両、沖田総司、永倉新八、藤堂平助、谷万太郎らが二〇両、谷三十郎、原田左之助らが一七両、そして近藤周平も一五両を貰っている。この褒賞金の分配割合をみても谷三兄弟の格段の働きが分かる。

特に、周平は美男子で近藤局長の養子で剣術の名人という評判も立ち、「京洛の華」と言われどこに行っても脚光を浴びた。周平の夢が実現したかのようである。

ぜんざい屋事件

池田屋事件で勇名を馳せた谷三兄弟の活躍がさらに大阪であった。

次兄万太郎は、新選組加入後も大阪で道場経営を続けており、門弟たちに剣槍術を教授しながら、隊士として情報収集にあたり不逞浪士の探索などに従事していた。

一八六五年（元治二年、四月七日に「慶応」に改元）一月、道場に出入りをしていた備中倉敷の和栗（わくり）吉次郎（のちに新選組隊士となり、谷川辰吉と改名）が土佐の浪士たちが大阪市中の焼き討ちを計画していることを密告してきた。

この知らせに、三十郎、万太郎兄弟のほか二名の計四名が、浪士の潜伏先である瓦屋町（現在の大阪市中央区）のぜんざい屋石蔵屋を急襲した。

在宅していたのは、石蔵屋政右衛門こと本多大内蔵と大利鼎吉の二人で、本多はすぐさま逃走するが、大利は逃げ切れないと知るや脇差を振るって反撃に出た。

大利の反撃は凄まじかったが、三十郎、万太郎兄弟は傷を負いながらもこれを破った。

これにより土佐浪士たちの陰謀を無に帰することができた。

後日、谷万太郎が近藤勇、土方歳三の両名に宛てた報告書の中で、大利のことをして、「存外のしたたか者で、これまでに召し捕らえた中で、これほどまでの者はなく、大いに汗をかきました」と述べている。同じころ新選組では組織の編成替えが行われ、三十郎兄は七番隊隊長になった。また文武師範のなかの剣術師範にも任命されている。さらに同年九月の「行軍録」でも藤堂平助と並んで大銃隊を率いる「大銃頭」と記録されている。

このとき、周平はなぜか兄弟の中で一人だけ参加していない。

明日、ぜんざい屋を急襲すると聞き、周平は布団の中で震え泣いていた。池田屋のときのことを思い出していたのだ。

敵と相対したとき相手が震えているのはよく分かったが、自分も膝ががくがくして動けなかった。

気で負けてはいけないと自分を奮い立たせたものの、体が恐怖で動かなかったのである。

手に持った槍が、まるで腕に百貫あまりの重石のように、のしかかってきたのである。周平が恐怖を振り払うように、相手に槍を突き出したとたん、自慢の槍を真中から折られてしまった。

自分がひるんだ隙に相手が逃げ出したから良かったものの、そのまま対決していたら確実に死んでいた。

そんな場面がありありと浮かび上がり、恐怖が蘇えっていたのである。

どんなに稽古で腕がたっても、修羅場の数を踏んだ人間にはかなわない。

戦いは、稽古とは異なることをまざまざと実感した周平であった。

近藤局長に、「無事でした」と答えたときも、返り血を浴びていたため近藤局長には分からなかったかもしれないが、実は周平の顔面は蒼白だった。質問に何とか答えたが、膝はがくがくと震えていた。そして、周平はこう思っていた。

「もう二度と戦いの場には行きたくない」

時が経ち、再び戦いの場に赴かねばならないと知ったとき、そのときの気持ちがありありと蘇ったのだ。

周平は、こっそりと布団を抜け出し、闇夜の中を夢遊病者のように彷徨(さまよ)い、気が付くと夜が明けており、淀川の川縁で一人たたずんでいた。

周平は、敵前逃亡を図ったのである。

襲撃の朝、周平のいないことに気が付いた三十郎が、万太郎に
「周平は何処か」

と尋ねた。万太郎が、

「さあ、臆病風にでも吹かれたのですかねえ。しかし、兄者、すでに手筈は整っております。いざ出陣」

そう声を返すので、

「止むを得ん。出発するか」

各々が、刀や槍を持って出て行った。

兄たちが襲撃に出たすぐ後に、周平は戻ってきたが、放心したようにただ黙って座っていた。

心の中で周平は、

「わしは卑怯者だ、弱虫だ。恐怖に打ち勝つことができなかった」

と何度も何度も繰り返し叫んでいた。

襲撃を終えた兄たちが戻ってきたが、周平には何も言わずただ黙っていた。そのことが、更に周平を辛くさせた。

しばらくして、三十郎が周平に向かって言った。

「周平、最後までしっかりついて来いよ。長い人生、俺も何度か逃げたことがある。だがな、自分を成長させるのは、何事も経験することでしかないのだ。そして、その経験は決して自分を裏切ることはないぞ」

父親が子供に言い含めるように諭した。この言葉を胸に刻んだ周平であった。

これ以後、日課である稽古において、周平の目の色が明らかに変わった。以前なら格下の隊士に対して遊び半分で打ち込んでいたが、今はいつも真剣勝負のつもりで稽古した。また腕が格上の隊士に対しては打ち込まれても向かっていく阿修羅（あしゅら）のような形相の周平の姿があった。

特に沖田総司と相対したときの周平には、鬼気迫るものがあった。沖田の得意技は三段突きで三度繰り出す竹刀の先が一つに見えた。近藤局長も自分の身に万一のことがあった場合、沖田に天然理心流五代目を継がせるように言い残した新選組第一の剣の使い手であった。

従って普段隊士に稽古をつけている沖田は息を乱すことはなかった。だが周平と相対したときは、汗をかき肩で息をするほどであった。

周平は倒されてもすぐさま立ち上がって、また向かっていく。

「まだ、まだ。えい、やあ」

沖田めがけて打ち込む。

打ち込まれ倒されてからの周平の剣は、力みが取れて自然体の形になってくる。

そうなると、新選組一番の沖田でも受身にまわってしまう。

もともと剣術指南の谷家に生まれ剣術家としての遺伝子を受け継いでいる周平の腕前の成長ぶりは、このころが一番だった。型どおりで少し弱々しかった太刀筋(たちすじ)が、気迫のこもった所作とどこから切っ先が出てくるか分からない実戦向きの太刀筋に変身していった。

そんな周平がその後の戦いの場において再び逃げ出すことはなかった。いや、誰にもまして一番に切り込んでいくようになったのである。

長兄三十郎の一言が、本来、臆病者であった周平の性格までを変えることになったのである。

長兄三十郎の死

長兄三十郎の一言で周平の性格が変わったことに加え、近藤勇局長の養子になった事なども相まって、若い隊士たちは何かにつけて周平を持ち上げるような態度をとるようになっていた。

また、剣に覚えのある周平は、稽古において若い隊士たちを撃ち負かすことが多く、日に日に態度が尊大になっていった。

周平自身もそのことには気づいていたが、若気の至りと夢が実現したという錯覚で無為に毎日を過ごしていた。

一方、入隊して一年で八番隊隊長、その後、七番隊隊長に抜擢され、数々の武勇伝を轟かせていた谷三十郎であったが、私生活でも蛮名を轟かせていた。

酒と女が好きで、非番のときには島原で夜を明かすことが多かった。

局長の養子の兄ということで新選組内でも発言力が強くなり、女性にもよくもてる三十郎を、副長の土方歳三は快く思わなくなった。機会あるごとに、近藤勇に対して、

「近頃の谷はなってない。隊士の手前もあるので、ここはひとつ局長から意見願いたい」

そう詰め寄る。

「なにもそう目くじらたてることもあるまい。新選組の功績者ではないか。土方も、島原の花君太夫や天神など多くの女性と浮名を流しているではないか。ここは大目に見てやってはどうか」

近藤は取り合おうともしない。

谷三十郎は男気があった。なじみの太夫が別の客にいじめられていると知ると、その部屋へずかずかと入っていき、「誠」の文字の入った羽織をはためかせながら、

「新選組の谷である。その女は嫌がっているじゃないか」

刀の柄に手をやり、じろりと客を睨み付ける。

新選組の谷の名を聞いた客は、着物をまとめて出て行こうとするが、三十郎は、

「忘れ物だ」

そう言って手を出す。客があっけにとられていると、

「勘定はまだだろう、金を置いていけ」

そう要求する。客から一晩の勘定分を巻き上げた三十郎は、太夫に手渡し、にやっと笑うのが常であった。そんなある夜、三十郎が祇園でふらふらになるまで飲んで、屯所へ帰ろうとしたとき、

「新選組の谷さんですね」

背後からそう声をかける者がいたので、

「いかにも」

三十郎が答え振り返ると同時に頭に激痛がはしった。脳卒中であった。ふらっとした瞬間、月夜に閃光がさし、無残にも三十郎は袈裟懸け（けさが）に一太刀を浴びた。

一瞬の出来事で、三十郎には何もできなかったし、何が起こったのかも分からなかった。次の瞬間、やけ火箸で刺されたような痛みが全身に駆け巡ったが、そこは

豪の者、「おのれ、何者!」と声に出そうとした。だが呂律が回らなかった。立っているのがやっとの状態で、刀を抜くことすらままならず、呆然としているところに相手の二の太刀を喰らってしまった。相手は、三人連れで、頭巾や手ぬぐいで顔を隠していた。

「このまま、俺は死んでしまうのか?」

そう思うと、周平のことが思い出された。

「お前には、何とか立派に生きて欲しい。俺みたいに野垂れ死になんかするなよ。お前は、お前はなあ」

声にならない声で何かをつぶやきながら、三十郎はそのまま息絶えた。

一八六六(慶応二)年四月一日のことであった。

ここで谷三十郎の死因について考察してみる。

「新撰組物語」(子母沢寛)では、谷三十郎は新選組の田内知の介錯に失敗して評判を落とした後、祇園石段下で何者かに殺害されたことになっている。だが田内の切腹は三十郎の死亡した翌年の一八六七(慶応三)年一月であり、事実とはいいがたい。篠原泰之助は「案外詰まらない浪人に酒の上でやられたのかもしれない」とも述べている。

他方、永倉新八の「同士連名記」には「病死」と記録されている。また、「三十郎剣にすぐれしも大酒の癖あり。戊辰前、卒中にて急死せりと伝ふ」（万代修「新撰組追究録」）との記載もある。以上から推測すると、喧嘩の最中に発作が起こったのではないか考えられる。

この夜、三十郎を切ったのは、志士であったのか、島原の遊郭から追い出された客であったのか、それとも三十郎の蛮行を嫌った新選組の手による粛清なのか、史実では詳らかになっていない。

だが、長兄三十郎の死を境に、周平はそれまでの尊大な態度を改め、新選組の勤務に精を出すようになる。実は周平はあっけなく長兄三十郎が亡くなったことで、新選組で有名になり、社会的に認められるという自分の夢に疑問を持ち始めていた。

方谷との再会

兄三十郎の一周忌も済み、新選組の勤務に精を出していた周平は、備中松山藩の家老である山田方谷が京都にいると人づてに聞いて、一八六七（慶応三）年の七月、京都に滞在する方谷のもとを訪ねた。幼子のころ、父三治郎と高梁川で鮎を獲ったとき、一緒にいた「山田のおじさん」その人である。

周平にしてみれば、可愛がってくれた良いおじさんであったが、八歳で故郷を後にしたときの兄三十郎の言葉が今も耳から離れない。

「昌武（周平）、私の失態により山田様から暇をいただいた。もう、この松山に居ることはできない。旅にでるぞ、支度をしろ」

この言葉を聞いたときから、周平は、

「なぜ、あのやさしい山田のおじさんが、兄上を悪者にしたのか」

と幼心に恨んでいた。

あれから十一年、いろんなことがあまりにも多すぎて恨む気持ちも忘れかけていたが、方谷が京都にいると知って、「なぜ谷家断絶になったのか」という長年の疑問の答えを聞きたくなった。そして事と次第によっては方谷を切るつもりでいた。

方谷のもとを訪れるに当たって、周平は、養父近藤勇の名をかたり、

「京都市中の警護の手筈を先の長州征伐で名を馳せた備中松山藩の御家老とご相談

申し上げたい、ついては隊士である息子と二人でお訪ねしたい」

備中松山藩邸にそう申し出ていた。

許しが出て、周平が一人で藩邸を訪れると、門番が

「貴殿が近藤勇殿か？　ご子息とお二人でお見えになると伺っておりますが」

といぶかるので、周平は、

「新選組局長近藤勇は、所要のため本日まかり出ることができませぬ。近藤勇の子近藤周平一人ではございますが、御家老にお目通り願いたい」

大声で叫んだ。

その大きな声と周平の射抜くような眼差しに門番が畏れをなし奥へ引っ込み、しばらくすると、年はとっているが昔と変わらぬ、「山田のおじさん」の姿が現れた。

「何事であるか。新選組の方なら、さあ、上がってくだされ」

そう手招きするではないか。

周平は、養父近藤勇に伴われ、多くの藩の重職と会ったことがあったが、家老ともあろう者が玄関先まで出てくるといったことは見たことがなかった。

方谷に勧められるまま、座敷に上がり方谷の前に伏した。

「なに、そんなに堅苦しくすることはありませんぞ、のう、周平殿」

方谷の言葉にあっけにとられる周平を尻目に、続いて、

「この十年余り、大変なご苦労をしたのであろう。三十郎殿も無念だな。ところで万太郎殿は道場の稽古が忙しいのであろう」

そう問いかけてくる。

周平が気を取り直し、

「御家老、なぜ拙者のことを」

そう問いかけると、

「なに、風の噂で聞いただけよ」

飄々（ひょうひょう）として方谷が答える。周平は、

「三十郎兄は昨年亡くなりましたが、万太郎兄と私はつつがなく暮らしております」

何事もお見通しの方谷にそう答えるのが精一杯であった。また方谷はこうも言った。

「そうそう、大阪の岩田文硯殿はお元気か、久しくお会いしておらんのでな」

このとき、周平は悟ったのである。谷家を断絶したものの三兄弟の行く末を心配して、大阪の岩田家を紹介してくれたのが方谷であったことを。

恐る恐る、周平は方谷に尋ねた。

「御家老、三十郎兄が何をして、お家断絶になったのでしょうか」

「昌武殿、聞かぬが武士の情けというものもある。三十郎殿は近習役の職責にありながら藩の掟を破ったということで、腹かっさばいてお詫びすると言った。だが、ようやくなだめて、お家断絶ということにしたのじゃ」

この方谷の言葉を聞いて、周平は愕然とした。

「どうしたのじゃ、周平殿」

方谷の言葉に我に返り、方谷のことを今まで恨み、何も分からず方谷を切って捨てるつもりでやってきた自分を恥じた。

深い慈悲の心で兄弟のことを考えていてくれたことを今、初めて知ったのである。

そんな方谷の気持ちに涙し、肩を振るわせる周平の姿を見て、方谷が言った。

「さあ、昌武殿、いや周平殿、貴殿も立派な武士になられた。どうじゃ今夜は、この爺と酒でも一献付き合ってくれぬか」

周平は思わず、「おじさん」とつぶやき、

「頂戴します」

と頭を下げた。

「これ、誰か、酒を持て」

方谷が手をたたくと、奥から、お膳に載せた酒と肴が運ばれた。

「周平殿、高梁川ほどうまくはないが鮎でもどうじゃ」

勧められたお膳を見ると、まさしく鮎の塩焼きが乗っていた。

「おじさん、これは」

つぶやく周平に、

「なに、周平殿がそのうち来るだろうと思い、鮎を獲らせたまでのことよ。さあ、遠慮は要らぬ」

方谷はにっこり笑って酒を勧める。

十五年の昔のことが周平の頭をよぎり、楽しかったあの日のことが昨日のように思い出され、志計子の顔も浮かんだ。

「しかし、立派になられたのう」

声をかける方谷であったが、周平は答えない。涙でむせび、「はい」という声が声にならずに答えられなかったのである。

このとき食べた鮎の味は昔食べた鮎にも劣らずうまかった。

その香りは苔の焼けた香ばしい香りとかすかに西瓜の匂い、そしてなによりも志計子の匂いがした。

一八六七（慶応三）年六月、新選組は幕府に召抱えられ、近藤勇局長は直参旗本となっていた。

これにより幕府に対する忠誠心は更に強固なものとなった。

周平も幕府の旗本の跡取りとなり社会的な地位も上がっていった。

同年十月には、大阪に詰める筆頭老中板倉勝静をはじめとする幕府要人の身辺警護を命ぜられる。そこで大阪で過ごしたことがあり地理にも詳しい周平が新選組の監察方として、何名かの隊士を引き連れ板倉勝静の身辺警護に当たった。

筆頭老中の板倉勝静が出かける際にはいつも籠や馬の回りに付き添っていた。そのうち、勝静が警護の責任者である周平に対して、言葉をかけてくるようになった。

「いつもの勤め、大儀である。して、そなた、名をなんと申す」

「はっ、新選組監察方近藤周平にございます」

「なに、近藤と申すのか。近藤勇殿のお身内か？」

「はい、息子でございます」

「そうか、近藤殿のご子息か。立派な武者姿であるぞ、くれぐれも励んでくれ。ところで以前、そなたに会ったことはあるまいか？」

「いえ、初めてお目にかかります」

「そうか、他人の空似かのう」

板倉勝静は、備中松山藩の剣の指南役の谷三治郎、そして自分の近習役であった谷三十郎の面影を周平に見ていたのである。

一方、周平は幼いころ、父が師範を務める藩の道場で藩士たちの稽古を視察にきた勝静の姿を見たことがあったことを思い出したが、そんなことはおくびにも出さなかった。

鳥羽伏見の戦い

周平は新選組の中で徐々に実力を蓄え社会的な地位も上がっていたが、世の中の動きは周平の努力など吹き飛ばす劇的な事件が起こった。大政奉還と王政復古である。少し詳しくみてみる。

元土佐藩士坂本龍馬が後藤象二郎に示した「船中八策(せんちゅうはっさく)」を後藤から進言された土佐藩主山内容堂は、薩摩・長州などの先手を打ち大政奉還の建白書を、老中首座板倉勝静を通じて将軍慶喜に提出した。

倒幕の勅命が薩摩・長州に下される直前であった。幕府に無比の忠誠を尽くした老中板倉をはじめ将軍慶喜もこれを受け入れたのである。

龍馬の「船中八策」は政治の実権を幕府から天皇のもとでの大名会議に移す。その大名会議を上院とする。下院は各藩の陪臣や庶民から人材を登用するというものである。この上下議院をもとに統一国家の体制を整備していくというものである。

将軍慶喜は形式的には政権を天皇に返すが、実質上は大名会議の議長になり実権を握ることを考えていた。

一八六七(慶応三)年十月十五日「大政奉還の建白書」が受理され、徳川家十五代にわたる支配の時代に幕が下りた。

慶喜は一大名になったものの、徳川家の総領として新しい政府での影響力を行使しようとした。

西郷隆盛を始めとする薩摩・長州藩連合はあせっていた。同年十一月十五日、坂本龍馬が暗殺される。

ここで坂本龍馬を暗殺したのは誰かを考えてみよう。

通説では坂本龍馬を暗殺したのは新選組や京都見廻組（京都守護職の管轄下で治安維持と要人警護を担当）の仕業といわれている。

ただ、新選組の生き残り横倉甚五郎など大多数が新選組の関与を否定している。

また幕府大目付永井尚志（ながいなおゆき）は龍馬としばしば密会しており、新選組などに「龍馬を斬るべからず」と命令していた。龍馬暗殺の証言をした京都見廻組の今井信郎は、西郷隆盛の助命嘆願によりわずか三年で釈放されている。

この時期、薩摩藩は武力倒幕を目指しており、大政奉還により徳川慶喜も含めた政府を平和的に樹立することを構想していた龍馬が目障りであった。

以上のことを踏まえると、薩摩藩が龍馬暗殺を計画したと考える方が自然であろう。偶然にも龍馬が暗殺された十一月十五日にも、薩摩の大久保利通が京に上ってきており武力倒幕の構想を現実のものとしていく。

十二月九日、朝廷の実権を握った岩倉具視（ともみ）の宮廷クーデタで王政復古の大号令が下った。ついに将軍職や摂政関白などの伝統的体制を廃止し天皇を頂点とする新政府が生まれた。

新選組の生みの親である幕府がなくなってしまったのである。

周平は新選組の生みの親である幕府がなくなってしまったことで、夢がなくなり一時脱力感に襲われた。だが多くの藩が薩摩・長州藩になびくなか、周平は「義」に殉じて生きることを新たな夢としようと思った。「義」とは「打算などなく人として正しく生きていくこと」であり、これこそ「武士道」精神であろう。

そう考えている間に、一八六八年（慶応四年、明治元年）一月三日、鳥羽伏見（とばふしみ）の戦いに端を発する戊辰（ぼしん）戦争が開始された。西郷隆盛が徳川慶喜を戦場に引きずりだすために武力挑発を仕掛けたのであった。徳川の天領をことごとく差し出せといって来たのである。これには、慶喜も怒った。

それ以上に、会津・桑名をはじめ、譜代各藩の武士たちが怒った。

大阪城内は、「薩長撃つべし」と気勢をあげる武士で一杯であった。

一方、薩摩・長州をはじめとする尊皇攘夷を標榜する諸藩は、朝廷を護るという名目で京都を軍備で固めていた。特に大阪からの進入路である鳥羽と伏見に重点的に兵力を割いた。

しかし、軍勢の絶対数では、薩長に土佐を加えても三～四千人、幕府側は三万を超える数を擁しており幕府側の絶対優位であり、これに意を強くした幕府側の中から、「京に攻め上るべし」と声高に叫ばれていた。

そんなとき、幕府大目付の滝川播磨守(たきがわはりまのかみ)が江戸から軍艦に歩兵部隊を満載して上方へ到着した。

江戸市中では暴漢が暴れまわり、幕府が取締りに出ると、三田の薩摩藩邸に逃げ込む。

それで江戸居留守役が薩摩藩邸を砲撃し、藩邸全焼、薩摩藩士及び悪党を粉砕した。

これは、戦のきっかけを求めていた薩摩による挑発に、まんまと幕府がのってしまったのである。

「すでに江戸では、戦が始まっております。ぐずぐずしてはおられませんぞ」

この報告に、幕臣は右往左往したが、大阪城内に詰めている武士たちからは

「ときは今、薩長に目にもの見せてやる」

喚声が上がった。

もうこうなると、誰にも止められない。

滝川播磨守自身、報告者というよりも幕府軍を扇動し、指揮者となるため多くの歩兵部隊を引き連れやってきたのである。

一月三日、滝川播磨守を大将に幕府軍の一群が鳥羽街道を北上し、薩長軍の守る上鳥羽村の小枝橋までやってきた。

滝川播磨守は、構える薩長軍に叫んだ。

「慶喜公の親書を帝にお届けする、さあ道を開けられよ」

そのとき、薩摩藩の軍監椎原小弥太(しいはらこやた)が一騎駆けで路上を進み、馬上から飛び降りると直ちに、「まかりならん」と滝川を睨みつけた。

通せ、通さぬという押し問答にしびれをきらした幕府軍の砲兵が、大砲を薩長軍に照準を合わそうとしたその瞬間、「どーん」という号砲とともに薩摩藩陣地から大砲が撃たれ、幕府軍の大砲を砲兵ともども打ち砕いたのである。

この時代の大砲の精度からすれば、奇跡的な命中率であるとしかいいようがないが、これもまた、歴史の不思議である。

この一発の号砲が、きっかけとなり、戊辰戦争の皮切りとなる、鳥羽伏見の戦いが始まるのである。

このとき、周平を初め新選組は副長土方歳三の指揮の下、会津藩兵とともに伏見の地にいた。薩長軍と相対していたが、鳥羽の方向から聞こえてきた号砲に伏見の地でも戦闘が開始された。

洋式軍備を整えた薩長軍に対して、幕府軍は会津藩兵の銃砲があるにしても旧式の軍備が大半であった。白刃戦を得意とする新選組の隊士は、手に槍や刀を持ち突撃していく。

勇猛果敢な会津藩兵と新選組は軍備の後れをものともせず、薩長軍を押し返す勢いで奮戦していた。

周平は、この鳥羽伏見の戦いで勇猛果敢に戦った。

大阪でのぜんざい屋事件の反省以降、一番に敵に切り込む周平であったが、伏見の地においても同様であった。

敵は、洋式軍備を整え、銃を前面に打ち出し、狙い撃ってくる。

このころの周平は、剣の腕も一段と上がっており

「相手の切先を見切ったら、後はただ打ち込むのみ」

などといっぱしのことを口にし、同僚の隊士から

「剣の切先は見切れても、鉄砲の弾は見切れないだろう」

と言われると、

「なに、前から飛んでくる弾なら、どこから出てくるか分からん剣の切先より見切りは簡単ではないか」

とうそぶいていた。

事実、周平は前方から撃ってくる薩長軍の砲弾をもろともせず、まっしぐらに敵陣めがけて突き進んだ。まるで鬼神が宿ったようであった。

この周平の姿に士気を煽られ、新選組隊士、会津藩兵が怒濤のごとく攻め続けた。

最初両軍はほぼ拮抗していた。だが、薩長の西軍側に錦の御旗が翻ると幕府軍は総崩れになった。この錦の御旗は西郷隆盛が勝手に作らせた偽物であった。

会津藩兵・新選組などが孤軍奮闘したが、撤退を余儀なくされて淀城まで後退した。

周平は、淀城に向け後退する際に薩長軍の放った銃弾に右足を打ち抜かれた。同僚隊士に肩を担がれながら、宇治川の土手沿いを淀城目指して敗走する周平であったが、このままでは同僚にも迷惑がかかる、ともに撃たれれば犬死にしかならない。

周平は同僚隊士に、

「すまん、貴殿にこれ以上迷惑をかけることはできん。俺を捨てて淀へ行ってくれ。俺は、ここで薩長どもに一泡吹かせてやる」

そう言い放つと、一緒に行こうと促す同僚を、

「さあ、早く」

と追いやった。

土手の草むらに息をひそめて隠れ、薩長軍の追撃を待った。

五～六人の洋式に身を整えた薩長軍の兵士たちが銃を抱えながら走ってきた。

周平は、ここぞとばかり、草むらから踊り出て、三人までは切って捨てたが、多勢に無勢は如何ともしがたく、相手の一撃をかわしたときバランスを失い、土手をころげ落ちた。

周平は、ここはひとまず身をかわさねばと思い、川に飛び込んだ。

「川の対岸まで泳ぎきれば何とかなる。この命、尽きるまで戦い抜いてやる。そのために今は身をかわすのだ」

自分自身に言い聞かせ、川を泳ごうとする周平であったが、傷口を止血していた布もほどけ、とめどなく流れ出す出血が川面を赤く染めているのに気づくこともなく、かなり下流まで流されながら、意識が遠のいていく。

周平は、

「生きねばならん」

と思いつつも、その手足の動きは緩慢になっていく。

遠のく意識の中で、長兄三十郎のことを思った。

「三十郎兄、この臆病者の昌武はあなたのそばにいくときが来たのかも知れません。できの悪い弟ですが、あの世でも鍛えてくださいね」

また、次兄万太郎に対して、

「万太郎兄、先に旅立つこの愚弟をお許しください。先にあの世で三十郎兄と道場でも開いておきます」

そう語りかけた瞬間、周平の意識は混濁の淵へと落ちていった。

市井の人に

谷 昌武　その三

奇跡の生還

右足を少し引きずりながら、神戸の街を歩く一人の男がいた。時折、顔を上げては物思いに耽るように遠くを見る。男はつぶやいた。

「あれからもう、おおかた三年になるかなあ」

男は周平である。


二年十一か月前、宇治川で意識を失った周平は、気がついたときには布団の中に身を横たえていた。

ぼんやりとした意識の中で、少し向こうにぎょろりとした目が見えた。

「何やつ！」

声を出し、左手を伸ばして刀を探したが、手に当たったのは何かやわらかいものであった。左側を見ると、若い娘がいる。姿形は、どうも町娘のようだ。

「どうしてこんなところに、町娘がいるのだろう」

そう思いつつも、目の前のぎょろりとした目を見つめ返すと、それは天井板で、節目が黒くなって目のように見えただけであった。

ほっとしながら、

「ここは？」

声を出した周平に、

「あら、気がついたの」

答える町娘がいた。

周平は、宇治川に飛び込んだことまでは覚えている。

周平は、かなり下流まで流されながら、力尽きる瞬間に対岸にたどり着いていた。

川岸で倒れ、虫の息の周平を見つけた町娘が家人の力を借りて家まで運び、三日三晩付きっきりの看病をしてくれたのである。

「かたじけない、礼を言う。ところでここはどこか」

問う周平に、町娘は、

「ここは、枚方（ひらかた）の宿場町よ」

なんと、淀を大きく通り過ごして、現在の枚方市まで流されていたのである。

周平は、京から大阪へ下るときに、三十石船に乗って枚方の宿場を通り過ぎたことを思い出していた。

淀川の川面を、三十石船に食べ物を売るため、船に乗った商人が、「めしくらわんかぁー、酒くらわんかぁー」と呼びかけていたことから名が付いた、「くらわんか船」が行き交う、枚方の宿である。

周平が助かったのは、奇跡としか言いようがない。

冬の水は手が切れるように痛いほど冷たい。ましてや、血を流しながらであったから、通常の人間ではとっくに死んでいた。しかしながら、意識が混沌とする中で、剣で鍛えた強靭な体が生きることを欲していたのである。

「ところで、戦はどうなった」

問いかける周平に町娘は、

「お上のお侍さん（幕府軍のこと）は、大阪までお逃げになったと聞いていますが」

そう答えた。

「こうしちゃおれん。大阪へ行かなくては」

立ちかけた周平であったが、気持ちが焦るばかりで、体が動かない。

「だめですよ、三日も何も食べていないし、その傷じゃ」

「あなたの名前を聞いていなかった。なんと申す」

「お侍さん、人に名前を聞くときはご自身から名乗るものではありませんか？」

やり返され、近藤周平と答えようと口を開き、「こ……」と言いかけて、

「この度は世話になった、拙者は谷昌武と申すもの。そなたは」

「私は、梅と申します。一町ばかり先の小間物屋に奉公しています」

「梅殿、拙者は幕軍の一兵卒、しかしながら、薩長に知れるとそなたのご家族にご迷惑がかかる。ここをお暇しなければ」

「なにをおっしゃっているのですか、そんな傷で。困ったときはお互い様ですよ。もし、誰かに聞かれたら、とぼけておきます。そんなことより、まず傷を癒すのが一番です。傷が治るまでゆっくりしていてくださいな。あっ、それから、家に男物といえばお父っつぁんの物しかないので、古臭いけど辛抱してね」

梅がにっこりと笑いかける。

昌武はその笑顔に癒されながら
「かたじけない」

と頭を下げた。

梅の家で傷を癒す間、次第に昌武の意識が変わりつつあった。

人間はその置かれた環境に左右されやすいというが、安寧な暮らしの続く毎日が昌武の武人として意識を削ぎつつ、町人の暮らしも悪くないと思い始めていた。

それよりなにより、もう剣や槍で戦をする時代ではないということを伏見の戦いの中で思い知ったのである。

「剣や槍が役に立たないということは、この俺が役に立たないのと一緒だ。この時代後れの俺が生きる道はどこにあるのだろう」

そう自問自答する毎日であった。

神戸で店を開く

周平が鳥羽伏見の戦いで新選組と分かれた後、新選組は東国へ敗走し「甲陽鎮撫隊（こうようちんぶたい）」と名前を変え甲府の地にその戦いの場を求める。だが武運つたなく、四月二十五日、養父近藤勇斬首、五月三十日には沖田総司病死、と歴戦のつわものも散っていった。

明治と改元された九月には、土方歳三とそれに従う新選組隊士は、榎本武揚（たけあき）が指揮する旧幕府海軍の軍艦に乗船し仙台へ向かい、翌十月には蝦夷へと渡る。

函館を占領し五稜郭に立てこもるが、一八六九（明治二）年五月、土方歳三の死とともに、官軍に降伏した。

ここに備中松山藩主板倉も参戦した戊辰戦争の終結を見る。

新選組が政府軍と激戦していたころ周平は大阪の枚方にいた。

最初、周平は梅に名を問われたときに、薩長軍から身を隠すため、谷昌武（以後「昌武」）と名乗った。

「義」を夢にと思ったが、怪我を言い訳に義を守る戊辰戦争に最後まで加わらなかった。今は夢どころか何とか生きなければと考えた。

その後、昌武は梅の家で暮らすうちに、侍への思いも徐々に消えうせてきた。養父近藤勇の斬首を聞いたとき、本来なら供養しなければならなかった。だが、このときキッぱりと、近藤の苗字を捨て谷昌武として生きていくことを決意したのである。

昌武は、明治に改元されたころ、すっかり傷も癒え、梅の紹介で小間物屋で働くようになった。

最初は、丁稚に毛の生えたような仕事しか与えられなかったが、かつて剣の道に一心不乱に打ち込んだように、小間物屋の仕事に打ち込んだ。

その甲斐あって、半年後には手代として取引を任されるようにまでなった。

世話になった梅の家も出て、店の近所の長屋も借りた。

その長屋に梅は毎日、甲斐甲斐しく飯を焚きに来る。

「お梅、そんなことは自分でできる」

「なにを言っているんですか、あなたは仕事に精を出して」

ままごとのような生活が本当の夫婦になるのに時間はかからなかった。

梅の父親の許しを得て、所帯を持った。ふと志計子の顔が浮かんだ。

二人して小間物屋勤めが続いたある日、店の旦那から、

「昌武どん、どうじゃそろそろ店を持っては。あんたは一生懸命働いて、もういっぱしの商人になった。梅さんと二人で頑張ってみないか」

暖簾分けの話を切りだされた。昌武は、

「ありがたいお言葉。この谷昌武、旦那様のご恩に報いるため、身を粉にして働きます」

深々と頭を下げた。

「ところで、どこに店を構えるかのう」

旦那のその言葉に、

「せっかく新しく店を出すのなら、まったく知らない土地で一から初めて見たいと思います。兵庫の港は諸外国との交易で賑わっていると聞いています。できれば神戸で商売を始めたいと思います」

昌武は答えた。旦那は、

「神戸か、遠いのう。しかし、昌武どんなら、どこでもやれるだろう。梅さんや、ご亭主はこう言っているがあんたはどうかね？」

そう梅に問う。

「私は、この人に付いて行くだけです」

頬をほんのり染めながら答える。

「それじゃ、場所探しは昌武さんに任せるとして、入用はわしが融通するので心配するな」

旦那はそう言ってくれた。

昌武が現在の神戸市生田区元町通り三丁目三八番地（現在の神戸市中央区）に店を持ったのは、奇しくも五稜郭で戦う新選組の最後の日となる、一八六九（明治二）年五月十八日のことであった。

現在元町通りは神戸市有数の中心街になっている。

神戸にささやかな小間物屋を開いてから一年半くらいたったころ。

「どうしたら、うまく商売が出来るのだろうか」

そう考えた時、方谷が藩政改革をしながら、藩の商人や大庄屋の矢吹久次郎などに話していたことを思い出した。

「現在は容易ならざる御時世なので油断は出来ない。商いは即断即決であまり多くの利益を求めずに現金取引をした方がよい。また絶えずお客さんと接触し、お客さんの本当に欲しいものは何かを見極めたらいい。市場の動向などにもよく気をつけて主な商品の値段ぐらいは言えたほうがよい。だが一番大事なのは相手に対する誠、誠意だぞ。お客を騙して一回ぐらいは儲けることが出来るかもしれない。でもそれでは長続きしない。騙した評判は一夜にして駆け巡る。誠を信条としてやるんだ。

そうしたら必然的に商売もうまくいく」

この言葉をかみしめながら頑張ってきた。そして、ついに枚方の旦那に融通してもらった金も返し終え、蓄えもできた。

事業が軌道に乗り、うれしくて仕方のなかった昌武は、出張ついでに近藤勇の一人娘の婿である勇五郎のもとへ顔を出した。

女中が
「あの、どちらさまで？」

と問いかけた。昌武は答えた。

「俺か？　三年前の鳥羽伏見の戦いで、川へ身を投げて死んだ近藤周平が参りましたと告げてもらおうか」

勇五郎は、死んでいたと思っていた昌武が訪ねてきて驚いた。鳥羽伏見の戦いで行方不明になっていた昌武が生きているとは思ってもおらず、てっきり死んでいるものと思っていた。それが生きているとは、死んでいてくれたほうがどれほどましかと思いながらも、昌武を迎え入れた。

もともと上士格の身分であり、近藤勇の養子になりながら、近藤勇の死のときもまったく姿を見せなかった。

疎ましいと思いながらも、勇五郎はせっかく訪ねてきたのだから、酒の一つも出さねばなるまいと酒の席を設けた。しかし、そうは言ってもともに戦った仲、昌武と酒を酌み交わすうちに昔が思い出され、昔話に花が咲く。

「昌武、今日はゆっくりしていってくれ。三年間の話は、一晩かかっても語り尽きまいが、とにかくお前が生きていてくれて、俺はほっとした。ところで、お前まだ身を固めずにやっているのか」

「恥ずかしい話ですが、身を固めております」

「で、子供は？」

「いえ、子供はまだ」

話はそんなふうにとりとめなく一晩中続いた。

意外な歓待ですっかりいい気になった昌武は、酒の勢いで饒舌になっていく。

「死んだと思っていたが気が付くと布団の上に寝かされていて、女一人がせっせと介抱してくれていました」

「なるほど、それがお前の女房かい」

「お祭しのとおりです」

昌武は、流された枚方の地で懸命に働き、現在神戸で小間物屋の商売をやっていること、そしてそれが大変うまくいっていること、女房は梅といい、働き者でよく尽くしてくれるなど近況を報告した。

妻梅の妊娠と死

近藤勇五郎のもとを訪ねてからしばらくした、一八七一（明治四）年の正月、自宅の居間でおせち料理に舌鼓を打っていた。

「人というものは気の持ち方、暮らしの仕方でこれほど変わるものか」

殺伐としたなかで生きてきた昌武は、ささやかな幸せを噛みしめていた。

「夢は？」

と問われれば
「自分の店を拡大すること」

と漠然と思った。

もともと商才があったのに加え、「誠実」を信条としたためお客からの信用もでき商売の方も順調だった。枚方の旦那から借りていた金を返し終えただけでなく蓄えも出来た。もっと商売を大きくしようと借りていた店とその奥の住宅を買い取り、表は店舗、奥は住居とした店舗兼自宅に改修した。

「今の女房には何の不満もない。よく働くし、自分に対してこれほど親身に尽くしてくれる女は日本中探したって何処にもいないに違いない。商売がうまくいったのも今の女房が居たからだ」

常々そう思っていた。

ただ一つ、この夫婦の間には子供がいなかった。子は神からの授かりものと半ばあきらめていた昌武であった。

そんなある日、梅が改まって大事な話があるというのである。

昌武は一体何事かと思って急いで梅のいる八畳の間に行った。

すると梅は、部屋の隅っこに一人ぽつりとうつむいて座っていた。

「どうした？」

梅は黙っている。

「どうした？　体の具合でも悪いのか？」

心配そうに声をかけると、梅ははずかしげに顔を赤らめながら
「やや子できたみたい」

そう言って反応を確かめるように昌武の顔を覗き込んでいる。

昌武の笑顔は喜びで満ち溢れた。


この年の暮れに神戸元町を中心に大火災が発生した。

普段にもまして北風が強く吹き寒い日であった。昌武はたまたま商店街の寄り合いがあり外で会食をしていた。会食の途中、急に周りが騒がしくなり
「火事だ、火事だ」

という声が聞こえた。

どうも火元は元町あたりらしいという客の話に昌武は我を忘れた。

表に出てみると、自分の家の方角から赤い火の手が上がっているのがわかった。

昌武は、懸命に走った。

途中、多くの人が着のみ着のままで逃げ迷っている。

家の近くまで来ると多くの野次馬が取り囲んで、完全に火に包まれた我が家を眺めている。

「梅、梅ぇー」

何度も叫んだ。

火事の後、女性の死体が発見された。

昌武は泣きじゃくり神戸から姿を消した。

次兄万太郎を訪ねる

夢を失った昌武は故郷の志計子の顔を思い出したが、志計子が結婚したこともあり故郷の高梁はあまりにも遠く感じられた。

自然と足は、かつて住んだことのある大阪に向かっていた。彼の心に、ふと次兄万太郎の姿が浮かんだ。頼るところは、血を分け合った身内しかいない。

次兄万太郎は道場を南堀江町から釣鐘町に移していた。暮れも押し迫るころ、昌武は釣鐘町の万太郎の道場にたどり着いた。

現在、釣鐘町は京阪電車や地下鉄のターミナルである「天満橋駅」から数分のところにある。大阪城も見える。万太郎の道場が釣鐘町のどこにあったかは定かではない。今では衣料品の店やマンションなどが立ち並んでいる。江戸初期にこのあたりの地代が免除されたことを祝って町民が釣鐘を建立した。今でも朝と晩に釣鐘の音が鳴り響いている。

昌武が道場の入口に着いたときもガーンという釣鐘の音が鳴り響いていた。

「ご免、師範はおられぬか」

道場の入口で声をあげる昌武に、道場で稽古していた門弟たちは

「道場破り？」

と手に竹刀や槍を持って、

「何者！」

と駆け寄ってくる。着流し姿で一見やくざ風の昌武の姿を見るや否や、

「ここは、やくざの来るところではない、とっとと帰れ！」

門弟たちが口汚く罵る。町人の生活が長いとはいえ、もともと剣の道を極めた昌

武は、大勢の門弟たちを前に臆することなく、

「師範にお会いしたい。昌武と申す者が来たと伝えていただきたい」

凛と言い放つ。

その声を聞いて、門弟を掻き分けながら一人の男が駆け寄る。

「なに、昌武と申されたか。私は、当道場の師範代、谷新之助にござる。もしや、叔父御でございますか？」

町人の出である新之助であったが、幼いころから剣と槍を学び、その腕を万太郎に認められ養子となったのである。

万太郎の養子である新之助は、養父から昌武のことをこう聞いていた。

「私の弟の昌武は、新選組局長の近藤勇の養子となり近藤周平と名乗っていたが、鳥羽伏見の戦いで川に身を投げ死んだと聞いている。兄の三十郎はとうに亡くなり、谷を名乗るのは私一人になってしまった」

死んだと聞いていたが、万太郎とどこか似通った昌武と名乗るその男の眼力を見た瞬間、新之助は
「叔父御」

という声を発していた。

昌武は

「はて、万太郎兄に男の子ができたとは聞いておらぬが」

と思ったが、

「さあ、ここではなんですから、どうぞ奥へ」

新之助に促されてついて行く。新之助は続けて、

「さあ、稽古を続けなさい」

門弟たちにそう声をかけた。

道場の神棚の前で、正座をして改めて互いに自己紹介をした。

「私は、当道場師範代、谷新之助にございます。師範でもある万太郎の養子にございます」

新之助から聞かされ、昌武ははじめて合点がいった。

「私は、万太郎兄の弟、谷昌武でござる。よろしくお願いする」

奥で繕いものをしていたスエは、表が騒々しいので奥からこっそり覗き見ていた。

「早く帰ってくれないかな」

　だが、なかなか帰る気配も無く、新之助が道場の神棚の前で正座して相手の男と話し始めた。姿格好はやくざ風であるが、お茶の一つも出さなければという気持ちになった。

　スエが
「粗茶でございます」

と声をかけ、昌武の前に茶を出そうとした瞬間、

「あっ」

と声を上げた。思わず出しかけたお茶をひっくり返してしまった。

「も、もしや、あなたは昌武さん。いや、昌武さんは死んだと夫から聞いています。くわばら。くわばら」

しどろもどろになった。

懐かしい義姉の顔を見た昌武は、

「義姉さん、ご無沙汰しております。幽霊じゃありませんよ」

　そう答えた。

「本当に、昌武さん?」

「ほれ、このとおり傷は沢山ありますが、ちゃんと足はあります」

着流しの裾をまくって足を出す。

「本当に昌武さんなのね、夫はいま出かけて留守にしていますが、もうすぐ帰ってくると思います。どうぞ、奥でお待ちください。すぐに片付けますから」

そう言って、茶をこぼした道場の床を手際よく拭いた。そして繕いものを片付けるため奥へと踵を返した。

スエにそう言われた昌武であったが、その場を動こうとはせず、うれしそうに門弟たちの稽古を眺めている。

その様子を見ていた新之助が、

「養父は、今、所要で出かけておりますが、そのうち戻って参ります。その間、ひとつ門弟に稽古をつけてはもらえませぬか」

そう言って昌武を促す。昌武が
「いや、私も剣の道から外れてもう四年、とてもじゃないが稽古など」

辞退すると、新之助は、

「そうおっしゃらずに、養父から叔父さんの腕前は伺っておりますよ」

そう言いつつ、門弟に声をかける。

「おーい、誰か。稽古着を持ってきてはくれぬか」

新之助に促され、稽古着に着替えた昌武は、

「いやいや、とてもとても」

照れ笑いをしたが、門弟から竹刀を渡され大上段から一振りした瞬間、ぴたりと型がきまった。これには、昌武自身驚いた。

「気持ちの中では、剣の道を忘れたと思っていたが、体はまだ覚えていたか」

「では、誰か稽古をつけてもらえ」

新之助が声を発すると、門弟の中から、年の頃なら十二〜十三歳の少年が進み出て、

「よろしくお願いします！」

元気よく一礼した。昌武も一礼して、竹刀の先を合わせる。

少年は元気よく、

「えい」

と打ち込んでくる。

右足を少し引きずる昌武は、その場を動かず、上半身の動きだけでこれをかわす。

かわされた少年は振り返り、またも
「えい」

と声を発しながら打ち込んでくる。

周平は円を描くように振り返り、またもや少年を上半身の動きだけでかわしていく。

かれこれ四、五分経ったであろうか、少年は肩で息をしながら昌武に向かっていこうとするが、昌武の構えに隙がなく打ち込めずにいた。

周りで見ている門弟たちも、固唾を飲んで見守っていた。

そこへ、道場の玄関先から
「それまで！」

とするどい声が道場一杯に響いた。

その声に、昌武、新之助をはじめ道場にいた門弟たちも一斉に振り向いた。

「先生」

と門弟たちが声をかけた。

万太郎兄であった。

万太郎はつい二、三分前に戻ってきていた。ふと道場の窓から中を覗いたときに、死んだはずの昌武に良く似た男が門弟と稽古している姿を見た。

「そんなはずはない。昌武は死んだはずだ」

そう思いながらも、男の所作を見ていたところ、紛れもない、切先の一点のみを見つめ、紙一重で相手の攻撃をかわす昌武ならではの所作であった。

万太郎の姿を認めた昌武は、何も言わずに一礼した。

それに対して万太郎も玄関先で一礼を返した。

道場に上がってから、昌武のそばに近づいた万太郎が一言、

「久しぶりだなあ」

声をかけると、

「お久しゅうございます」

昌武も一言だけ返した。

お互いにもっと相応しい声のかけ方もあるにも関わらず、ただ一言を交わしただけであった。

二人が顔を見合わせると、お互いの目にうっすらと涙がにじみ、互いに一言を発するのが精一杯であった。また、一言交わすだけで分かり合える兄弟であった。

新之助がこの二人の様子を見て、

「今日の稽古はこれまで」

よく響きわたる声で稽古の終わりを告げた。

「昌武、久しぶりに汗をかいたであろう。一風呂浴びて来い」

「兄上、あまりの久しぶりに、汗どころか、冷や汗をかきましたよ」

冗談で返す昌武に目を細めながら、万太郎は、

「さあ、さあ、早く浴びて来い」

そう催促をする。

兄の好意に甘え、一風呂浴びた昌武は自分が脱ぎ捨てた着流しを探したが、脱衣所にはまっさらの着物が置かれていた。

「兄上」

脱衣所から声をかけたが、その声にスエが答えた。

「昌武さん、着物を洗っておきますのでそれでも着ておいてくださいな」

「義姉さん、これは新調の着物ではありませんか」

「新之助のお正月用にと、繕ったものですが、いいじゃありませんか」

身内ならではのこの義姉の言葉に、昌武はふと流れた涙をぬぐった。

居間へ顔を出すと、お膳が用意され徳利が並んでいた。

「さあ、昌武。つもる話はおいおい聞かせてもらうとして、まずは一杯」

万太郎が徳利を差し出す。

「ちょうだいします」

昌武が杯を出し、注がれた杯をお膳の上に置き、

「兄上、義姉上もどうぞ」

万太郎夫婦に注ぎ返す。その徳利をそのまま新之助に差し出し、

「さあ、新之助殿」

声をかけ、新之助の杯にも酒を注ぐ。

「再会を祝して」

万太郎が音頭をとる。

四人が

「ぐぃ」

と杯を空け、皆が自然と拍手をした。

四年間の空白を埋めるように、兄弟はお互いの話に耳を傾けうなずきあう。傍らで聞いている義姉や新之助は、昌武の話に驚きを隠せない表情で話に聞き入っている。

夜もすっかり更けているにもかかわらず、依然として話に花を咲かせていたとき、突然、万太郎がこう言った。

「昌武、行くあてもないのなら、お前のその体、わしに預からせてくれぬか」

「兄上、どういうことですか」

昌武は聞き返した。すると万太郎は、

「ゆくゆくはこの道場を新之助に任せるが、こいつもまだまだ青い。太刀筋は悪くないのだが、どうもこいつの剣は技巧に走りすぎる。そこでだ、昌武。修羅場をくぐってきたお前の腕を見込んで、わしの助教として門弟や新之助を鍛えてはくれまいか」

「私にはとてもとても。もう剣の道から四年も遠ざかっておりますので、とうてい無理です」

「いや、今日、道場で見たお前の姿は、確かに昔の剣さばきには劣るが、切先の見極めに鈍ったところはない。かえって尖り過ぎていた気迫の角が取れて人にものを教えるに相応しい風格がある。どうじゃ、力を貸してくれぬか」

「兄上のお言葉はありがたく存じますが、こんなに身を崩した私を置いておくと道場の名折れになりませぬか。それに、私を追ってやくざが借金の取立てに来るやも知れません」

「なに、自慢じゃないが、このあたりで谷道場と言えばやくざも避けて通る。心配するな」

そんな二人のやりとりに新之助が口を挟んだ。

「叔父御、青二才の私ですがどうか鍛えてやってください」

「昌武、新之助もこう言っておる。是非、力を貸してくれ」

万太郎が昌武の手をとり、真剣な眼差しで頭を下げる。昌武の現状を知り、プライドを傷つけまいとする万太郎の配慮に昌武は胸が詰まる思いであった。

「兄上、頭を上げてください。そこまで言ってくださるなら、この体、兄上にお預けいたします」

「そうか、昌武、受けてくれるか。いやーこれは嬉しい。今宵は朝まで、飲み明かそう」

警察官になる

翌日から昌武は師範の助教として門弟や新之助の指導に当たった。また時々兄に代わって近くの警察の道場の指導にも出かけるようになっていた。この頃には稽古のおかげで右足の動きも元どおりになり軽快な足さばきも取り戻していた。

当初、門弟たちも恐る恐る昌武の指導を受けていたが、その剣捌きの見事さと丸みを加えた指導の仕方に人気が集まり、門弟たちから「昌武先生」と呼ばれるようになった。一方で、新之助の周りに人が集まらなくなった。

まだ二十歳そこそこで人生経験の浅い新之助にとって、義理の叔父とはいえ、昨日今日やってきて、道場の主導権を握られるのは面白く思わなくなった。次第に新之助は朝起きると「頭が痛い」「気分が悪い」などと不調を訴えるようになった。稽古に出てくる日も二日に一回、三日に一回、ついには一週間に一回となるのにそう時間はかからなかった。

　この事態に憂慮した昌武は万太郎に対して、

「兄上、私がこのまま道場に居続けると新之助殿はだめになってしまいます。ここらで身を引いたほうが良いと思うのですが」

　そう申し出た。

「わしも新之助がすねていることは知っていたが、そのうち気を持ち直してくれるだろうと考えていた。でもなかなかそうもいかないらしい。昌武、道場を出て行くあてはあるのか」

「はい、兄上の代わりに警察の道場へも稽古に行っていますが、そこの署長から、『先生、この春に新規採用の募集をするのですが、誰か門弟の中から推薦してくれませんか、十八歳以上なら誰でも応募できるのですが』と言われました。私が『署長、私が応募してもよろしいのかな』と聞いたところ、『先生のような剣の達人なら、当方も願ったりかなったりですが、先生は道場の指導でお忙しいでしょう』と言われました。この際、道場から身を引いて、応募してみようと思います」

「昌武、いらぬ心配をかけるなあ」

「何をおっしゃいます。兄上には迷惑のかけっぱなしですから」

「ありがとう。わしの方こそ礼を言う」

その春、昌武は警察の試験に合格し、晴れて大阪府警察巡査を拝命する。

警察を含め明治新政府の権力は薩長土肥といわれる、旧薩摩藩、長州藩、土佐藩、肥前藩の出身者が牛耳っていた。

新選組の残党である昌武が薩長土肥の支配する警察に採用されたのは、地元の警察署長の推薦があったのはもちろんである。それに加えて新選組時代に名乗った「近藤周平」ではなく「谷昌武」であったことから、当局の要注意リストから漏れていたことも幸いした。もっとも、近藤周平は鳥羽伏見の戦いで死んだことになっていたのだが。

新選組時代、京都市中見廻りや監察方として幕府の警察権の一翼を担った昌武に警察官の仕事はうってつけであった。

探索のツボは心得ているし、罪人を前にしてもひるむことがない胆力、一撃のトに相手を打ち捕る腕前、どれをとっても一流の警察官であった。

救藩と将来世代教育

山田方谷　その四

松山城無血開城

一八六七（慶応三）年十二月、小雪は十四歳となり、矢吹発三郎に嫁いだ。

世の中が揺れて、藩にとってなくてはならない方谷は、安心して小雪の身を守ることはできなかった。まだ若過ぎるくらいだが、小雪を早めに安全な場所に置きたかったのだ。

方谷の読みはあたり、藩の存亡に関わる一大事件がおきた。

その翌年、新政府は、岡山藩主池田茂政（もちまさ）に次のような命令を下した。

「板倉周防守（勝静〔かつきよ〕）は、徳川慶喜（よしのぶ）の反逆を助け、その罪は天地の間に逃れるところはない。よって征討を仰せつける」

松山藩は「朝敵」という烙印をおされ、松山征討軍が差し向けられた。備中松山藩は、徳川慶喜、会津藩（松平容保〔かたもり〕）、桑名藩（松平定敬〔さだあき〕）に次ぐ重罪とされた。そして岡山藩仕置家老の伊木若狭守（いぎわかさ）が鎮撫使兼総督として藩兵を率いた。

その報告を聞いた方谷は、すぐに藩士たちを集めて会議を開いた。徹底抗戦の主戦論かあるいは恭順（降伏）かで、城内は二派に分かれた。当然多くの藩士たちは主戦論を唱えた。

「戦わずして城を明け渡すなど、武士の恥である。断固戦うべきである」

「しかし相手の軍勢は当方よりかなり多い。勝ち目はないのでは」

「そんな気の弱いことではだめだ」

議論が収斂（しゅうれん）しない。

おもむろに、家老の大石隼雄（はやお）が

「参政（方谷）はどう思われますか」

と尋ねた。

「ここで戦争になって一番困るのは農民である。武士の体面にこだわり町を火の海にしたらおしまいだ。耐えがたきを耐え、辛抱しよう」

と方谷は静かに言った。

さらに方谷は

「万が一のときは　私が腹を切ればいいだけだ」

と付け加えた。

一月十四日には征討軍が、松山城の南にある美袋（みなぎ）村にまで迫った。このとき新見藩は国境に兵を集めた。

松山藩の正使は、家老の大石隼雄、副使は三島中洲、横屋幸喬（よこやゆきたか）（謹之助）で、この三名が美袋にある鎮撫使陣営に出向いた。岡山藩士河合源太夫ら鎮撫使側は謝罪書を要求、その草案を松山藩の謝罪使に手渡した。この草案の中には「大逆無道」の文字があった。

その草案をみた方谷は、

「わが藩公には断じて大逆無道の行為はない。この四字を謝罪文から除かなければ、藩公に大逆罪を押しつけることになる。その責任は重大である。（もしこの四字を除けなければ）自分は刃に服して死ぬ」

と、遺書を書いて妻や遺族に自決の決意を表明したのである。楠木正成を尊敬し、勤王を自認する方谷にとって朝敵という汚名は耐えられなかったのである。

大石らは、四文字の変更を懇願した。だが河合らは、この要求になかなか応じようとはしない。ついに大石は失声号泣し、他の二人も必死に懇請した。感動した河合は、

「あなたがたの気持ちはよく分かりました。さらに藩主に頼んでみましょう」

と言い残して、総督のもとへと自ら馬を走らせたのである。

方谷率いる農兵隊は、長州のにわか作りの「奇兵隊」などとは比べものにならない本格的な軍隊だった。

それともうひとつ、岡山藩のトップたちが恐れることがあった。方谷のことを生き神様だと崇拝してやまない松山藩の数万の農民たちの存在であった。また、方谷の財政家としての手腕を惜しむ声が、当時、朝廷方内部にあったのも事実である。

方谷の決意は、岡山城の岡山藩主池田茂政(もちまさ)の元に届けられた。

「備中松山藩の山田方谷殿が、謝罪文にある『大逆無道』の四文字は許せぬと申しております」

岡山藩士河合源太夫は藩主の前でひれ伏していった。

「なに、方谷先生がそのようなことをいっているのか」

茂政はしばらく腕組みをして考えて、外の後楽園の景色を見た。

「方谷先生を殺すわけにはいかない。方谷先生はこの岡山藩にとってもかけがえのないお方である」

「薩長軍には私からよく申しておく。『大逆無道』の文字は消しておけ」

「はっ、分かりました」

河合の声が背中に聞こえ、走り去る足音が遠ざかっていった。

やがて、「軽挙暴動」の四文字に書き換えることで話がまとまった。

大石らが藩庁に帰って報告すると、方谷は泣いて彼らの労に感謝した。

一八六八年（慶応四年、明治元年）一月十八日（一説に十七日）、松山城から藩士たちが退去し、無血開城となった。

熊田の切腹（「武士道」の鑑）

鳥羽伏見の戦いに敗れた一八六八年一月、筆頭老中の板倉勝静（かつきよ）は慶喜（よしのぶ）将軍、京都守護職松平容保（会津藩主）と一緒に江戸にひとまず帰ることになった。勝静は徳川幕府に最後まで忠節を尽くすつもりであった。

江戸に帰る直前勝静は、今まで自分を護衛してきた熊田恰護衛隊長にとりあえず国許へ帰国するように命じた。

熊田は約百五十名の部下を連れて、一月十七日藩の飛び地である玉島（現在の岡山県倉敷市）に帰ってきた。

ちょうどこの時期、

「戦争になったら一番困るのは領民である。ここは耐え難きを耐え我慢しよう」という方谷の意見に従い、備中松山藩は松山城の無血開城を決め松山藩士が撤退作業を行っていたころであった。

備前岡山藩に隣接する玉島に熊田隊長以下百五十名が上陸したときいて、備前岡山藩は玉島を包囲して鉄砲を向けてきた。町内はすわ戦争と恐れおののき避難者で騒然とした。

熊田は川田に言った。

「我は武人なり。死は惜しまず。川田殿よ、私に死期を教えてほしい」

二つの藩のぎりぎりの妥協から、百五十名の命と玉島の町を守るために熊田の切腹が決まった。

切腹は武士が罪を謝罪し、不名誉を回避し仲間を救うために決行する覚悟の死である。

熊田の切腹は玉島の柚木（ゆのき）邸で行われた。

親族の熊田大輔が介錯（かいしやく）を、門人の井上謙之助が介添に命じられた。

「大輔、わが首級は実検に供すべきもの、周章してわが藩の面目を汚すことなかれ。よいか、わかったか」

「わかりました」

少しの間のあと、厳しい顔の熊田の顔がほころび、大輔に言った。

「大輔、立派に成長したな。残された家族をよろしく頼むぞ」

大輔は無言でそれに応えた。

「では、行くか」

熊田は、次室に設けられている切腹の場に赴いた。

熊田は東の方角を向いて、拝礼し板倉公をはじめ皆と決別した。

「お覚悟の時でございます」

重厚な声で目付けの神戸一郎が声をかけた。

「分かった」

若いころ片眼を失ったこともあり「武士は死を恐れてはならない」という人生観を持っていた。

熊田は藩主板倉勝静の差料正宗の名刀を手にした。この刀は、以前将軍慶喜より藩主勝静が賜ったものを、大阪城での別れのとき「これを我と思え」と熊田が頂戴した正宗の名刀である。

「この刀で介錯してもらうことは誠に本懐の至りである」

と語り、そして力強く腹をかっさばいた。鮮血が天井まで達した。

「介錯」

大輔は立ち上がり正宗の太刀を一気に振り下ろした。熊田の体がゆっくりと倒れた。

その後、ほぼ同時に隣の部屋にいた多数の部下達の嗚咽の声があがり、途切れることなく続いていた。熊田恰、享年四十四歳。

備前岡山藩主池田茂政は熊田恰の自決を武士の手本として称揚して、熊田家に金一五両と米二〇俵を送った。松山藩は家老格を追贈した。備中松山（現在の岡山県高梁市）の八重籬神社には碑が建立された。その碑は川田剛が撰し「豹は死して皮を留め、人は死して名を留む。義を取り生を捨つ。民は屠戮（切り殺す）を免れ、功は聊城（頼みの城）を超す」と刻まれている。

また戦火を免れた玉島の人々は羽黒山にある羽黒神社の一角に熊田神社を創建し遺徳を後世に伝えた。後に芸術院会員になった川田順（川田剛の三男）は、

「うたよみの　良寛はここの　人ならず　熊田をまつれ　吉備の玉しま」

そんな和歌をよんだ。

なぜ敵方の岡山藩主が熊田の自決を武士の手本として称揚したのだろうか。新渡戸稲造は「武士道とは勇猛果敢なフェア・プレイの精神」、つまり不正や卑劣な行動を禁じ死をも恐れない正義を遂行する精神としている。その意味で熊田の自決は敵方とはいえ「武士道」の鑑である。

熊田は神陰流の剣豪であった。桜田門外の変の後、時代が大きく変わることを察知した土佐の武市半平太は、岡田以蔵ら同志とともに、腕のいい剣士を捜すため、情報収集の旅に出た。中国・九州地方の諸藩で名のある剣士に次々と剣術の試合を申し込んでいたが、その時、熊田とも試合をした。熊田の腕と気合いに武市も、これぞ武士だ、と感服した。その後、武市は土佐勤王党を立ち上げ、吉田東洋を暗殺し、投獄され切腹した。熊田とは違う道を歩んだが、武市も同じ様な最期を遂げた。ちなみに武市と坂本龍馬は土佐藩で同じ道場で剣術を習っていた幼なじみの関係である。龍馬は暗殺半年前の一八六七年六月、西国に向かう途中、尊王攘夷者だった岡山藩筆頭家老伊木忠済にかくまわれていた。身の安全を懸念して引き留める伊木に対し龍馬は海路を使えば問題ないと応じている（岡山藩士「近藤定常履歴」）。

そもそもどうして岡山が注目されるかというと、幕末の政治動向の中心であった京都と西国の中間に位置していたからである。勤王、佐幕両派の様々な人物が行き交い、幕末の歴史をつくる重要な舞台であった。

岡山駅からＪＲ山陽本線の快速に二〇分ほど乗ると新倉敷駅に着く。そこからバスで一〇分ほど乗ると倉敷市の玉島地区に着く。高梁川を挟んで対岸にはＪＦＥスチール（旧川崎製鉄）の水島製鉄所がある。

この玉島地区は、一六〇〇年代後半に備中松山藩主であった水谷氏が領内物産の内陸航路への受け渡し港の重要性を考えて、高梁川河口を干拓したことで誕生した町である。玉島新田・阿賀崎新田が干拓され、高瀬通しも船穂から玉島港まで整備された。備中の特産品などを移出し、遠く北海道などからも北前船で魚肥などが移入されていて、江戸時代港町として繁栄していた。だが明治に入ると運送手段が船舶から鉄道の時代になった。

今でも格子窓や茶室などを残す古い家並みなど当時の面影が残っている。ここで有名なのは、越後生まれの若き良寛が修行の日々を送った円通寺である。円通寺公園や子供と鞠つきに興ずる良寛像などがある。

そのそばに旧柚木家の住宅である「西爽亭」がある。

柚木家は備中松山藩の御用達、御蔵元の家柄であり藩主が玉島に来たときは柚木亭の書院に宿泊していた。「西爽亭」は一般の人も見学できる。熊田恰が切腹した際できた血痕の跡などがまだ残っている。

復藩の苦労（維新「勧進帳」）

板倉勝静、その息子勝全の行方が分からず、旧備中松山藩士達はあせった。復藩させるためには板倉の継嗣をたてて維新政府に申し出なければならない。肝心の世子勝全が行方不明のままだった。

そこで江戸郊外にある板倉家菩提寺の常泉寺に寄寓する板倉栄次郎（板倉家十代藩主勝政の次男の子。後の備中松山藩第八代藩主板倉勝弼）に白羽の矢を立てた。板倉栄次郎を備中松山に迎えて、松山藩の復興を願い出るしかない。

方谷は、川田甕江に江戸から板倉栄次郎をひそかに連れ帰れ、との命を下した。川田は葉たばこ商人に身をやつして江戸に向かった。

板倉栄次郎を葉たばこ商人の丁稚に仕立て、一路備中松山を目指した。

途中の品川で警察の尋問にあった。

「その方らはどこへ行くのか」

「葉タバコを岡山のほうへ仕入れに行きます」

「葉タバコ商人か。今、新政府では旧幕府軍の残党狩りを行っている。お主らは旧幕府軍の者ではないか」

当時の松山藩は朝敵の立場にあり、藩関係者への新政府の監視の目は特に厳しかった。

「滅相もございません。私たちはしがない葉タバコ商人です」

川田は煤汚れた顔を警官に向けた。

「本当か。ではその証拠を見せてみろ」

川田はとっさに葉タバコを取り出し警官に渡して言った。

「この葉タバコは一番よいタバコです。味わってみてください」

警官は葉タバコを受け取り満足そうに一服する。

川田はほっと人心地つくと荷物を担ぎ歩きだそうとした。

すると警官は編笠を深くかぶりタバコ商人の側に控えている丁稚を見咎め、

「お前は、どのようなものか」

「いえいえ、こいつめは私の丁稚でして、ものを言わないから方々で誤解をされまして」

「ほらっ、何かものを申せ！」

川田は江戸を発つ際、栄次郎に対し

「若君は決して言葉を発してはいけません。言葉使いで、その身分がわかってしまいます。私にすべてお任せくださいませ」

と念を押していた。

黙している栄次郎に対し、

「こいつめ！」

いきなり川田は殴りつけた。

「どさっ」

栄次郎は後ろ手に尻餅をつき倒れた。

驚いたのは警官の方であった。くわえていたタバコを思わず吹き出した。

「も、もうよい。わかった、わかった。こんな身なりの者が幕府方にいるはずもない。よしわかった。行っていいぞ」

川田は栄次郎の腕をとり、何度も警官に頭を下げ品川を後にした。

道すがら川田の目からは大粒の涙が流れどうしであった。

品川から遠く離れたところで、川田は栄次郎に平伏して、

「申し訳ありません。こともあろうに私めは若君に手を挙げてしまいました。この上は腹を切り、この無礼をお許しください」

栄次郎は笑みを浮かべて、

「勧進帳の故事もある。あの場面では仕方のないことである。お主は私の恩人である」

川田は平伏したまま、泣き崩れてしまった。

その後、川田と板倉栄次郎は横浜から船で岡山の玉島に至り松山（高梁）に入った。そして長瀬にいる山田方谷にあった。

翌日、城下の頼久寺（らいきゅうじ）において板倉栄次郎は集まった藩士達と会見、披露され、名を勝弼（かつすけ）と改めた。

備中松山藩は勝弼を板倉家の相続人とし、松山藩の復興を朝廷に願い出たのであるが、中々回答が下りない。領民も又京都ついで東京に町民、農民の代表を送って主家再興を懇請し続けた。

勝弼が板倉家相続の際、後日の御家騒動を防ぐため、重臣たちが勝弼に対して

「板倉勝全（勝静の嫡男で父に同行していた）が備中松山藩に戻ったときには必ず家督を勝全に譲る」

という誓約を書かせていた。

後日、新政府から赦免された勝静がこれを聞くと

「勝全は朝廷から咎めを受けた身であり、板倉家を継がせることはできない」

と言って、勝弼から誓約文を取り上げると、居並ぶ重臣たちの前でこれを破り捨て、改めて藩士たちに勝弼への忠誠を誓わせた。

小雪の新生活

新生活とはいえ、小雪にとっては子供の頃から過ごしていた矢吹家である。気心が知れた人々が住む家は小雪にとって居心地のいいものと思ったが、今までは孫のように可愛がられていたものが、一気に嫁という立場となり戸惑うものだった。

小雪は一生懸命、自分の責務を果たそうと奮闘していた。いつものように台所で支度をしていると、どこからか視線を感じた。

振り返ると、そこには、方谷が柱の陰からじっと小雪の姿を見ている。

食事の手伝いをしている女中たちは、藩の参政の立場にいる方谷先生がいらっしゃったと、仕事どころでなく直立不動となっていた。

「お父様。台所に来るのもいい加減にしてください。みんなが迷惑しています」

と小雪は咎めた。

「すまん。すまん」

と方谷が謝る姿を見て、小雪も微笑む。突然来るので困るし恥ずかしかったけど、いつも気を張っていた小雪は、方谷の顔を見ると安心することができた。

女中たちは、外では大混乱となっているのに、時間を見つけると勝手に矢吹家に出入りして小雪を探し回っている方谷を見て

「この人が本当に藩政改革などで辣腕を振るった方谷さんだろうか」

と不思議そうに笑っていた。

河井継之助の活躍と戊辰北越戦争

方谷から離れ、長岡に戻った河井継之助は一八六二（文久二）年に江戸詰、翌年に京都詰になる。さらに一八六四（元治元）年一月には　御用人・公用人を兼ねて

再度江戸詰となる。その翌年、外様吟味役になる。どんどん出世していった。

長岡藩全体をよくするにはどうすればいいか。方谷先生の教えでは、藩政運営の理念は「士民撫育」（すべては国民のため）、「領民（国民）を富ませることが国を富ませ活力を生む」である。

河井も「民は国のもと、吏は民の雇い」、「専ら国家富強の道」を理念とした。早速藩政改革に乗り出した。産業振興策として新田開発を奨励。自藩のみならず他藩の米を北前船で大阪等に運び売却し利ざやを稼ぐことにした。

山中騒動に対応し、十月に郡奉行となり十一月には山中騒動を解決した。

一八六六（慶応二）年三月中ノ口川普請掛を兼任することとなった。産業振興のための公共工事として水腐地の整備、中の口改修などの川の改修を行った。

十一月には町奉行を兼任し、賭博を禁止し、軽犯罪者の更生のために寄場を新設した。奢侈の風潮を矯正した。

翌年四月奉行となり、九月には支藩の小諸騒動を解決する。十月には学制改革のために造士寮を新設した。そんなとき、大政奉還が行われた。十二代藩主牧野忠訓に京都に上ることを進言した。十一月には藩主と共に江戸を出発し大阪の長岡藩蔵屋敷に入った。京都に上り藩主名代となり朝廷や老中に建白・建言を行った。

また河井が大好きであった遊郭を廃止した。娼婦には米と銭を与えて親許に帰らせ、行先のない娼婦にはその更生を見届けさせた。楼主に対しては転業資金や転業指導をおこたらなかった。これは方谷先生の教えなしにはなし得なかったことだろう。旧来制度の打破政策として営業の独占特権や河税を廃止した。十二月には藩士一軒に一挺のミュール銃を貸与する。

一八六八（明治元）年鳥羽・伏見の戦いでは長岡藩は幕府側として大阪玉造口玉津橋を警備。藩主と共に大阪を退去した。三月には兵制を鉄砲中心の洋式に改めるために禄高の改正（百石前後に統一）を行う。これは近代国家へ向けての国民平等にもつながる。またフランス式の兵制改革を実施。江戸を引き払い、横浜でガトリング砲をはじめとする」鉄砲弾薬を購入し、船で長岡に向かった。函館では江戸で買った米を売り、新潟では江戸で買った銅銭を売って収益を上げる。

四月には家老に昇格。さらに軍事総督兼家老上席となる。

五月二日小千谷談判が行われる。

小千谷談判は当初会津藩の陣屋である本営で行われるはずであったが、会津藩兵の襲撃が予想されたため、寺町の慈眼寺で行われた。

談判の相手は東山道先鋒総督府軍軍艦の岩村精一郎。

河井は

「薩長は私心を挟める者、真の官軍に非ず、ゆえにこれに抵抗すべしと迫り、これを逡巡すれば」

と堂々と意見を述べ始めた。

維新の是非を問い、王道を説き始めた。河井の真意は「治国平天下」であった。方谷から改革の理念として教わったものだった。

だが岩村は河井の真意を理解できず怒って席を立ってしまった。ここに小千谷会談は決裂した。

五月十日榎峠で開戦。

北陸道先鋒総督府軍参謀司令官に任命された山縣有朋が戦場に到着。さらにその後西園寺公望も合流する。

兵力では新政府軍のほうが上回っていたが、長岡藩など幕府方も強かった。

展望の見えない越後の戦いの最中、山縣は弱気になって次の句を読んでいる。

「仇守る砦のかがり影ふけて　夏の身にしむ越の山風」

十一日朝日山の戦い。十九日には長岡城落城。六月二〜三日今町の戦い、七月二十五日河井を中心とする長岡藩兵が長岡城を奪還。河井を先頭とする長岡藩兵の猛攻に山縣有朋、西園寺公望は長岡城を守り切ることは不可能と判断して逃げた。

だが不運なことに河井は城下新町口で左膝を負傷してしまった。

河井の負傷により長岡藩兵の士気が衰えた。この状況を山縣有朋は見逃さなかった。再び長岡城攻撃を始めた。多勢に無勢、二十九日長岡城が落城。

河井は八十里越え（新潟県三条市吉ケ平から福島県南会津郡只見町入叶津までの約２３キロの山道）をして八月五日会津藩領只見に到着。河井は途中自嘲の句を詠む。

「八十里腰抜け武士の越す峠」

只見についた河井の負傷した傷はますます悪くなるばかり。八月十六日、継之助は長岡藩や備中松山藩出入りの人夫請負業者松屋吉兵衛をよんで、

「汝、山田先生に逢わば、河井はこの場に至るまで先生の教訓を守りたる旨伝言頼む」

といった。

そして「方谷先生は三井の番頭も務まるな」と独り言を言った。

さらにそばにいた外山脩造に

「虎太（外山の幼名）やこれからの事は商人が早道だ。思い切って商人になりなさい。これからは商人の時代だ」

と諭した。

河井の志は外山脩造に引き継がれた。

外山はその後、アサヒビール、商業興信所（日本初の信用調査会社）を創業し、阪神電鉄の初代社長を歴任し関西財界の基礎を築いた。

そして大きく一呼吸してかたわらに侍っていた松蔵に

「松蔵や。一生懸命介抱してくれてありがとう」

と初めてやさしいまなざしを向けるとそのまま眠りに入った。享年四十二歳。

河井はこのように長岡藩で藩政改革を断行し多くの成果を収め、戊辰戦争では当初長岡藩の中立に尽力したが、薩長軍に拒否されたため戦い死亡した。後に、河井の碑文は三島中洲が撰している。河井継之助は作家の司馬遼太郎氏が「人間の芸術品」とよんだ「最後の武士」である。英邁ではあるが傲慢不遜であった。

方谷の藩政改革を修めんと遥々長岡の地から訪れた若き書生の継之助であったが、時代のうねりは彼を越後の青き竜とならしめ、この北越戦争で壮絶な最後を迎えることとなった。

藩主勝静の流浪

時代は遡るが、一八六八（慶応四）年一月三日、鳥羽伏見（とばふしみ）の戦いに端を発する戊辰（ぼしん）戦争が勃発した。一万五千の幕府軍は、三分の一に過ぎない錦御旗を掲げる薩長軍に惨敗した。

期間としては、新政府に自首するまでの一年半にすぎないが、ここから朝敵となった勝静の流転の人生が始まる。

鳥羽伏見の戦いで敗れた徳川慶喜は、勝静や会津藩主松平容保等わずか数人を引き連れ、夜陰に乗じて大阪城を脱出すると、軍艦「開陽丸」に乗り込み海路江戸へ向かった。

勝静は

「江戸に戻れば譜代の大名がいる。鳥羽伏見の一度の敗北だけで大阪城を脱出した将軍慶喜公も生気を取り戻し、起死回生の一略をもって体制を挽回するだろう」

と考えていた。

しかし、江戸に帰った慶喜は、すでに錦御旗に対する戦意を失ってしまい、勝静ら幕府の忠臣の意見もきかず、一方的に朝廷に対する謹慎の意を表明し、上野寛永寺に謹慎したのである。

江戸城は、一八六八（慶応四）年三月十三日、勝海舟は戊辰戦争時には幕府軍の軍事総裁となり徹底抗戦を主張した小栗忠順を押し切って、江戸薩摩藩邸で行われた西郷隆盛との会談により、四月十一日、無血開城されたが、開城と武器引き渡しに不満を持つ徳川の多数の武装兵が脱走し、榎本武揚は「開陽丸」等軍艦七隻を擁して江戸を離れることになった。

勝静は、慶喜から江戸を離れて謹慎するよう命ぜられていたため、子勝全と江戸の家臣八十名と共に日光南照院に移っていた。日光に進軍した新政府軍は、一旦は投了し、父子は宇都宮城に護送された。

時代の不思議はここにある。勝静父子が護送された宇都宮城を旧幕府軍の歩兵奉行大鳥圭介（おおとりけいすけ）の率いる二千人余が襲い、勝静父子は再び日光に逃れた。日光東照宮の神輿が会津に護送されるのに乗じて、会津に入り、会津藩主松平容保と再び出会うのである。

同年五月三日、仙台、米沢両藩を中心に東北二十五藩（会津、庄内を加えれば二十七藩）の奥羽列藩同盟が成立し、それに河井継之助率いる長岡藩と北越五藩が参加して、奥羽越列藩同盟の誕生となった。新政府軍の東軍に対抗し旧幕府軍の西軍が結束し、日本を二分する戦いとなっていく。

先にあった通り、河井継之助率いる長岡藩の善戦空しく、勢いを得た新政府軍は会津、米沢と進軍し、優勢を誇った庄内藩も孤立して退却に転じ、九月二十五日、南部藩の降伏をもって東西両軍の東北戦争は終わった。

幕府の海軍副総裁であった榎本武揚は、開陽丸以下八隻の艦隊を率いて北上した。榎本らが目指したものは、蝦夷（北海道）を占領し新政府を樹立することであった。

一八六八（明治元）年十月十二日、勝静らは榎本艦隊に合流し、蝦夷を死に場所に定めた。

河井死去の様子と遺言は死去に立ち会っていた松屋吉兵衛から方谷の元に報告された。

方谷は愛する弟子河井が亡くなったことを聞き憮然として目を閉じて大きく嘆息した。

後年、河井の遺族から継之助の碑文を依頼されたが、方谷は「いしぶみを　書くもはずかし　死に遅れ」といって断わり、代わりに方谷の弟子の三島中洲に河井の碑文を書くことを命じた。三島が作った「故長岡藩総督河井君碑」は現在も新潟県長岡市の悠久山に建っている。

また戊辰北越戦争で長岡藩が敗北し藩士や河井の遺族が困窮していることを聴きつけた方谷は「当方へ御移寓なされてはいかがですか。及ばずながらお世話させていただければ」と使いを出し、河井の遺族や長岡藩を気にかけていた。

その後、継之助と同郷の小林虎三郎は、「米百俵」の逸話で知られる。

戊辰（ぼしん）戦争の戦災によって荒廃した長岡藩に、支藩の三根山（みねやま）藩が米百俵を寄贈してきたが、米を藩士に分け与えず、これを売却しそれを元手に学校の建設に充てることを決定した。虎三郎は「国が興るのも街が栄えるのも、ことごとく人にある。食えないからこそ学校を建て、人物を養成するのだ」と教育第一主義を唱えた。

方谷が勝静の行方を知ったのは、明治元年も終わりを迎える頃であった。

方谷の命を受け、年寄役西郷熊三郎が決死の蝦夷地潜入を試みた。商人に身をやつした西郷が蝦夷地函館で見た前藩主勝静の姿は、これまでの流浪の旅が如何に困難なものであるかを想像させるに余りあるものであった。

西郷の説得にもかかわらず、あくまでもこの地で戦うという。名君と誉れが高く、だが群を抜く毛並みの良さが災いして、元首席老中板倉勝静の最後の誇りが彼を意固地にした。

「今更どの顔をさげて、備中松山へ帰れようか……」

勝静は、方谷への手紙を西郷に託した。

多年別段の教諭に預り候段、忘れ難く候。昨春以来の心痛の程、万々察し入候。当今の次第と相成り、遺憾に堪えず候。心事は委細熊三郎へ申し含め置き候間、聞き取り給う可く候。老年の処、一層苦心を懸け候儀、何とも気の毒に候ども、此の上は家名相立ち候様、并（ならび）に万之進の進退等の儀、総て然る可く尽力指揮致し呉れ候様、一向頼み入り候。時季別して自愛致され候様相祈り申し候。

二月二日認

松叟（勝静）

安五郎殿へ

家名相続も藩の再興も全てを方谷に託した勝静の心境が、方谷への詫びと労わり、そして、勝静の遺書に等しい諦め（あきら）の気持ちが素直にあらわされている。

西郷は、江戸に引き返し、家老の大石隼雄や川田剛、林富太郎らと対策を練った。しかしどうすることもできない。やはり方谷の指示を待つほかなかった。

方谷の奇策はここで光を放つ。

方谷は、勝静の救出を横浜在留のプロシア商船長ウェーフに依頼する。ウェーフは、動乱の日本にあって巨利を求めて黒船に乗った命知らずの商人の一人であり、その多くは銃や砲弾を売り捌く、いわゆる「死の商人」である。ウェーフ船長と外国事務担当老中を経験した勝静は旧知の仲であった。

ウェーフは大金を受け取ると、激戦真っ只中である箱館に向けて船を進め、陣中見舞いと称して勝静を船中に招待した。

勝静は、供の者数人を引き連れ、ウェーフの船へと乗り入れた。

そこには、流浪の身ではあるが、かつての藩主でもある勝静がみたこともない豪華な料理が並んでいた。酒もワインも用意されている。

しかし、戦中の身、自分をこの上なく律することを幼いときから教えられてきた勝静は、その場にいることを恥ずかしく思った。自分に従って蝦夷地まで従ってきた者たちを残してきている。

早くこの場を立ち去りたい。

ウェーフへの謝辞もそこそこに供の者を従え船から立ち去ろうとした。

しかし、勝静が気付いた時には、すでに船は錨を上げ動き始めていた。

蝦夷地を自分の死に場所に定めていた勝静だったが、ウェーフの行動の速さに驚きそして残してきた家来を案じた。だが、その思いは杞憂に終わった。何と家来達の帰藩の手筈も整っているという。方谷がすでに段取りをしていたのである。勝静が備中松山のある南の海を向いてつぶやいた。

「方谷、何から何までありがとう」

勝静の目には、自然と涙があふれてきた。藩の再興、藩民の安寧を思い、不承不承、新政府に謝罪自訴（自首）し、群馬県上野の安中（あんなか）藩に終身禁固の御預けの身となった。

一八六八（明治元）年十二月から始まった新政府による朝敵諸藩の処分は、最も厳しい全領地没収は会津藩と上総国請西（じょうざい）藩であり、官軍がもっとも苦戦した北越戦争の長岡藩は、旧石高七万四千石から、わずか二万四千石となった。

備中松山藩は、藩主行方不明のため、その処分は保留されたままとなっていたが、旧石高五万石から二万石の更なる小藩に削られて復興することが許された。一八六九（明治二）年九月のことである。板倉勝弼が藩主となった。同年十月、備中松山藩は高梁藩と名を改めた。

幕末から明治の激動の年月が落ち着き始めた一八七五（明治八）年、新しい時代に忘れ去られようといている一人の人物が東京より備中高梁を訪れた。かつて自らの領地だったこの地を訪れた人物は、前藩主であり江戸幕府最後の首席老中を勤めた板倉勝静その人であった。

板倉家の祖先を祀っている八重籬（やえがき）神社に御参りする。この機会にあなたに会いたいと綴る勝静の手紙が方谷を動かした。

再会、この言葉が持つ響きに人生の哀愁がある。

勝静と方谷が別れたのは一八六七（慶応三）年の京都だった。あれから九年の歳月が流れていた。

どうしても方谷に会い、永年の感謝と詫びの一言を告げたかった。このとき勝静は、三泊し四日間方谷と積もる話を語り尽くした。二人がどのような会話をしたかは記録には残っていない。方谷もあえて記録には残さなかった。ただ、このときの感動を四つの漢詩に残している。

時代の大きな転換点を一緒に過ごし、初老を迎えようとしていえる元藩主である貴方が、九分通り死んでいる私の魂を再び蘇らせた、と感激をほとばしらせながら、かつての藩主が庶民と変わらぬ平服姿に人知れず涙を流した。

恐るべき戦乱の道を幾度も潜り抜けてきたあなたが、
今度は十畝の茶園の新しい主人となるという。

別れを惜しみ無理にお引き留めするのは差し控えましょう。

今は南風薫る茶の芽の育つ時。

ささやかな茶園を経営するという老いたる勝静が帰ってゆく。無理に引き留めませぬ。勝静の前途に対するひたすら祈るような気持ちでその背中を追う方谷の胸中が揺れていた。

将来世代教育に情熱を燃やす

方谷は、藩政改革の後、実力を認められ、江戸で幕府の顧問になり、幕末の歴史に大きな役割を果たしたことから、明治維新政府への参政も薦められた。

三島中洲（ちゅうしゅう）が大久保利通（としみち）の親書を持って方谷のもとを訪れた。

親書には

「方谷先生におかれては、是非、明治政府の大蔵大臣として活躍していただけないでしょうか。藩政改革の成功には感服しております。大久保利通」

と書かれてあった。

三島は、方谷の顔を見た。

方谷は静かに語り始めた。

「明治政府の大蔵大臣か。もう私は慶喜公、板倉公をはじめとして、江戸幕府で働いてきた。二君にお仕えする訳にはいかない。今後は、この国を担う人材を育成するのが私の残された夢だ。三島、お前はまだ若い。今後この日本のために働いて欲しい。

但し、苟も事を処するに、至誠惻怛、国家のためにするの公念に出でずして、名利の為にするの念に出でなば、たとひ震天動地の功業あるも、また一己の私を成すに過ぎざるのみ……を肝に銘じてほしい。

（あくまでも至誠惻怛、国家のためという一念に拠るべきであり、名利のためなどの私念がわずかでもあったなら、たとえ立派な実績を残しても評価されないだろう）」

「わかりました」

方谷は、にこっと笑うと、妻のみどりを呼んで酒の用意を頼んだ。

「さあ、三島、心行くまで飲もう」

一八六九（明治二）年八月、行方不明だった勝静が明治政府に自首し、九月に松山藩の復興が認められ、十月には藩名が松山から高梁に変わった。

翌年、方谷は長瀬（方谷駅のあるところ）から、小阪部（現在の新見市大佐町）に移った。小阪部は亡き母の出所であり、方谷はそこで母の霊を慰めたいと考えた。

小阪部でも塾を開いたが、そこには伊勢、京、常陸、越前、豊前、豊後、全国各地から方谷の名を慕って塾生が集まった。

一八七二（明治五）年、方谷のもとに、岡本巍と谷川達海らが訪ねてきた。

「先生をお迎えして岡山に新しい学校を起こしたいのですが」

「新たな学校を作るのか。私が尊敬する池田光政公が作った閑谷学校を再興するのであれば協力は惜しまない。あれだけの学校がすたれるのは惜しい」

閑谷学校は、岡山藩主池田光政が家臣の津田永忠に命じてつくらせた郷学（庶民の子弟を対象とした教育施設）で一七〇一（元禄一四）年、現在の備前市閑谷の地に完成した。

方谷の考えに基づき閑谷学校の計画は実現に向けて進み始め、岡山藩第八代藩主池田慶政より多額の寄付もあり、一八七三（明治六）年に閑谷学校は再興された。

そして方谷も春秋の二回講義に出かけている。

この間、閑谷学校からは、大原孫三郎（事業家・大原美術館創設者）、中川横太郎（実業家・関西高校の創設に尽力）などが出ている。

さらに方谷は閑谷学校の再興以外にも、美作地方に相次いで開かれた明親館、知本館、温知館で講義を担当し、日本を担う若者の教育をした。

小雪の死

方谷が小阪部での生活を始めて数か月したその頃、矢吹家へ嫁いだ小雪の体は徐々に病魔に侵されていった。下痢、嘔吐などを訴え体調不良が続くようになった。

とうとう一八七一（明治四）年六月末、小雪は久次郎に伴われて方谷の許へ送り届けられた。

「ああ、小雪、可哀想に」

方谷はみどりと必死で看病を始めた。

門人の医師・横山廉造に何回も来て診てもらったが、容態は変わらず、ひどい時には便所にも一人では歩いていけず、食欲もなかった。

方谷やみどりは必死で看病し、医者の送迎や使いの者を何度も送った。

十一月には夫の矢吹発三郎も小阪部に詰めて、小雪の所に通った。

なんとか年内を過ごし新しい年を迎えた。方谷とみどりは小雪と正月が過ごせたことを喜んだ。

しかし、一月二十九日その日は訪れた。

「小雪」

と方谷は叫んだが、小雪は何も答えない。

小雪の横に座っていた医師の横山廉造は方谷の顔を見ることはできなかった。

そして下を向いたまま
「ご臨終です」

とつぶやいた。

あたりは雪が深々と積もる音とすすり泣きの声しか聞こえなかった。

一八七二（明治五）年、小雪は亡くなった。享年十九歳だった。

雪がハラハラと積もる静寂を突然、破る声が響いた。

「天はなんとむごいことをするのか。さきに続いて小雪までもなぜ死なせてしまうのか」

と言って方谷は扉を開けて、一面真っ白な庭に出た。懐から名刀を振りかざし庭にある竹を次々と切りまくった。

そして雪に覆われた地面に倒れこんだ。倒れこんだ方谷の上に天から雪がどんどん降り注いだ。

小雪が亡くなった同年の十一月、方谷は外祖父母の供養のために小坂部（現岡山県新見市大佐小坂部）にある金剛寺境内に五坪足らずの小さな方谷庵を建てた。

そして外祖父の位牌を安置し霊をともらうとともに香を薫じ茶を煎じていた。

だが、地元の人々は方谷庵のそばに行くと方谷の苦しく唸るような泣き声を何度も耳にした。それを聞いた人々は

「方谷さんはさき、小雪と娘を失った悲しみに耐えきれず人知れずここで涙しているのだろう」

と噂し涙を流した。

明治時代の幕開け

明治政府は一八七一（明治四）年七月、廃藩置県が実施した。翌年八月には学制を公布、十二月国立銀行条例を公布し、太陽暦を採用した。

一八七三（明治六）年一月に徴兵制公布、七月地租改正条例を公布する。十月は征韓論争の結果、西郷隆盛、板垣退助たちが下野する。これ以降大久保利通が明治政府の実権を握り「富国強兵」をスローガンに殖産興業を進めた。

翌年一月、板垣退助らが「民撰議院建白書」を提出。あまりに変革が激しいため社会の反動も大きくなっていった。そして二月に佐賀の乱が起る。

さらに一八七六（明治九）年三月に廃刀令公布、八月金禄公債証書発行条例（秩禄処分）を定めたが、十月神風連の乱、秋月の乱、萩の乱が次々と起る。

そしてついに、一八七七（明治十）年二月、西南戦争が勃発する。世の中の激震はまだおさまらなかった。

出生の秘密

谷　昌武　その四

兄万太郎の死

歳月は流れ、昌武も順調に昇進し大阪府警察本部の課長代理となり、部下を叱咤激励しながら捜査に従事していた。梅雨で雨が降りしきる一八八六（明治一九）年六月三十日、新之助が突然やってきた。

「叔父御、父が」

「兄上がどうした、はっきりとものを言え」

「父が危篤です」

「なに、兄上が」

言うが早いか、課長に一言「ご免」と残して、脱兎のごとく走り出した。

釣鐘町の谷道場に駆けつけた昌武は、新之助と一緒に奥に上がり、医者に脈をとられながら、門弟たちが取り囲む万太郎の枕もとに座った。

「おお、昌武か。わしにもとうとうお迎えが来たようじゃ」

「兄上、なにを弱気なことを言っておられる。元気を出してくれ」

「いや、昔から人間五十年と言うではないか。わしももう、五十一じゃ。そろそろ幕を引くときがきた」

「三十郎兄の分まで生きてください。さぁ、元気を出して笑ってください」

「三十郎兄か……。みんな、昌武と二人だけにしてくれ」

この万太郎の言葉を聞いた医者、新之助、義姉、門弟たちは、部屋から出て行った。

「のう、昌武、わしはお前に隠していたことがある。一生隠し通すつもりでいたが、今のお前の『三十郎兄』という言葉にはっとした。立派になったお前にならば話してもいいと思った」

「兄上、なんのことです？」

「お前が八歳のとき、兄弟三人で国を捨て、その後はお互いに色々なことがあっただろう」

「そんなことは、内緒ごとでもなんでもありません」

「まあ、黙って聞け。わしが今から言うことは、その国許をすてることとなった理由じゃ。お前も三十郎兄が失策を犯して、お家断絶になったことは聞き及んでおろうが、その失策とは、お前も知ってのとおり、酒と女に目のない三十郎兄が殿の勝静公の近習（きんじゅ）役を勤めていたとき、殿の側室に横恋慕してしまった。そのうちそのことが殿の知るところになり、切腹を申し付けられた。だがそのときの元締役の山田様のとりなしによって、切腹は免れたものの谷家断絶はどうしても避けられなかった」

万太郎の言葉に、京都で方谷に会ったときの方谷の言葉を思い出した。

あのとき方谷は昌武に対して、

「昌武殿、聞かぬが武士の情けというものもある。三十郎殿は近習役の職責にありながら藩の掟を破ったということで、腹かっさばいてお詫びすると言われた。だが、ようやくなだめて、お家断絶ということにしたのじゃ」

あくまでも三十郎が自分から切腹を申し出たように話してくれた。

今更ながら、方谷の優しさをしみじみと感じる昌武であった。

感慨にふけっている昌武に、続けて、万太郎が話しかける。

「それとな、ここからが本題だが、藩の剣の指南役であった父が当時、世子であらせられた勝静公に剣の稽古をつけに行くとき、十六歳の三十郎兄が勝静公の相手役として一緒について行っていた。そのとき、勝静公の身の周りのお世話をしていたお女中を三十郎兄が見初め、使いに出たそのお女中を引きずり込んで、ついに子供が出来てしまった。日に日に腹が大きくなるお女中の姿を見て、勝静公の学問の師であった山田様が気づかれ子供が生まれる前にお女中に暇を出された。だが無責任な噂が城下を駆け巡った。『勝静公がお女中に手を付けた』とな。この噂を山田様が勝静公の耳に入れないように手筈を整えてくれたのじゃ。また、我が父三治郎が山田様に『侍の不始末は親の責任、この腹かっさばいてお詫びいたす』と言ったらしい。でも勝静公の学問指南と剣術指南、同じ指南役として懇意にお付き合いをさせていただいていた山田様は、『谷殿、そう慌てなさるな、三十郎殿も若気の至り。貴殿のあとを継いで、ゆくゆくは藩の剣の指南役になる未来ある青年じゃ。それに剣の指南役の貴殿が切腹しては、勝静公に不審に思われるではないか。しばらくの間は三十郎殿を病気とでも偽って剣の相手は差し控えさたらよい。そして子供が生まれたら、ててなし子では困るので、貴殿の子として育てられい』とすべて丸く治めてくれたのじゃ」

ここまで、一気にしゃべった万太郎は大きく咳き込み、苦しそうに咽を掻きむしった。

「先生、先生」

と大声で医者を呼ぶ昌武。

医者に続いて新之助も戻ってきて、万太郎の顔を覗き込む。

脈をとった医者が、首を横に振る。

「ご臨終です」

万太郎、享年五十一歳であった。

万太郎の亡骸にしがみつく新之助を尻目に、昌武はふらふらと立ち上がり部屋を出て行った。

万太郎の話はあまりにもショックであった。

「三十郎兄が私の父親？　そんなことはない、兄は兄ではないか」

焦点の定まらぬ眼差しで、家を出て街をあてもなく歩く昌武であった。

だが、臨終せまる万太郎兄が嘘を言う理由もなく思い返せば思い当たるふしもある。

自分自身でも、二人の兄と自分に対する父三治郎の態度は明らかに違っていた。

その違いは自分が歳をとって出来た子供だから可愛いがってくれているものだと思い込んでいた。だが、本当は父にとって自分は、目の中にいれても痛くない孫であった。また三十郎兄の自分に接する態度を顧みると、歳の離れた弟以上に厳しいものがあった。

父三治郎が自分のことを膝の上に抱いて可愛がってくれていたときも、三十郎兄は父に向かって、

「父上、可愛がるのもほどほどにしてください。甘えん坊になると昌武は独り立ちできませんぞ」

まるで、孫を猫可愛がりする爺さんに説教する父親の姿であった。

昔を思えば思うほど、三十郎兄が実の父親であったということを思い知らされる昌武であった。

昌武は警察に休暇願を出し、谷家の菩提寺「安正寺（あんしょうじ）」のある高梁へ帰り、父、いや祖父の眠る墓前にたたずみ無言のまま頭を垂れた。心の中で、

「お爺様、この昌武を我が子として育てていただきお礼申し上げます。残されたこの人生、父三十郎の墓守をしながら暮らしていくつもりです」

そうつぶやいた。

ゆるゆると煙を上げていた一本の線香が燃え尽きると、無言のまま昌武は立ち上がった。そして墓前に深々と一礼をしてその場を去った。

夏の太陽がやや西に傾いたころ、高梁川の川原で志計子と並んで座っていた。今を盛りと鳴く蝉の声と川の流れる音のみの世界であった。

「昌武さんの夢は何だったの？」

志計子はつぶやいた。

「夢か。今までの自分の人生は目先の楽しみだけを追い求めてきた。今思うと、志計子と一緒になることが私の夢だったのかな」

「ありがとう。私も一緒になれればよかった。結婚しても子供が出来なかったし、寂しく感じたこともあったわ。

でも今は違う。女子教育が私の夢になったの。新しい時代には新しい女性のための教育機関が必要なの。昌武さんも今からでも遅くない。自分の夢を探して生きて」

臥牛山に沈む夕日が高梁川の水面にきらきらと輝いた。志計子と昌武の顔にも反射し明るく輝いた。志計子のうなじがさらに白く輝いた。

夢を叶えた志計子

志計子は子供がいない寂しさもあって、家のそばに住んでいる留岡幸助をかわいがっていた。幸助も志計子によくなついていた。

幸助は一八六四（元治元年）、備中松山の理髪業を営む吉田万吉とトメの間に生まれたが、すぐ分家の留岡家の養子になった。留岡家ではもらった子が男の子だったので大変喜んだ。だがかわいい子の幸助に飲ませる乳がなかったのである。そこで父親の留岡金助は思い悩んだあげく、武士の国分胤之に頼んだ。国分胤之は「一人育てるのも二人育てるのも同じこと」といって、息子の三亥と一緒に育てた。国分三亥は後に宮中顧問官になる。

幸助は生来負けん気が強く、よく町の子供達と喧嘩をした。喧嘩をすると必ず志計子の家に行き志計子に慰めてもらっていた。

「幸助、また喧嘩をしたの」

「だって、友達が貧乏だって言って馬鹿にしたんだ」

「幸助、よくお聞き。貧乏だからといって卑屈になる必要はないのよ。太陽は、暗きもの、貧乏な人を必ず照らすものなのよ。夢をもって生きなさい」

「志計子お姉様、わかりました。『下積みの米やのみ食ひねずみ食ひ』の精神で生きていきます」

志計子はこの少年の発した言葉の意味を即座に理解できなかった。

「どういう意味なの？」

幸助は恥ずかしそうにモジモジしていたが、意を決したように、

「下積みとなって蚤（のみ）に食われ、鼠（ねずみ）にかまれても敢然としてまた起き、あくまで闘い続ける意気込みで生きていくという意味で、私も社会的に恵まれない人のためにこの人生を捧げたいと思います」

志計子は思わず幸助を抱きしめた。

志計子は結婚した後、忙しい家事の合間を縫ってアメリカで女子教育の創始者であり大学を創立したマリー・ライオン女史の伝記などを読み感銘を受けていた。昌武が神戸で店をやっていたころである。

ライオン女史はアッシュフィールドとアーモストの学園に学んだが、卒業後も学問への思いを捨てきれずにいた。二十四歳になってから、女子教育の権威として有名であったジョセフ・エマーソンのいるバイフィールドの学園に入学した。その後、十三年間教師生活を続けるうちに、女性のための学校設立の決意を固め、計画に賛同する人の助力を受け一八三七年、四十歳でマサチューセッツ州南ハードレーにマウント・ホリヨーク校を設立した。

そのライオンの伝記を読んだ志計子は、

「私も女子のための大学を設立したい。何とかして文学科を設置したい」

との気持ちが強まる。

備中松山藩の「快風丸」でアメリカ行きの糸口をつかんだ新島襄（にいじまじょう）が帰国後、三十三歳で一八七五（明治八）年に同志社英学校（後の同志社大）を創設した意気込みにも感動するとともにうらやましく思った。

新島襄は安中藩（現、群馬県）の出身で「快風丸」に乗船できたことが彼の人生を決定付けた。初航海で一緒だった備中松山藩士の加納格太郎（かのうかくたろう）とは仲がよく帰国後も高梁に来ていた。

一八八〇（明治一三）年二月十七日に新島が高梁を訪れた際、キリスト教の平等と献身の教えの講演をした。

この講演をきっかけに志計子は自分も行動しなければと思い、木村静とともに婦人会の設立に奔走し夜間の会合を続けた。会合した場所が、志計子が働いていた高梁小学校付属の裁縫所だったため問題視する人も出た。

それで志計子は木村静とともに一八八一（明治一四）年七月、裁縫所を辞めた。裁縫所では月に七円の月収を得ておりそれが一家を支える家計の柱であった。退職してからは僅か二円を木村静と分けあうという赤貧洗うがごとき生活を送った。苦しいことがあると志計子は心の中で

「昌武さん、私は今は苦しいけど女子教育に尽くすという私の夢に向かっているの」

かつての幼馴染に、そう語りかけることで、気持ちを奮い立たせていた。

同年十二月十日に高梁市向井町で私立裁縫所である順正女学校を開設。志計子三十四歳（数えで三十五歳）、静四十五歳（数えで四十六歳）であった。開設当初の生徒数は僅かに三十名であり、多くの人はつぶれてしまうだろうと思っていた。だが、生徒数は次第に多くなり、一八八二（明治一五）年には九十名になった。同年四月二

十六日に高梁に教会が設立されたのに伴い、志計子は静とともにキリスト教の洗礼を受けた。

七月には今まで借りていた裁縫所の場所を購入し新たに家を建築し学校とした。

志計子は裁縫を生徒に教えているうちに、女子の地位向上のためには裁縫の授業だけでは充分でなく文学科の必要性を痛感した。一八八四（明治一七）年、京都から同志社女学校校長藤田愛爾が高梁を訪れたとき藤田校長に相談したところ賛同を得た。

これに気をよくして志計子は文学科教師を探した。同年十二月には神戸英和女学校（現在の神戸女学院）の文学教師原ともが着任した。一八八五（明治一八）年一月十七日、ついに裁縫所が文学科を併置し名実ともに「順正女学校」になった。「和魂洋才」を校是とし、高等小学校卒業の十二歳から入学し三年間を修学期間とした。

明治一八年に誕生した「順正女学校」は、当時全国女学校九校のうちの一つであり、岡山県下における最初の女学校であった。

石井十次の妻品子、留岡幸助の妻夏子、後妻の菊子も「順正女学校」で学んでいる。

志計子はよくこのように語りかけていた。

「品子さん、夏子さん、学校には『顔を洗わないでもいいから必ず足を洗ってきてください』」

品子たちは不思議がって

「志計子先生、どういう意味ですか？　女性は顔が命だと思いますが」

と聞き返すと、志計子は答えた。

「品子さん、そんなことを言っているのではないですよ。私が言いたいのは人に目立つことではなく、何事も地道に、汚れているものを綺麗にしていきなさいということです。皆さんは今後社会に出て働くことになると思いますが、人の見えないところでこそ、働く人になってくださいね」

「順正（じゅんせい）」という校名の命名者は吉田寛治（かんじ）（藍関）である。彼は志計子の高梁小学校の時代の上司であり方谷の門下生でもあった。「順正」の出典は「史記（しき）」か「孟子」である。

方谷は心のよりどころを儒教のみならず「維摩経」などの仏教の禅にも求めた。

新島は心のよりどころをキリスト教に求めた。キリスト教徒である志計子が自分の夢の実現である女学校の名前を儒学の古典からとっている。仏教、儒教とキリストと一見違ったように見えるものも、心のよりどころという根本のところで共通するものがあるからだ。

順正女学校設立に夢を託した志計子だが、一八九六（明治二九）年、肺病が進み、入院を余儀なくされる。卒業生や生徒達が入れ替わりお見舞いに来た。志計子は寝ながら、

「私の夢の順正女学校設立の苦難の歴史を忘れないでね。身を過って順正女学校の名を辱めることがないように。夢を持ってね。夢を持てば苦しくても道が開けるわ。夢を持って生きればひとりでに知恵が出て元気が出てくるの。子供のころ方谷先生が教えてくれたの」

時折苦しそうな表情をうかべても、それは心の底からの笑顔でかき消された。そして迎えた同年八月二十一日、多くの近親者、門下生に惜しまれながら永遠の眠りについた。満足しきった顔であった。

その後順正女学校は一九二一（大正一〇）年に県営に移管され、一九四九（昭和二四）年には高梁高校となり現在でも若者の夢の実現、地元の教育発展に寄与している。

さらに、志計子の夢を受け継ぎ遂に留岡幸助、石井十次、山室軍平が夢を実現した。

高梁市生まれの留岡幸助（とめおかこうすけ）は幼少のころから志計子の薫陶を受けていた。彼は、当時殆ど顧みられることの少なかった監獄囚人の教誨師を務めているうちに感化事業の重要性を悟った。東京巣鴨に家庭学校をつくり、その後北海道遠軽（えんがる）に教育農場も作った。そのなかで家庭学校を経営することにより感化事業の先駆者となった。

「児童福祉の父」といわれた石井十次は妻品子とともに志計子から教えを受けていた。石井は当初医者になって病人を救うことを目指したが、目の前の路頭に迷う孤児を見て医者の道を止め、孤児の救済に挺身した。その後岡山孤児院の経営をはじめた。当時の日本は産業育成に力を入れていたが、その影で貧困にあえいでいる多くの人がいた。

公的な救済制度は整備されておらず、慈善事業が唯一の救いであった。そのような時代に、石井は二人の男児を預かることがきっかけとなり「孤児院」の先駆者となった。石井は最終的には一二〇〇人の孤児を預かり教育を受けさせ社会に送り出した。

新見市哲多町出身の山室軍平は志計子からあたかも母のような多大なる愛情を受けていた。山室は日本の救世軍の最高責任者として刑務所から釈放された人々の保護を初めとして病院、結核療養所など社会事業を大々的に行った。

大阪〜本伝寺

久しぶりに志計子に会った後、大阪に帰った昌武は、折に触れて、志計子の漆黒の髪、そしてその髪の毛をといていた鏡を思い出していた。そのとき昌武の脳裏に、ふと方谷の「君見ずや　万古の明鏡　一心に存するを」という言葉が浮かんできた。

この言葉は、方谷が佐藤一斎塾の塾頭だったころ、派手好みの佐久間象山が花と鳳凰の文様のついた古鏡を方谷塾頭に自慢し見せびらかしたときに方谷が象山に送った言葉である。意味は「ちゃらちゃらした外面的なものに心を奪われたらだめだ。それよりもっと自分の心の明鏡を磨きなさい」である。

昌武は、

「今まで、新選組近藤局長の養子とか商売の成功など社会的、外面的なことばかり気にしてきた。自分の心を磨いてこなかった。だから失敗したのだろう。自分の心の明鏡を磨こう。自分の心の明鏡である夢にむかって進んでいこう」

そう決心した。すると今まで重かった体が軽くなった。さらに、

「志計子、夢だった女子教育の実現おめでとう」

そう心から思った。志計子の夢が実現できたのは志計子の努力もあるが、多くの人々に支えられたからだ。それは志計子が方谷の「至誠惻怛」の精神でやったから。至誠惻怛とは、まごころ（至誠）といたむ悲しむ心（惻怛）があればやさしく（仁）なれる。そして目上にはまことを尽くし目下にはいつくしみをもって接する。こうすれば物事をうまく運ぶ事が出来、また人としての基本であり正しい道であるという意味である。もう昌武には迷いはなかった。至誠惻怛の精神を自分の夢としよう。

今まで育ててくれた父三十郎と叔父万太郎に対する感謝を込めて、父三十郎と叔父万太郎の墓を本伝寺に建立した。本伝寺は、今の大阪市北区兎我野町にある。

その後、昌武は警察を辞めて民間の山陽鉄道株式会社に勤めた。

社会的には昌武の名前が出てこなくなった。だが、山陽鉄道での昌武の顔は今までにないぐらい生き生きとしていた。それは、同僚が、

「鉄道の仕事なんて面白くないのに、よくそんなに元気で一生懸命仕事が出来るな」

といやみを言うほどだった。

そんなとき、昌武は胸に手をやりにこにこと笑った。それをみて同僚はもう何も言わなくなった。昌武は心の中で、

「志計子、僕は社会的には成功できなかったが、今が一番幸せだ。方谷先生、派手さはないが夢に向かって努力してます」

そうつぶやいた。

昌武は一九〇一（明治三四）年十二月二日、五十四歳で死去した。志計子が亡くなった三年後のことであった。亡くなった昌武の全身に古傷があった。事情を知らない人は何でこんなに沢山傷があるのだろうといぶかしがった。だが昌武の死に顔はやすらかで、少し笑っているように見えた。その顔は自分の夢が実現したかのように穏やかだった。その後、新之助の手で手厚く葬られ、三十郎と万太郎の眠る墓

に埋葬された。

本伝寺は大阪駅に近い兎我野町にある。周囲は当時の面影はなく、お好み焼きなどの飲食店等が立ち並び夜でも明るくにぎやかである。殆どの人はこの寺に新選組関係者が葬られていることは知らない。だが、一部の人々はいう「新選組の谷三兄弟」と。

永遠の夢

山田方谷　その五

大久保利通からの信頼

維新後、小田県（岡山県西部）の県令（県知事）になった矢野光儀は倉敷の豪商林源十郎を伴い上京し、内務大臣の大久保利通に県の諸問題を報告した。

大久保から

「山田方谷先生を訪ねたか」

と質問されたところ、矢野は

「まだです」

と答えた。

大久保は不機嫌な表情をし

「小田県を治めなければならないのに、山田翁に政治を問わないで何ができるのか」

と一喝した。矢野はほうほうの体で立ち去り方谷の元を訪れた。

その後矢野は大久保の元に行き、県の報告書を手渡し、大久保に怒られそうになる前に

「方谷先生の草案です」

といったところ、大久保はその場で読み終え直ちに許可を与えたので、矢野は仰天してしまった。

方谷は養蚕・製糸業振興のための助言など、「物産会社」の規則の原案などを作成している。また高梁川沿いの道路の整備（現在の国道180号）、瀬戸内海と日本海を結ぶ鉄道（現在の伯備線）の整備なども起草している。

方谷と西郷隆盛

長瀬に進鴻渓（昌一郎）が訪ねてきた。

方谷の一番弟子は誰かと問われた場合、三島中洲とこたえる人が多いが、では、少なくとも幕末期まではと問われた場合、答えは変わる。誰もが進鴻渓と答える。三島中洲は九歳年上で牛麓舎でも先輩にあたる進昌一郎を進先生と呼んだ。その姿勢は終生変わらなかった。

明治の時代を迎えて、備中松山藩が復藩すると、新藩主板倉勝弼は進鴻渓を権大参事に任じたが、病を患い職を辞し家督をも息子に譲った。以後、世間から遠ざかるようにして教育一筋の生涯を歩んでいる。

「方谷先生、ご機嫌はいかがですか」

進は、昔の偉丈夫の面影を残しているが、病に少しやつれてはいるがしっかりした足取りで長瀬の地まで足を運んできた。

「おお、進君か。よく来てくれた。しばらくゆっくりしていきなさい」

「先生、明治維新の混乱も少しばかり落ち着いてきましたね」

「私もこの長瀬の地で子弟の教育に励んでいるが、幕末から明治の時代まで数多くの様々な逸材に出会ったり、話を聞いたりした」

「西郷隆盛は、私の友人である春日潜庵（せんあん）の一番弟子だった。西郷は腹の据わったいい男だ。部下に対する深い情愛、勇気と情熱、度量が広くあまり名誉にも金にも執着しない。人間的な魅力に溢れる人物だ。ただ思い込んだら引かないところがある。

その点、大久保利通（としみち）は合理的で優秀だ。江戸幕府の顧問をしていた私に対し、藩の財政再建の成功を評価し、明治政府の大蔵大臣（現財務大臣）にならないかと打診してきた。日本の近代化の礎を築く人物になるであろう。人情味のある西郷と合理的な大久保が決定的な喧嘩をしなければよいが」

方谷は、高梁川の向こうの山の端に沈む夕日をみていた。

その西郷も征韓論が受け入れられず、大久保利通と袂を分かち西南戦争に散った。方谷が亡くなった同じ一八七七（明治一〇）年のことである。

方谷と妻のみどりは高梁川に面する長瀬の家（現JR伯備線方谷駅）の縁側で柚餅子を食べながらお茶を飲みくつろいでいた。柚餅子は方谷が庶民の所得向上の一つとして奨励したもので、従来捨てていた柚子の皮に砂糖をまぶしたお菓子でお茶によく合った。

みどりは井原村の庄屋大津寄花堂の妻の妹である。大津寄花堂は、阪谷朗廬（興譲館創立者）とも昵懇であった。方谷が城内で実務に励む中、みどりは城内で方谷の世話をした。今でいう秘書である。みどりは心優しく何事にも控えめだった。長い間、体をこわして実家に帰っていた進と別れ、藩政のために働いてきた方谷にとって、みどりはかけがえのない存在となり、いつのまにかお互いの心に住みついていた。

五月の清々しい風が吹く午後、太陽は西に傾き、その陽光が高梁川の川面にキラキラと輝き反射していた。

「お父様、立派な鮎が採れました」

と大きな声がした。

声の主は、方谷の子供である耕蔵であった。耕蔵の脇には妻も寄り添っていた。耕蔵（号は知足斎）は、方谷の実弟平人の長男に生まれ、方谷に男子がいなかったため、養子となった。武に秀で、江戸で老中勝静の護衛隊長を務めた。また漢学の才能もあり、方谷が長瀬で家塾を開くと、塾で方谷を助けていた。

「高梁川の鮎が採れたのか。高梁川の鮎は一番だからな」

「さっそく、鮎を調理しましょう。鮎は塩焼きが一番美味しいでしょう」

みどりが耕蔵から鮎を受け取り、厨房に入っていった。

程なくして、みどりが塩焼きした鮎を持ってきた。

方谷は鮎料理をみて、そして高梁川の対岸にある榎の木をみた。鮎には昌武や志計子の顔が重なり、そして榎の木にはかつての弟子河井継之助の顔が重なってみえた。

「みどり、今までいろいろと苦労をかけたな」

「何をおっしゃいます。あなたと一緒に来れたから苦労なんて。あなたと一緒にいるときが一番幸せですよ」

「鮎の腹わたはにがいが、それを食べた後、引き締まった身は何ともいえず美味しい」

「本当にあなたは、鮎がお好きなんですね」

と笑った。

それにつられて耕蔵夫婦も笑った。

皆の笑い声と高梁川のせせらぎがうまく調和し、そして一体化していった。

別れの詩

一八七六（明治九）年、方谷の病状が悪化した。

小阪部塾から年末に故郷に帰省していく塾生に対して方谷は「春風と共に帰っておいで」と呼びかけた。

この別れが並の別れではないように思える。

言葉をつくし、喜びを告げたいのだが、いかんせん、病勢がそれを許そうとはしない。

わずかにしゃべるだけでもひどく疲れて、気力がなえてしまう。

だがね、君たちが再び塾に帰ってくるころには、私の病も癒えているだろう。

一堂に集まって、春風の中で思い思いを語りあおう。

その頃は、春着をまとう季節だ。

皆で野山につれだって、詩を吟じよう。

過ぎゆく春を皆でこころゆくまで楽しもう。

方谷は、もう来年の春を自分は迎えられないかもしれないとの予感を持っていた。

この詩を作った半年後の一八七七（明治一〇）年六月二十六日、方谷は永眠した。

臨終に当たり、方谷は家族に枕元を掃き清めさせ、香を炷かせた上で、勝静から授かった短刀と小銃、そして「王陽明全集」を置かせた。

勝静は方谷の訃報を東京の病床で受け取った。勝静は人目を憚らず泣いた。子供のように泣きじゃくった。自らの病を忘れたかのように、起き上がり、「方谷山田先生墓」の七文字を書いた。何度も何度も書き直した。まるで写経を書き写すかのように何度も何度も書き直した。

訃報を聞いて駆け付けた三島中洲に向かって、勝静は命じた。

「汝（なんじ）、先生の銘を作れ」

中洲もまた泣きながらこれを拝命した。

徳川慶喜の回想

慶喜は、三十三歳の明治二年から六十一歳の明治三十年まで静岡で隠居した。

「なぜ、お父様は大政奉還をしたんですか」

そのように問いかける子に、

「そうだな、あの時はああするしかなかったんだよ……。

誰がやってもああなったんだ……。

それが日本の国の為になるんだから」

と慶喜はこたえ、また、一人つぶやいた。

「お母様の実家である天皇家とは戦うことはできないのだから」

慶喜自身は水戸藩出身で、いわゆる水戸学の中で育ち、慶喜の生母である吉子は有栖川宮家(ありすがわのみや)から嫁いできたため、幼少のころから宮家の侍女たちに宮家の話を聞き、勤皇思想には抵抗感がなかった。江戸幕府歴代将軍にあって、皇室の血が入った将軍は慶喜が最初で最後であった。

勝海舟の回想

方谷が亡くなった小阪部塾跡には勝海舟の揮毫(きごう)による八メートルの石碑が今も建っており、方谷の業績を讃えている。その場所は方谷園として市民の憩いの場所となっている。勝海舟が方谷の石碑に揮毫した理由は、方谷が首席老中板倉勝静の政治顧問をしていたとき、罷免され失意にあった勝海舟を板倉が陸軍総裁に引き上げたことによる。当然、その裏には方谷がいた。勝海舟は、

「おれはさ、幕府を見放す発言が災いして軍艦奉行を罷免された男よ。江戸で数年ぶらぶらしていたが、危機存亡の幕末に突然、大阪城にある首席老中板倉勝静侯から御呼びがかかった。もともと四〇俵の貧乏旗本で幕臣の中の嫌われ者だったおれを、再度、江戸から召して、老中の独断で顧問に迎えてくだすった。将軍慶喜にうとまれた非主流派のこのおれが、幕府最後の陸軍総裁に浮上したのも勝静侯の後押しがあったからだ。おれは板倉勝静侯をよく知る人間だ。天皇を思い、国を憂え、その忠誠心は天性のものだった。君子の資をもって乱世に当たったが、ついにその志を伸ばすことが出来なかったのが惜しい。人にはそれぞれ才能がある。だが、自らの才に合う時勢に出会うのは実にむずかしい。時を得て、勝静侯が世に出ていたならば、その業績はまさに先祖の松平定信公にも勝ったろうに」

としみじみ昔を懐かしみ、次のように語った。

「こうやって方谷先生の石碑に揮毫するのも、勝静侯や方谷先生へのせめてものの恩返しなんだよ」

三島中洲の回想

中洲は、方谷死去の翌一八七八（明治一一）年に「方谷山田先生墓碣銘（ぼけつめい）」を撰文している。

撰文には、旧藩主板倉勝静が

「方谷先生は私を補佐し藩政を改革してくれた。その功労を人々が忘れてしまうことが忍びない」

として中洲に銘を作るよう命じたこと、そして中洲も師方谷に対する三〇余年に及ぶ教えを受けた恩に報いたいという思いから造ったことが記されている。

　毅　幼にして学を先生に受け、既に長じて乏しきを藩吏に受く。前後教を奉ずること三十年。固（もと）より将（まさ）に記述して以て恩に報いる所あらんとす。況（いわん）や今、公の命あるをや。豈（あ）に不文を以て辞すべけんや。

（私、三島毅は幼い頃から先生に学問を受け、成長してからは、至らない者ではあるが藩の役人となった。三十年間にわたり先生の教えを仰いできたので、銘文を記述してその学恩に報いたいと思う。まして、いま藩公のご下命もあり、どうして文章が拙いからといってお断りできましょうか）

撰文の終わりには、

「惜しいかな蕃山（ばんざん）、末路蹉跌（さてつ）す。これを方谷に視（くら）ぶれば、徳において欠くるあり。吁戯（ああ）、盛んなるかな。終始完全なり」

という熊沢蕃山と比較した方谷に対する評価が述べられている。

方谷のその後の影響

方谷の弟子の井手毛三は衆議院議員となり自由民権運動を推進した。

方谷に影響を受けた留岡幸助、山室軍平、石井十次はそれぞれ社会福祉活動に尽力した。

留岡幸助は東京・巣鴨に家庭学校を設立するなど社会福祉事業の先駆者となった。

山室軍平は日本救世軍の最高責任者となり、石井十次は岡山孤児院を設立するなど児童福祉に力を入れた。

明治になり、死してもなお、方谷の思想はこうして受け継がれていったのである。

方谷が見た夢

夢を持ち追いかける重要性を説いた方谷は、藩政改革による領民の生活の向上、弟子達の教育という夢を実現した。

福西志計子は女子教育という夢を達成した。

三島中洲は大正天皇の侍講などを歴任し、方谷の教えに基づいて夢であった日本の伝統文化を維持しながら欧米の文化を積極的に取り入れる学生教育の場として「二松学舎」（現在、東京都千代田区三番町）を創立した。

三島と深交し影響を受けた渋沢栄一は日本の近代化に貢献した。さらに三島の夢の「二松学舎」は方谷の孫山田済斎（準）が初代校長としてその夢を引き継いだ。

渋沢栄一は、近代日本の礎を築き、第一国立銀行や東京証券取引所などの設立、経営に携わり日本資本主義の父といわれている。方谷の「義を明らかにして利を図らず」の理念は中洲によって「義利合一論」（義＝倫理、利＝利益）になった。渋沢は中洲の「義利合一論」をわかりやすく「論語（義）とソロバン（利）」といい替えた。

渋沢の「論語とソロバン」の「道徳経済合一説」は「富をなす根源は何かといえば、仁義道徳。正しい道理の富でなければ、その富は完全に永続することができぬ」と述べている。渋沢栄一は財団法人二松義会の会長にも就任している。

山田済斎（準）は渋沢栄一の長男篤二氏を教導したり、三男正雄氏に第七高等学校で漢文などを講義するなど渋沢家とも関係している。また済斎は、二松学舎で漢学を学んだ夏目漱石と一緒に第五高等学校（熊本県）の教授をしていたが、明治政府から頼まれ鹿児島の第七高等学校（現在の鹿児島大学）の設立・発展に尽力した。鹿児島時代は約二十五年におよび西郷隆盛の研究などを行った。その後、第七高等学校教授を辞任し、「二松学舎」の初代校長となった。

二松学舎からは、第二十九代内閣総理大臣で〝憲政の神様〟と呼ばれ五・一五事件で凶弾に斃れた犬養毅、大久保利通の次男で農商務大臣となった牧野伸顕、明治・大正時代の文豪夏目漱石、自由民権運動の理論的指導者として知られる中江兆民、〝柔道の父〟と呼ばれ講道館柔道の創始者であり日本のオリンピック参加に尽力した嘉納治五郎、女性解放運動・婦人運動の指導者で後年には平和運動にも関わった平塚雷鳥（ひらつからいちょう）、洋画家黒田清輝（くろだきよてる）など幅広い分野で時代に多大な影響を与えた人材を輩出している。

これらの先人は、正しい価値観で物事を判断し、創造力をもって国際社会の先頭を走り、柔軟にそして忍耐強く物事に対処する姿勢を兼ね備えていた。

陽明学の祖王陽明は良知を羅針盤としたが、山田方谷は自らの羅針盤に至誠をかかげた。

改革者たちは、その改革の成功を見ずに非業の死を遂げることが多いなか、方谷はその人生を全うした。その姿は、一抹の憂いもなく、一片の悔いもない。自由でそして透明である。

方谷が生きた時代は激動期であったが、多くの人々が苦しみ悩みながらも夢に向かって歩き出した時代であった。

方谷は今も微笑みながら我々に語りかけている。

人は夢を持つことが肝腎なり。

されども夢を実現せんとすれば、

先ず自ら努力することを忘るべからず。

唯、必ず我が夢は叶うと信じるのみ。

春になると、備中松山城下にある紺屋(こうや)川の川面には雪のように桜の花びらが舞うのである。

参考文献

「山田方谷に学ぶ改革成功の鍵」（野島透　明徳出版社）
「山田方谷ゆかりの群像」（野島透・片山純一　明徳出版社）
「山田方谷に学ぶ財政改革～上杉鷹山を上回る財政改革者」（野島透　明徳出版社）
「炎の陽明学─山田方谷伝」（矢吹邦彦　明徳出版社）
「ケインズに先駆けた日本人─山田方谷外伝」（矢吹邦彦　明徳出版社）
「山田方谷の思想　幕末維新の巨人に学ぶ財政改革の八つの指針」（小野晋也　中経出版）
「山田方谷の思想と藩政改革」（樋口公啓　明徳出版社）
「山田方谷から三島中洲へ」（松川健二　明徳出版社）
「山田方谷の陽明学と教育理念の展開」（倉田和四生　明徳出版社）
「現代に生かす山田方谷の藩政改革」（三宅康久　大学教育出版）
「財務の教科書～財政の巨人・山田方谷の原動力」（林田明大　三五館）
「誠は天の道なり─山田方谷」（童門冬二　講談社）
「峠」（司馬遼太郎　新潮社）

「財政破綻を救う『理財論』山田方谷～上杉鷹山をしのぐ改革者」（深澤賢治　小学館）
「山田方谷とその門人」（朝森要　日本文教出版）
「山田家の歴史」（田井章夫　中井町山田方谷先生顕彰会）
「天命―朝敵となるも誠を捨てず（山田方谷）」（芝豪　講談社）
「山田方谷の思想を巡って」（林田明大　明徳出版社）
「昔夢会筆記」（渋沢栄一編　東洋文庫）
「高梁歴史人物事典」（佐藤亨）
「幕末藩主の通知表」（監修　八幡和郎、宝島社）
「入門　山田方谷」（山田方谷に学ぶ会　明徳出版社）
「山田方谷全集（全三巻）」（山田準　明徳出版社）
「高梁方谷会報」（高梁方谷会）
「この一筋につながる」（団藤重光　岩波書店）
「武士道」（新渡戸稲造）
「シンポジウム　幕末維新と山陽道（上）」の中の「新撰組と現代」（尾崎秀樹）（山陽新聞昭和五九年）
「新撰組物語」（子母沢寛　中公文庫）

「新選組始末記」（子母沢寛）
「新選組追求録」（万代修　新人物往来社）
「福西志計子の生涯」（野口喜久雄　高梁川）
「新撰組のすべて」（新人物往来社）
「新撰組　組長列伝」（新人物往来社）
「武人の鑑　熊田恰公」（古城真一　羽黒神社）
「いまなぜ武士道か」（岬龍一郎、致知出版社）
「山田方谷マニアックス」（インターネット）
「秘すれば花」（池坊由紀　通商産業調査会出版部）
「落花は枝に還らずとも」（中村彰彦　中央公論新社）
「南洲百話」（山田準　明徳出版社）
「不敗の宰相　大久保利通」（加来耕三　講談社文庫）
「高梁市史（増補版）」（高梁市）
「池田屋事件」（インターネット「ウィキペディア」）
「図解　池田屋事件」（インターネット）

「留岡幸助と備中高梁〜石井十次・山室軍平・福西志計子との交友関係」（倉田和四生　吉備人出版）
「福西志計子と順正女学校」（倉田和四生　吉備人出版）
「創立記念史」、「有終」（岡山県立高梁高校）
「現代語で読む新島襄」（現代語で読む新島襄編集委員会　丸善出版）
「龍馬史」（磯田道史　文藝春秋）
「広島を元気にした男達―野島国次郎」（田辺良平　渓水社）
「詳説　日本史B」（山川出版社）
「詳説　日本史研究」（山川出版社）
「詳説　日本史図録」（山川出版社）
「ナビゲーター日本史B」（河合敦編著　山川出版社）
「徳川幕府事典」（竹内誠編　東京堂出版）
「決定版河井継之助」（稲川明雄　東洋経済新報社）
「渋沢栄一と陽明学」（林田明大　ワニックス）
「龍が哭く　河井継之助」（秋山香乃　ＰＨＰ研究所）
「岡山に残る志士の足跡」（山陽新聞　平成二十七年五月十四日）

「新出書状からみた山田方谷とその周辺」（森俊弘　方谷ゼミナール Vol.5　吉備人出版）

【記念館等】

・高梁市　山田方谷記念館　岡山県高梁市向町二一九　☎（〇八六六）二二―一四七九
・新見市大佐　山田方谷記念館　岡山県新見市大佐小南三二二―三　☎（〇八六七）九八―四〇五九
・方谷の里ふれあいセンター　岡山県高梁市中井町西方　☎（〇八六六）二三―二〇〇一
・方谷展示室　岡山県高梁市武家屋敷「埴原邸」　☎（〇八六六）二三―一三三〇
・高梁市文化交流館（「方谷」企画展四月～六月）　☎（〇八六六）二一―〇一八〇

【インターネット】

・山田方谷マニアックス　http://yamadahoukoku.com/

【宇宙】

・山田方谷星（小惑星）　岡山県出身の香西洋樹氏と古川麒一郎氏が東京大文台木曽観測所で発見（昭和五十二年三月十二日）。香西氏は「郷土の偉人の名を世界にアピールできれば。こうした人物が天から見守り続けているという思いを馳せてほしい」と話している。符合・別名　1977 EM5

あとがき

「山田方谷を通じて江戸時代後期・幕末から近代日本国家の誕生までを描く」そして小説全体を貫くものは「夢（大志）」。

方谷が生まれたのは一八〇五（文化二）年。江戸時代後期、文化・文政の文化が花開く一方、アメリカ・ロシアなどの外国船が出没していた時代である。

亡くなったのは一八七七（明治一〇年）西郷隆盛の西南戦争が終結し近代日本国家が確立した年である。

山田方谷（一八〇五年〜一八七七年）は江戸時代末期、多額な借金に苦しんでいた備中松山藩（現在の岡山県高梁市、真庭市、総社市、倉敷市周辺）において、藩の元締役（藩の財務大臣）をつとめた僅か七年間の間に、新しい時代の潮流に乗った産業政策などの七大政策を実施、成功した藩政改革者である。改革成功のおかげで藩主板倉勝静は第十五代徳川慶喜将軍の老中首座になる。方谷も江戸幕府の政治顧問になり大政奉還をはじめ幕末の政治にも関与した。方谷が「大政奉還」上奏文の原案を起草したという説もある。

幕末は備中松山城の無血開城、藩民の命を守るため熊田恰の武士道的な切腹、弟子の河井継之助の北越戊辰戦争、板倉勝静藩主が函館まで行き徹底抗戦、板倉藩主の函館から連れ戻しなど方谷は多難な人生が待っていた。

明治維新後は、方谷は「閑谷学校（国宝）」の再興など将来世代の教育にも力を入れた。一方で近代日本国家である明治政府の行く末も案じている。幕末に大論争した大久保利通、畏友である春日潜庵の弟子の西郷隆盛の動向。また弟子の三島中洲には「至誠惻怛」の精神で働くようにと諭す。三島は後年、大正天皇の侍講（教育長）になる。方谷自らも地域発展の振興策を県令などに助言している。

方谷の藩主板倉勝静は江戸幕府末期の老中首座（内閣総理大臣）をしていたため、方谷の交友関係も広い。

小説に名前が出てくる人物は、幕府方では徳川慶喜将軍、板倉勝静老中首座、井伊直弼大老、阿部正弘老中、松平容保会津藩主、勝海舟、河井継之助、三島中洲、榎本武揚などがいる。新政府側では岩倉具視、山形有朋、西園寺公望、吉田松陰、高杉晋作、久坂玄瑞、西郷隆盛、大久保利通など。さらに佐藤一斎、佐久間象山、坂本龍馬、横井小楠、近藤勇、近藤周平（新撰組）、沖田総司、渋沢栄一、岩崎弥太郎、外山脩造、福西志計子、新島襄、留岡幸助、阪谷朗盧など多岐にわたる。

大きく変動する社会を生き抜いた方谷。方谷も一人の人間。

「夢を実現するためには川を渡らないとだめだ」と方谷に教える父親、方谷を高梁川の川岸でずっと待ち続ける母親の愛、方谷を巡る三人の妻たちとの関係、若くして亡くなった娘に対する慟哭、そして嫁と姑との微妙な関係。貧乏のため売られる方谷の幼馴染など方谷を巡る泥臭い人間関係。

日本社会全体の動きを描きながら泥臭い人間関係に悩む方谷にも焦点を当てる。

希望の光は「夢（大志）」だった。

私の姓は山田ではないが山田方谷の直系六代目子孫にあたる。

祖父が、当時中国地方有数の山林を所有し鉄鋼業にも進出した野島家に養子に入ったためである。

●山田方谷が縁となって二〇一六年五月に岡山県倉敷市で「G7倉敷教育大臣会合」が開催された。

●方谷のNHK大河ドラマ放映実現を求める全国一〇〇万人署名運動は約七年間で目標の一〇〇万人を突破し一〇三万人超になった（二〇一九年十月達成）

●二〇一五年にノーベル賞を受賞された大村智教授の座右の銘は方谷の「至誠惻怛」。
●二〇二三年WBCで世界一になった栗山英樹監督は、勝負の年に向けて「尽」という字を書き留めた。方谷が一斎から贈られた「尽己」と方谷の生きざまに強くひかれたとのこと。

序文は山田方谷と縁の深い第十五代徳川慶喜将軍の曽孫にあたられ、水戸徳川家第十五代当主である徳川斉正先生がお書きくださった。表紙は田中里味様に制作していただいた。ここに深甚なる感謝の意を表する次第である。

本書を書くにあたり、「方谷さんを広める会」、超党派の「山田方谷の志に学ぶ国会議員連盟」などから貴重な御意見、御協力をいただいた。

本書の出版にあたりご尽力いただいた明徳出版社の佐久間保行社長、編集担当の高野麻紀子様に慎んで御礼申し上げる。ちなみに佐久間氏の先代は、私の曽祖父の山田済斎（元二松学舎学長）の門下生であることも不思議な縁を感じる。

縁を大切にし、山田方谷の「至誠惻怛」の精神を見習っていきたい。

二〇二三年五月吉日

野島　透

野島　透（のじま・とおる）

昭和三十六年（一九六一）生まれ。山田方谷研究家。東大卒業後、大蔵省（現財務省）に入省。内閣府参事官、財務省大臣官房会計課長、九州財務局長等を歴任。現在は㈻二松学舎評議員、山田方谷記念館（新見市大佐）名誉館長、中国学園大学客員教授。

祖父が野島家の養子となったため野島姓であるが、山田方谷六代目の直系子孫である。また山田済斎（二松学舎専門学校初代校長）は曾祖父にあたる。

主な著作等に「山田方谷に学ぶ改革成功の鍵」（明徳出版社）、「運命をひらく山田方谷の言葉50」（致知出版社）、「Learning the key to Successful Reforms from Hokoku Yamada」（英語、明徳出版社）、「日本陽明学的実践精神」（中国語、上海古籍出版社）、「財政の天才　幕末を駆ける―山田方谷～奇跡の藩政改革」（NHK全国放送・DVD）、「山田方谷ゆかりの群像」（明徳出版社）、「歴史に学ぶ地域再生」（吉備人出版）、「日本の城」（小和田哲男監修、小学館）、「備中松山城」（寺山照一編集　PHP研究所）等がある。

夢を駆けぬけた飛龍　山田方谷	
二〇二〇年　一月二四日　初版発行	
二〇二三年　五月一〇日　再版発行	
著　者	野　島　　透
発行者	佐　久　間　保　行
印刷所	㈱　興　学　社
発行所	㈱　明　徳　出　版　社
	〒一六七―〇〇五二
	東京都杉並区南荻窪一―二五―三
	電話　〇三―三三三三―六二四七
	振替　〇〇一九〇-七-五八六三四

ISBN978-4-89619-843-0（乱丁・落丁本はお取り替えいたします。）

山田　準

山田方谷全集

全三冊

A五上製二四二二頁　六〇、〇〇〇円

関連資料も含め全遺文を網羅して、方谷理解の万全を期した全集。全三冊（五集）の内容。第一集〔年譜・漢詩文・歌俳〕／第二集〔著書〕／第三集〔教学、事業〕／第四集〔書簡〕／第五集〔雑部及付録〕

宮原　信

山田方谷の詩

その全訳

A五上製一一八四頁　一五、〇〇〇円

山田方谷の書きのこした漢詩、全千五十六首の一首ごとに読み下し・注・現代訳をつけ、巻末に便利な索引を加えた、二十余年の歳月をかけた方谷研究第一人者のライフワーク。

濱　久雄

山田方谷の文

方谷遺文訳解

A五上製六二二頁　七、五〇〇円

詩文をもって潔しとしなかったが、方谷の文は理路整然として説得力に富んだ卓論が多い。本書は、三島中洲編「方谷遺稿」所載の文60篇を読み下し、語釈・大意・余説を付し、その思想の本質を解明。

松川　健二

山田方谷から三島中洲へ

A五上製三六〇頁　五、〇〇〇円

方谷の思想の特色、またそれが中洲にどう継承されたのか。熊沢蕃山から山田済斎に至るまでの周辺・系列の儒者達の著作・詩文をも比較・検討し、その屈折した受容の実態を探る論文十三篇を収める。

倉田　和四生

山田方谷の陽明学と教育理念の展開

A五上製五〇〇頁　八、〇〇〇円

著者の方谷研究の集大成。方谷陽明学の研究の他に、備中高梁における伝統文化の近代化、二宮邦次郎の教会活動、福西志計子・伊吹岩五郎と順正女学校、留岡幸助と家庭学校等の関連論文十篇を収録。

樋口　公啓

山田方谷の思想と藩政改革

A五上製三〇〇頁　三、〇〇〇円

表題作の他に、大塩中斎と山田方谷との比較研究、方谷が世子板倉勝静へ君主としての在り方を説いた続資治通鑑綱目講説に関する論考の三論文を収録。新しい観点で方谷の思想を追究した注目の書。

矢吹　邦彦

炎の陽明学　山田方谷伝

A五上製四四三頁　三、三〇〇円

実は山田方谷こそ大政奉還上奏文の起草者でもあった。彼の生きた激動の時代と社会を十分に視野に入れながら、知られざる秘話も紹介して、人間方谷の光と陰を余すことなく描いた感動の方谷伝。

矢吹　邦彦

ケインズに先駆けた日本人　山田方谷外伝

A五上製三九三頁　二、八〇〇円

山田方谷による奇蹟の藩政改革は、二十世紀の天才経済学者ケインズの不況対策論に先立つ自作自演の革命だった。方谷革命の実際とそれを支えた同志達の活躍を記した方谷伝第二作。

宮原　信

哲人 山田方谷　その人と詩

新書判一八四頁　一、〇〇〇円

幕末維新の陽明学者としてまた貧乏板倉といわれた松山藩を建て直した名家老として、近世日本の政治思想史上特筆される方谷の数多い漢詩の中から三十五篇を選び、詩を通して方谷を描く人間詩話。